高职高专"十二五"规划教材

可编程控制技术应用 ——项目化教程

于晓云　许连阁　编著

化学工业出版社

·北京·

本书结合实际项目介绍可编程控制技术的基础知识、常用的指令以及操作软件方法，实例项目均来源于工程实际，采用通俗易懂的语言介绍相关的知识和技能。便于读者边做边学。

本书共有十七个项目：电机单向点动运行 PLC 控制、电机单向连续运行 PLC 控制、电机正反转连续运行 PLC 控制、电机正反转两地启停 PLC 控制、工作台自动往复运行 PLC 控制、声光报警 PLC 控制系统、电机顺序启停 PLC 控制、优先抢答器 PLC 控制、电机减压启动控制、电机制动 PLC 控制、车库门控制系统、圆盘计数 PLC 控制、物料传送系统 PLC 控制、移位指令在流水灯控制中的应用、比较/传送指令在电梯控制系统中的应用、顺序控制程序设计在喷泉控制系统中的应用、顺序控制程序设计在交通灯控制系统中的应用。

本书在选材上力求先进性和实用性，每个项目都有具体的评分标准。本书适合作为高职高专院校自动化技术类专业的教材以及初学者自学，对从事自动化技术人员也具有一定的参考价值。

图书在版编目（CIP）数据

可编程控制技术应用——项目化教程/于晓云，许连阁编著. —北京：化学工业出版社，2011.7
高职高专"十二五"规划教材
ISBN 978-7-122-11463-1

Ⅰ. 可… Ⅱ. ①于…②许… Ⅲ. 可编程序控制器-高等职业教育-教材 Ⅳ. TM571.6

中国版本图书馆 CIP 数据核字（2011）第 104961 号

责任编辑：王昕讲		文字编辑：云　雷
责任校对：吴　静		装帧设计：韩　飞

出版发行：化学工业出版社（北京市东城区青年湖南街 13 号　邮政编码 100011）
印　　装：三河市延风印装厂
787mm×1092mm　1/16　印张 16¾　字数 423 千字　2011 年 8 月北京第 1 版第 1 次印刷

购书咨询：010-64518888（传真：010-64519686）　　售后服务：010-64518899
网　　址：http://www.cip.com.cn
凡购买本书，如有缺损质量问题，本社销售中心负责调换。

定　　价：32.00 元

前　言

20世纪80年代以来，DCS、PLC、SCADA等长期支持着工业控制技术，其中以可编程控制器（PLC）为核心的自动化系统在"十二五"期间将更加广泛地应用于钢铁、石油、化工、电力、建材、机械制造、汽车、轻纺、交通运输、环保及文化娱乐等各个行业。

在我国的工业自动化市场中，PLC的销售一直以两位数的百分比增长，国内急需大量高水平的PLC技术人员。高职高专院校作为高技能、高素质应用型人才的培养基地，必须打破传统的理论教学模式，重新构建基于工作过程导向的技能培训体系，以工业项目为载体、以工业过程为流程构建教材体系，充分体现自主学习的教学模式。

可编程控制器具有结构灵巧、硬件配置灵活方便、可靠性高、抗干扰能力强、易学易用等特点，作为自动化控制器件广泛应用于各行各业。只有通过PLC仿真项目方面的实训，让学生亲自编程、实际接线和仿真调试，并对运行过程中所遇到的问题进行分析和改进，才能真正培养学生创新思维和职业综合能力，真正实现学生毕业后在PLC技术应用领域"零距离上岗"的最终教学目标。

本书的编写打破原来的学科知识体系，依据行业职业技能鉴定规范并参考现代工业企业的生产技术文件编写。教材的内容完全采用项目式结构，将可编程控制器技术常用知识技能分散在各个项目中介绍，以"必需、够用"为编写原则，主要介绍常用可编程控制器的基础知识、系统构成、常用基本指令及应用、常用功能指令及应用、常用高级指令及应用以及简单的编程技巧与方法等。通过本课程学习学生将具备以可编程控制器为控制核心实施解决常用工业控制项目的基本技能，帮助学生掌握应用可编程控制器技术实现自动化控制技术方案、硬件系统设计及软件程序设计的方法。

本书以项目为载体，体现自主学习模式，以工作过程的六大步骤——资讯、决策、计划、实施、检查、评价为主线构建教材体系，所涉及的项目均来自工业领域常见工程，项目难度由浅入深，力求体现现代职业教育理念。教材中的"实用资料"部分可以根据学生的实际能力水平作为自主学习的材料；实践操作需要学生自主动手完成；自测与练习是对项目任务的进一步训练；项目实训与考核则是学生在工作过程中的指导性文件，要求学生边做边填写。本课程的教学时数为88学时，各项目的参考教学课时如下表。

章　节	课程内容	课时分配	
		讲授	实践训练
绪论	PLC基础知识	2	
项目1	电机单向点动运行PLC控制	3	3
项目2	电机单向连续运行PLC控制	5	5
项目3	电机正反转连续运行PLC控制	1	5
项目4	电机正反转两地启停PLC控制	0.5	2.5
项目5	工作台自动往复运行PLC控制	0.5	2.5
项目6	声光报警PLC控制系统	1	3
项目7	电机顺序启停PLC控制	0.5	2.5

章 节	课 程 内 容	课 时 分 配	
		讲授	实践训练
项目 8	优先抢答器 PLC 控制	0.5	2.5
项目 9	电机减压启动控制	4	4
项目 10	电机制动 PLC 控制	1	3
项目 11	车库门控制系统	0.5	4.5
项目 12	圆盘计数 PLC 控制	1	4
项目 13	物料传送系统 PLC 控制	2	4
项目 14	移位指令在流水灯控制中的应用	1	3
项目 15*	比较、传送指令在电梯控制系统中的应用	4	4
项目 16*	顺序控制程序设计在喷泉控制系统中的应用	2	2
项目 17*	顺序控制程序设计在交通灯控制系统中的应用	2	2
课 时 总 计		31.5	56.5

　　本书由于晓云、许连阁编著，其中项目 1～项目 14 由于晓云编写，前言、绪论及项目 15～项目 17 由许连阁编写。本教材的编写得到郭海林老师的大力帮助，在此表示感谢。

　　由于编者水平有限，书中难免存在不妥之处，恳切希望广大读者批评指正。

编 者
2011 年 5 月

目　录

绪　　论

近年来，中国化工生产（OEM）机械厂家一直致力于提高国产机械的自动化水平，减少对国外高端机械产品的依赖。其中 PLC 作为典型自动化控制产品，在纺织机械、塑料机械、印刷机械、食品机械、包装机械、起重机械、机床和化工机械等诸多领域被广泛应用。虽然受金融危机的影响，使 PLC 在电梯、纺织机械、建筑机械、电源设备、造纸机械、电子制造设备、物料搬运、机床、HVAC、塑料机械、橡胶机械等应用中呈负增长的态势，但是汽车、公共设施、矿业、市政等行业的 PLC 需求不减，成为 PLC 稳步增长的中坚力量。随着经济的回暖和国家政策的推动，自动化产品市场的需求持续旺盛。特别是在低碳时代，制造企业充分认识到了自动化产品的作用，以及其对于企业利润和在竞争激烈的全球市场中取得成功的贡献，因而继续在自动化设备上加大资本投资。PLC 产品可以用于离散、制程和混合式自动化产品领域，并在各个制造行业保持稳固增长。基于对更高自动化程度和更高能效的需要，制造业会越来越多地应用 PLC。在制造过程中，以最低生产设备生命周期成本来实现适应性和灵活性的日益增加的需求，给 PLC 的创新与发展提供了不竭的动力。一些新兴行业的运用以及新能源产生、储存和基础设施建设的需要，无疑给 PLC 带来了巨大的机遇，特别是在 OEM、楼宇自控等行业中将会有很大的起色。专家建议，"十二五"就"工厂自动化控制系统平台"进行科研与产业化立项，支持 PLC 共性平台研发与重点应用领域的结合、推广。因为发展阶段问题，我国目前比较重视可购买性差的、有战略性强度以及拉动性较大的产业，如核电站、风电、太阳能、大飞机、汽车等，上述这些产业都少不了 PLC，每一台机器都是要一台甚至多台 PLC 来控制。"十二五"期间国内必将需要更多高起点、高层次的 PLC 技术人员。因此了解 PLC 的工作原理，具备设计、调试和维护 PLC 系统的能力，已经成为现代工业对电气技术人员和工科学生的基本要求。

0.1　PLC 的产生

可编程控制器（Progammable Logic Controller，PLC）是以继电器技术为基础，综合 ICT 技术，以程序化方式实现设备的电气控制。PLC 结构紧凑、响应快、现场环境适应性与可靠性好（耐振动、噪声、灰尘、油污等）、抗干扰能力强、价格较低，是与 DCS 并驾齐驱的另一主流控制系统。在工业生产过程中，大量的开关量顺序控制，它按照逻辑条件进行顺序动作，并按照逻辑关系进行联锁保护动作的控制及大量离散量的数据采集。传统上，这些功能是通过气动或电气控制系统来实现的。1968 年美国 GM（通用汽车）公司提出取代继电器控制装置的要求，第二年，美国数字设备公司（DEC）研制出了基于集成电路和电子技术的控制装置，首次采用程序化的手段应用于电气控制，这就是第一代可编程序控制器。

0.2　PLC 的定义

可编程控制器（Programmable Controller，PC）经历了可编程序矩阵控制器 PMC、可编程序顺序控制器 PSC、可编程序逻辑控制器 PLC 和可编程序控制器 PC 几个不同时期。为与个人计算机（PC）相区别，现在仍然沿用可编程逻辑控制器这个老名字。

1987 年国际电工委员会（International Electrical Committee）颁布的 PLC 标准草案中对 PLC 定义如下："PLC 是一种专门为在工业环境下应用而设计的数字运算操作的电子装置。它采用可以编制程序的存储器，用来在其内部存储执行逻辑运算、顺序运算、计时、计数和算术运算等操作的指令，并能通过数字式或模拟式的输入和输出，控制各种类型的机械或生产过程。PLC 及其有关的外围设备都应该按易于与工业控制系统形成一个整体，易于扩展其功能的原则而设计。"

0.3　PLC 的本质

1. PLC 的系统结构

从 PLC 的定义可知，PLC 实际上就是一种工业控制计算机，它比一般的计算机具有更强的与工业过程相连接的接口和更直接地适应于控制要求的编程语言。因此，PLC 与计算机控制系统的组成十分相似，也是由中央处理单元（CPU）、存储器、输入/输出（I/O）接口、I/O 扩展接口、外部设备接口、编程器、电源等组成。如图 0-1 所示。

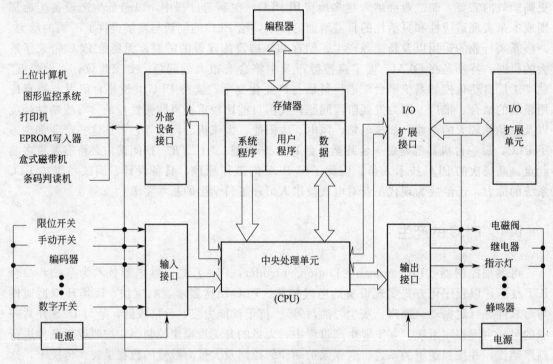

图 0-1　PLC 硬件结构

2. PLC 各组成部分的作用

（1）中央处理单元（CPU）

CPU 是整个 PLC 系统的核心，PLC 中所采用的 CPU 随机型不同而有所不同，常有三种：通用微处理器（如 Z80、8086、80286 等），单片微处理芯片（如 8031、8096 等），位片式微处理器（如 AMD29W 等）。在小型 PLC 中，大多采用 8 位通用微处理器和单片微处理器芯片；在中型 PLC 中，大多采用 16 位通用微处理器或单片微处理器芯片；在大型 PLC 中，大多采用高速位片式微处理器。

目前，小型 PLC 为单 CPU 系统，而中型和大型 PLC 常采用双 CPU，甚至最多用到 8

个 CPU 的系统，对于双 CPU 系统，一般一个是字处理器，一个是位处理器。字处理器执行编程器接口功能，监视内部定时器，监视扫描时间，处理字节指令以及对系统总线和位处理器进行控制等。位处理器也称布尔处理机，是由各厂家设计制造的专用芯片，它不仅使 PLC 增加了功能，提高了速度，也加强了 PLC 的保密性能。PLC 中位处理器的主要作用有两个，一个是直接处理一些位指令，从而提高了位指令的处理速度，减少了位指令对字处理器的压力；二是将 PLC 的面向工程技术人员的语言（如梯形图）转换成机器语言。

在 PLC 控制系统中，CPU 按 PLC 系统程序赋予的功能，指挥 PLC 有条不紊地进行工作，其主要作用如下。

① 接收并存储从编程器输入的用户程序和数据。

② 诊断电源、PLC 内部电路的工作故障和编程中的语法错误等。

③ 通过 I/O 部件接收现场的状态或数据并存入输入映像寄存器或数据寄存器中。

④ PLC 进入运行状态后，从存储器逐条读取用户指令，经过指令解释后按指令规定的任务进行数据传送、逻辑或算术运算等，根据运算的结果，更新有关状态位的状态和输出映像寄存器的内容，再经输出部件实现输出控制、制表打印或数据通信等功能。

（2）存储器

PLC 的存储器有两种，一种是可进行读/写操作的随机存储器 RAM；另一种为只读存储器 ROM、PROM、EPROM、EEPROM。PLC 中的 RAM 用来存储用户编制的程序或用户数据，存于 RAM 中的程序可随意修改。RAM 通常是 CMOS 型的，耗电很少，为了保证掉电时，不会丢失存储的各种信息，可用锂电池或用大电容做备用电源。当用户程序确定不变后，可将其固化在只读存储器中。现在许多 PLC 直接采用 EEPROM 作为用户程序存储器。PLC 的系统程序是由 PLC 生产厂家设计提供，出厂时已固化在各种只读存储器中，不能由用户直接读取、修改。因此，在 PLC 产品样本或使用手册中所列的存储器形式及容量是对用户存储器而言。

PLC 中已提供了一定容量的存储器供用户使用，若不够用，大多数 PLC 还提供了存储器扩展功能。

（3）输入/输出（I/O）接口

输入/输出接口是 PLC 与工业生产现场被控对象之间的连接部件。输入/输出接口有数字量（包括开关量）输入/输出和模拟量输入/输出两种形式。数字量输入/输出接口的作用是将外部控制现场的数字信号与 PLC 内部信号的电平相互转换；而模拟量输入/输出接口的作用是将外部控制现场的模拟信号与 PLC 内部的数字信号相互转换。输入/输出接口一般都具有光电隔离和滤波，其作用是把 PLC 与外部电路隔离开，以提高 PLC 的抗干扰能力。

通常 PLC 的开关量输入接口按使用的电源不同有三种类型：直流 12～24V 输入接口、交流 100～120V 或 200～240V 输入接口、交/直流（AC/DC）12～24V 输入接口。输入开关可以是无源触点或传感器的集电极开路晶体管。PLC 开关量输出接口按输出开关器件的种类不同常有三种形式：一是继电器输出型，CPU 输出时接通或断开继电器的线圈，继电器的触点闭合或断开，通过继电器触点控制外部电路的通断；另一种是晶体管输出型，通过光耦合使晶体管截止或饱和导通以控制外部电路；第三种是双向晶闸管输出型，采用的是光触发型双向晶闸管。按照负载使用电源不同，分为直流输出接口、交流输出接口和交/直流输出接口。

下面简单介绍常见的开关量输入/输出接口电路。

① 开关量输入接口

a. 直流输入接口　其原理如图 0-2 所示，由于各个输入端口的输入电路都相同，图中只画出了一个输入接口的输入电路。COM 为它们的公共端子。

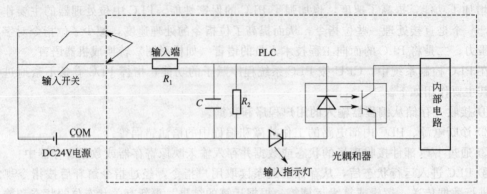

图 0-2　直流输入接口电路

当输入端的开关接通时，光耦合器导通，输入信号送入 PLC 内部，同时 LED 输入指示灯亮，指示输入端接通。

b. 交流/直流输入接口　其原理图如图 0-3 所示，其内部电路结构与直流输入接口电路基本相同，所不同的是外接电源除直流电源外，还可用 12～24V 交流电源。

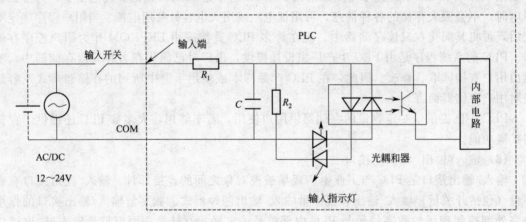

图 0-3　交流/直流输入接口电路

c. 交流输入接口　其原理图如图 0-4 所示，为减少高频信号串入，电路中设有高频去耦电路。

② 开关量输出接口　在开关量输出接口中，晶体管输出型的接口只能带直流负载，属于直流输出接口。晶闸管输出型的接口只能带交流负载，属于交流输出接口。继电器输出型的接口既可带直流负载，也可带交流负载，属于交直流输出接口。

a. 直流输出接口（晶体管输出型）　其原理图如图 0-5 所示，图中只画出了一个输出端的输出电路，各个输出端所对应的输出电路均相同。

PLC 的输出由用户程序决定。当需要某一输出端产生输出时，由 CPU 控制，将输出信号经光电耦合器输出，使晶体管导通，相应的负载接通，同时输出指示灯亮，指示该路输出端有输出。负载所需直流电源由用户提供。

b. 交流输出接口（晶闸管输出型）　其原理图如图 0-6 所示，图中只画出了一个输出端

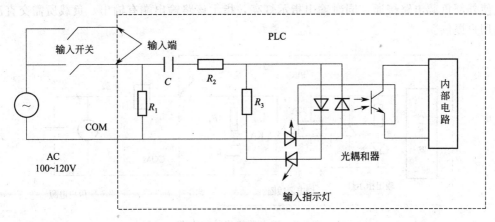

图 0-4　交流输入接口电路

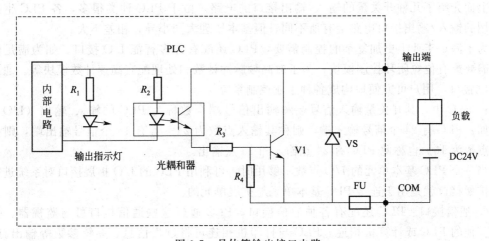

图 0-5　晶体管输出接口电路

的输出电路。在输出回路中设有阻容过压保护和浪涌吸收器，可承受严重的瞬时干扰。

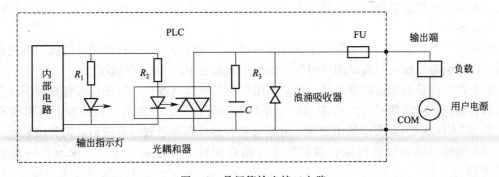

图 0-6　晶闸管输出接口电路

　　当需要某一输出端产生输出时，由 CPU 控制，将输出信号经光耦合器使输出回路中的双向晶闸管导通，相应的负载接通，同时输出指示灯亮，指示该路输出端有输出。负载所需交流电源由用户提供。

　　c. 交/直流输出接口电路（继电器输出型）　其原理图如图 0-7 所示，当需要某一输出端产生输出时，由 CPU 控制，将输出信号输出，接通输出继电器线圈，输出继电器的触点闭合，使外部负载电路接通，同时输出指示灯亮，指示该路输出端有输出。负载所需交直流电源由用户提供。

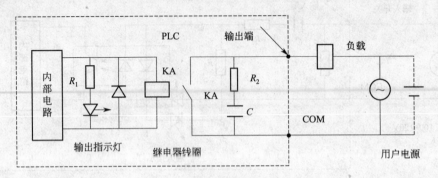

图 0-7　继电器输出接口电路

上面介绍了几种开关量的输入/输出接口的电路。由于 PLC 种类很多，各 PLC 生产厂家采用的输入/输出接口电路会有所不同，但基本原理大同小异，相差不大。

为了满足工业上更加复杂的控制需要，PLC 还配有许多智能 I/O 接口。如为满足位置调节需要配有位置闭环控制模块；为了对高频脉冲计数和处理配有高速计数模块等。通过智能 I/O 接口，用户可方便地构成各种工业控制系统。

在 PLC 中，其开关量输入信号端和输出信号端个数称为 PLC 的输入/输出（I/O）点数。如：PLC 有 24 个信号输入端，则称其输入点数为 24；若有 16 个信号输出端，则称其输出点数为 16。也称此 PLC 有 24 点输入和 16 点输出。

当一个 PLC 基本单元的 I/O 点数不够用时，可利用 PLC 的 I/O 扩展接口对系统进行扩展，扩展接口就是用于连接 PLC 基本单元与扩展单元的。

d. 通信接口　PLC 还配有各种通信接口，PLC 通过这些通信接口可与监视器、打印机、其他的 PLC 或计算机相连。PLC 与打印机相连可将过程信息、系统参数等输出打印。当与监视器相连时可将控制过程图像显示出来。当 PLC 与 PLC 相连时，可组成多机系统或连成网络，实现更大规模控制。当 PLC 与计算机相连时，可组成多级控制系统，实现控制与管理相结合的综合系统。

（4）编程器

编程器主要由键盘、显示器、工作方式选择开关和外存储器插口等部件组成。编程器的作用是用来编写、输入、调试用户程序，也可在线监视 PLC 的工作状况。

编程器有简易型和智能型两类。简易型编程器只能联机编程，且往往需将梯形图转化为机器语言助记符后才能送入。智能编程器又称图形编程器，它既可联机编程，又可脱机编程，具有 LCD 或 CRT 图形显示功能，可直接输入梯形图和通过屏幕对话，但价格较贵。

简易型编程器和智能型编程器都属于专用编程器，即为某一生产厂家或某一系列的 PLC 专用的。

现在也可在个人计算机上添加适当的硬件接口，利用生产厂家提供的编程软件包就可将计算机作为编程器使用，而且还可在计算机实现模拟调试。

（5）电源

PLC 的工作电源一般为单向交流电源（通常为交流 110/220V），也有用直流 24V 供电的。PLC 对电源的稳定度要求不高，一般允许电源电压在额定值±15％的范围内波动。PLC 中都有一个稳压电源。有的 PLC 电源与 CPU 合为一体；有的 PLC，特别是大中型

PLC，备有电源模块；有些 PLC 电源部分还提供 24VDC 稳压输出，用于对外部传感器供电。

0.4　PLC 的品牌及规格类型

目前市场使用比较普遍的 PLC 品牌有日本松下（Panasonic）、欧姆龙（Omron）、三菱（Mitsubishi）以及德国西门子（Siemens）。下面简单地介绍常用的型号。

1. 松下

（1）FP0 超小型

如图 0-8 所示。

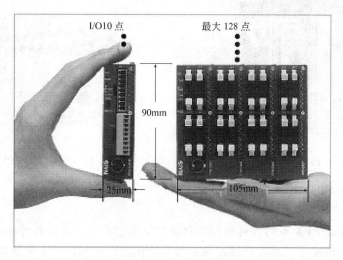

图 0-8　松下 FP0 系列 PLC

产品特点如下。

① 超小型尺寸，具有世界上最小的安装面积，宽×高×长＝25mm×90mm×60mm。

② 轻松扩展，扩展单元可直接连接到控制单元上、不需任何电缆。

③ 从 I/O 10 点到最大 I/O 128 点的选择空间。

④ 拥有广泛的应用领域。

（2）松下电工 FP1 系列可编程控制器

如图 0-9 所示。

FP1 系列是一种体积小巧、功能齐全的一体型 PLC，它的特点如下。

① CPU 运行速度 1.6μs/步。

② 程序容量高达 2700 步/500 步。

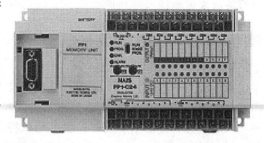

图 0-9　松下 FP1 系列 PLC

③ 最多可控制 152 点加 4 通道 A/D，4 通道 D/A。

④ 主机有 14 点、16 点、24 点、40 点、56 点、72 点六种，还有 8 点、16 点、24 点、40 点四种扩展单元。

⑤ 主机上配有 RS232C 通信口及机内时钟。

⑥ 通过 C-NET 网络模块可方便地将最多 32 台 PLC 联成网络，距离达 1.2km。

（3）松下电工 FP2/FP2SH

如图 0-10 所示。

产品特点如下。

① 集多功能于一体，结构紧凑，体积仅有宽×高×长＝140mm×100mm×110mm（5个模块时）。

② 带有高级通信接口用于远程监控和可通过调制解调器进行维护。

③ CPU 单元通过 RS232 口可直接与人机界面相联。

④ 提供多种高功能单元，可实现模拟量控制、联网和位置控制。

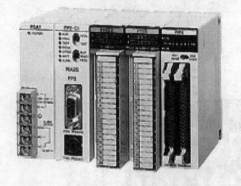

图 0-10　松下电工 FP2/FP2SH 系列 PLC　　　　图 0-11　松下电工 FPX 系列 PLC

（4）松下电工 FPX

如图 0-11 所示。

产品特点：最新 FPX 系列（可编程控制器）是适用于小规模设备控制的小型通用 PLC，具有大容量、高处理速度、高安全性及可扩展性的优点。它内置了 4 轴脉冲输出功能（晶体管输出型）。晶体管输出型产品将在 C14 中为 3 轴、在 C30/C60 中为 4 轴的脉冲输出功能内置于控制单元本体中。以往 PLC 中必须使用高级机种或位控专用单元，或使用 2 台以上多轴控制设备，但 FP-X 晶体管输出型产品基本上只使用 1 台单元设备，既可节省空间、又能降低成本。此外与继电器输出型产品相比，由于不再使用脉冲输出扩展插件，可以更多地使用通信及模拟量输入等其他功能，使用范围更大。

2. 三菱

（1）FX1S 系列可编程控制器

如图 0-12 所示。

产品特点：FX1S 系列是三菱电机最微型的可编程控制器，从属于 F1 系列，该系列 PLC 是日本三菱公司在 F 系列基础上发展起来的第二代产品，属于整体式结构。它共有三种不同的单元，即基本单元、扩展单元和特殊单元。基本单元内有微处理器（CPU）、存储器和输入/输出接口电路等。每个控制系统必有一台基本单元。如果要增加 I/O 点数，可连接扩展单元，如果要增加控制功能，则可连接相应的特殊单元，如高速计数单元、位置控制单元、模拟量单元等。

FX1S 适用于小规模控制的基本型机器，具有小型且高性能的特点，可以扩展通信功能，有 MT 晶体管和 MR 继电器输出。10/14/20/30 共 8 种 220V 电源的规格。

① 控制规模：10～30 点。

② 内置 2K 容量的 EEPROM 存储器，无需电池，免维护。

③ CPU 运算处理速度 0.55～0.7μs/基本指令。

④ 基本单元内置 2 轴独立最高 100kHz 定位功能（晶体管输出型）。

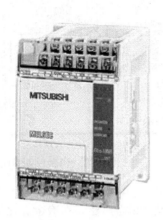

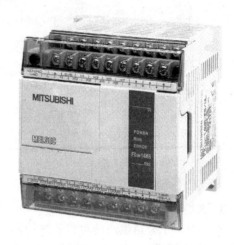

图 0-12　FX1S 系列可编程控制器　　　　　图 0-13　三菱 FX1N 系列可编程控制器

（2）三菱 FX1N 系列可编程控制器

如图 10-13 所示。

产品特点：FX1N 系列 PLC 是三菱推出的适合于小规模控制的基本型机器，可以扩展输入输出的端子排型标准机器，它可以构成带模拟量或者通信等的控制系统。FX1N 系列 PLC 是三菱推出的适合于小规模控制的基本型机器，可以扩展输入输出的端子排型标准机器，它可以构成带模拟量或者通信等的控制系统。

① 控制规模：14～128 点。

② CPU 运算处理速度 0.55～0.7μs/基本指令。

③ 在 FX1N 系列右侧可连接输入输出扩展模块和特殊功能模块。

④ 基本单元内置 2 轴独立最高 100kHz 定位功能（晶体管输出型）。

⑤ 内置 8K 的 EEPROM 存储器，无需电池，免维护。

（3）三菱 FX2N 系列可编程控制器

如图 0-14 所示。

产品特点：FX2N 系列 PLC 是三菱推出的端子排型高性能标准规格机器，具有高速、高功能等基本性能，适用于从普通顺控开始的广泛领域。

（4）三菱 FX3U 第三代微型可编程控制器

如图 0-15 所示。

产品特点：FX3U 是三菱推出的第三代微型可编程控制器，它是在速度、容量、性能、功能都达到了业界最高水准的高性能机器。它内置了业界最高水平的高速处理及定位等功能，并在性能上进行了大幅度的提升。

① 第三代微型可编程控制器。

② 内置高达 64K 大容量的 RAM 存储器。

③ 内置业界最高水平的高速处理 0.065μs/基本指令。

④ 控制规模：16～384（包括 CC-LINK I/O）点。

⑤ 内置独立 3 轴 100kHz 定位功能（晶体管输出型）。

⑥ 基本单元左侧均可以连接功能强大简便易用的专用适配器。

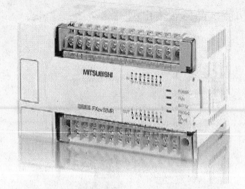
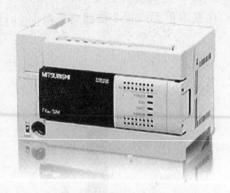

图 0-14　三菱 FX2N 系列可编程控制器　　　　图 0-15　三菱 FX3U 第三代微型可编程控制器

3. 德国

德国西门子公司生产的可编程序控制器在我国的应用也相当广泛，在冶金、化工、印刷生产线等领域都有应用。西门子公司的 PLC 产品包括 LOGO、S7-200、S7-300 以及 S7-400。

西门子 S7 系列 PLC 体积小、速度快、标准化，具有网络通信能力，功能更强，可靠性更高。S7 系列 PLC 产品可分为微型 PLC（如 S7-200），小规模性能要求的 PLC（如 S7-300）和中、高性能要求的 PLC（如 S7-400）等。

（1）SIMATIC S7-200 系列

如图 0-16 所示。

图 0-16　SIMATIC S7-200 系列

产品特点： SIMATIC S7-200 系列 PLC 适用于各行各业，各种场合中的检测、监测及控制的自动化。S7-200 系列的强大功能使其无论在独立运行中，或相连成网络皆能实现复杂控制功能。因此 S7-200 系列具有极高的性能/价格比。

S7-200 系列的优势表现在以下几个方面：

① 极高的可靠性；

② 极丰富的指令集；

③ 易于掌握；

④ 便捷的操作；

⑤ 丰富的内置集成功能；

⑥ 实时特性；

⑦ 强劲的通信能力；

⑧ 丰富的扩展模块。

S7-200 系列在集散自动化系统中充分发挥其强大功能。使用范围可覆盖从替代继电器的简单控制到更复杂的自动化控制。应用领域极为广泛，覆盖所有与自动检测，自动化控制有关的工业及民用领域，包括各种机床、机械、电力设施、民用设施、环境保护设备等。如：冲压机床 、磨床 、印刷机械 、橡胶化工机械 、中央空调 、电梯控制、运动系统。

SIMATIC 牢固紧凑的塑料外壳易于接线，操作员控制及显示元件带前面罩保护，通过安装孔或标准 DIN 导轨可以垂直或水平地安装在机柜上。端子排作为固定的接线配件选用。在内部 EEPROM 储存用户原程序和预设值。另外，在一个较长时间段（典型 190h），所有中间数据可以通过一个超级电容器保持，如果选配电池模块可以确保停电后中间数据能保存200 天（典型值）。

S7-200 系列 PLC（图 0-17）可提供 4 个不同的基本型号的 8 种 CPU 供使用。CPU 单元设计集成的 24V 负载电源，可直接连接到传感器和变送器（执行器）。

图 0-17　SIMATIC S7-200 系列 PLC

① S7-221 型　本机集成 6 输入/4 输出共 10 个数字量 I/O 点，无 I/O 扩展能力，6K 字节程序和数据存储空间。4 个独立的 30kHz 高速计数器，2 路独立的 20kHz 高速脉冲输出。1 个 RS485 通信/编程口，具有 PPI 通信协议、MPI 通信协议和自由方式通信能力。非常适合于小点数控制的微型控制器。

② S7-222 型　本机集成 8 输入/6 输出共 14 个数字量 I/O 点，可连接 2 个扩展模块。6K 字节程序和数据存储空间。4 个独立的 30kHz 高速计数器，2 路独立的 20kHz 高速脉冲输出。1 个 RS485 通信/编程口，具有 PPI 通信协议、MPI 通信协议和自由方式通信能力。非常适合于小点数控制的微型控制器。

③ S7-224 型　本机集成 14 输入/10 输出共 24 个数字量 I/O 点，可连接 7 个扩展模块，最大扩展至 168 路数字量 I/O 点或 35 路模拟量 I/O 点。13K 字节程序和数据存储空间。6个独立的 30kHz 高速计数器，2 路独立的 20kHz 高速脉冲输出，具有 PID 控制器。1 个 RS485 通信/编程口，具有 PPI 通信协议、MPI 通信协议和自由方式通信能力。I/O 端子排可很容易地整体拆卸，是具有较强控制能力的控制器。

④ S7-224XP 型　本机集成 14 输入/10 输出共 24 个数字量 I/O 点，2 输入/1 输出共 3个模拟量 I/O 点，可连接 7 个扩展模块，最大扩展值至 168 路数字量 I/O 点或 38 路模拟量I/O 点。20K 字程序和数据存储空间，6 个独立的高速计数器（100kHz），2 个 100kHz 的

高速脉冲输出，2 个 RS485 通信/编程口，具有 PPI 通信协议、MPI 通信协议和自由方式通信能力。本机还新增多种功能，如内置模拟量 I/O、位控特性、自整定 PID 功能、线性斜坡脉冲指令、诊断 LED、数据记录及配方功能等。是具有模拟量 I/O 和强大控制能力的新型 CPU。

⑤ S7-226 型　本机集成 24 输入/16 输出共 40 个数字量 I/O 点。可连接 7 个扩展模块，最大扩展至 248 路数字量 I/O 点或 35 路模拟量 I/O 点。13K 字节程序和数据存储空间。6 个独立的 30kHz 高速计数器，2 路独立的 20kHz 高速脉冲输出，具有 PID 控制器。2 个 RS485 通信/编程口，具有 PPI 通信协议、MPI 通信协议和自由方式通信能力。I/O 端子排可很容易地整体拆卸。用于较高要求的控制系统，具有更多的输入/输出点，更强的模块扩展能力，更快的运行速度和功能更强的内部集成特殊功能。可完全适应于一些复杂的中小型控制系统。

（2）SIMATIC S7-1200 小型可编程控制器

如图 0-18 所示。

产品特点：SIMATIC 家族的新成员集成 PROFINET 接口，具有卓越的灵活性和可扩

图 0-18　SIMATIC S7-1200
小型可编程控制器

展性，同时集成高级功能，如高速计数、脉冲输出、运动控制等。编程软件 STEP 7 Basic V10.5 与其完美整合的小型可编程控制器和 KTP 精简系列形成统一工程系统，为小型自动化领域紧凑、复杂的自动化任务提供了整体解决方案。SIMATIC 系列控制器诞生于 1958 年，历经 50 余年锤炼，已成为全球冶金、交通、环保、市政等各领域均有广泛应用的自动化控制器产品。

SIMATIC S7-1200 小型可编程控制器充分满足于中小型自动化的系统需求。在研发过程中充分考虑了系统、控制器、人机界面和软件的无缝整合和高效协调的需求。

SIMATIC S7-1200 集成了 PROFINET 接口，使得编程、调试过程以及控制器和人机界面的通信可以全面地使用 PROFINET 工业以太网技术，并对现有的 PROFIBUS 系统的升级提供了很好的支持。同时，SIMATIC S7-1200 小型控制器的设计具备可扩展性和灵活性，使其能够精确完成自动化任务对控制器的复杂要求。CPU 本体可以通过嵌入输入/输出信号板完成灵活扩展。"信号板"是 S7-1200 的一大亮点，信号板嵌入在 CPU 模块的前端，可以提供两个数字量输入/数字量输出接口或者一个模拟量输出。这一特点使得系统设计紧凑，配置灵活。同时通过独立的 RS-232 或 RS-485 通信模块可实现 S7-1200 通信灵活扩展。

SIMATIC S7-1200 系列的问世是西门子在原有产品系列基础上拓展的产品版图，代表了未来小型可编程控制器的发展方向。

（3）SIMATIC S7-300 系列可编程控制器

如图 0-19 所示。

产品特点：SIMATIC S7-300 是更精致、更玲珑的小型 CPU。虽然体积小，但性能齐全，全集成的通信接口、各种功能和分布式 I/O，无需安装其他组件，运行成本将微乎其微。如果再将项目数据保存在 CPU 中，无电池运行，无需维护。全新 4 MB SIMATIC 存储卡，读写数据、测量值归档，轻而易举。结构更紧

图 0-19　SIMATIC S7-300 系列可编程控制器

凑，运行时间更短。全新 CPU，指令运行时间更短，机器运行速度更快，生产效率更高。它提供三种灵巧款式：16KB CPU 312C、32KB CPU 313C 和 48KB CPU 314C。其更多的优点如下。

① 模块化中小型 PLC 系统，能满足中等性能要求的应用，它具有功能非常强劲中央处理单元（CPU），各种 CPU 有各种不同的性能，例如，有的 CPU 上集成有输入/输出点，有的 CPU 上集成有 PROFI- BUS-DP 通信接口等。大范围的各种功能模块可以非常好地满足和适应自动控制任务，信号模块（SM）用于数字量和模拟量输入/输出；通信处理器（CP）用于连接网络和点对点连接；功能模块（FM）用于高速计数、定位操作和闭环控制。由于简单实用的分散式结构和多界面网络能力，使得应用十分灵活。

② SIMATIC S7-300 可编程序控制器是模块化结构设计，各种单独的模块之间可进行广泛组合以用于扩展。当控制任务增加时，可自由扩展。根据客户要求，还可以提供以下设备：负载电源模块（PS）用于将 SIMATIC S7-300 连接到 120/230V AC 电源；接口模块（IM）用于多机架配置时连接主机架（CR）和扩展机架（ER）；S7-300 通过分布式的主机架（CR）和 3 个扩展机架（ER），可以操作多达 32 个模块。

③ 方便用户和简易的无风扇设计，CPU 运行时无需风扇。

④ SIMATIC S7-300 适用于通用领域，具有高电磁兼容性和强抗振动及冲击性，使其具有最高的工业环境适应性。它具有两种类型：标准型，温度范围从 0～60℃；环境条件扩展型，温度范围从 −25℃～+60℃，具有更强的耐受振动和污染特性。

⑤ 简单的结构使得 S7-300 灵活而易于维护，DIN 标准导轨安装只需简单地将模块钩在 DIN 标准的安装导轨上，转动到位，然后用螺栓锁紧；集成的背板总线集成在模块上，模块通过总线连接器相连，总线连接器插在机壳的背后；更换模块简单并且不会弄错更换模块时，只需松开安装螺钉；很简单地拔下已经接线的前连接器，在连接器上的编码防止将已接线的连接器插到其他的模块上；可靠的接线端子对于信号模块可以使用螺钉型接线端子或弹簧型接线端子，TOP 连接采用一个带螺钉或夹紧连接的 1 至 3 线系统进行预接线；或者直接在信号模块上进行接线；确定的安装深度所有的端子和连接器都在模块上的凹槽内，并有端盖保护，因此所有的模块都有相同的安装深度；没有槽位的限制信号模块和通信处理模块可以不受限制地插到任何一个槽上，系统自行组态。

⑥ 如果用户的自控系统任务需要多于 8 个信号模块或通信处理器模块时，则可以扩展 S7-300 机架（CPU314 以上）；在 4 个机架上最多可安装 32 个模块，最多 3 个扩展机架（ER）可以接到中央机架（CR）上，每个机架（CR/ER）可以插入 8 个模块；通过接口模块连接每个机架上（CR/ER）都有它自己的接口模块。它总是插在 CPU 旁边的槽内，负责与其他扩展机架自动地进行通信；通过 IM365 扩展可扩展 1 个机架，最长 1m，电源也是由此扩展提供；通过 IM360/361 扩展可扩展 3 个机架，中央机架（CR）到扩展机架（ER）及扩展机架之间的距离最大为 10m；独立安装每个机架可以距离其他机架很远进行安装，两个机架间（主机架与扩展机架，扩展机架与扩展机架）的距离最长为 10m。灵活布置机架（CR/ER）可以根据最佳布局需要，水平或垂直安装。

⑦ SIMATIC S7-300 的大量功能支持和帮助用户进行编程、启动和维护；其高速的指令处理 0.6～0.1μs 的指令处理时间在中等到较低的性能要求范围内开辟了全新的应用领域；其浮点数运算可以有效地实现更为复杂的算术运算，方便用户的参数赋值，它的带标准用户接口的软件工具给所有模块进行参数赋值，这样就节省了入门和培训的费用。

⑧ 其人机界面服务已经集成在 S7-300 操作系统内。因此人机对话的编程要求大大减

少。SIMATIC 人机界面（HMI）从 S7-300 中要求数据，S7-300 按用户指定的刷新速度传送这些数据，S7-300 操作系统自动地处理数据的传送。

⑨ CPU 的智能化的诊断系统连续监控系统的功能是否正常、记录错误和特殊系统事件。

⑩ 多级口令保护可以使用户高度、有效地保护其技术机密，防止未经允许的复制和修改。

⑪ 操作方式选择开关，操作方式选择开关像钥匙一样可以拔出，当钥匙拔出时，就不能改变操作方式。这样就防止非法删除或改写用户程序。

（4）S7-400 系列西门子可编程控制器

如图 0-20 所示。

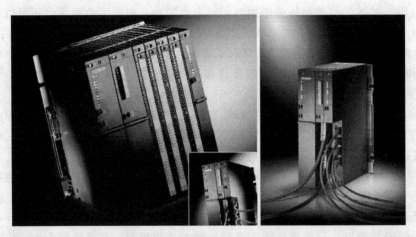

图 0-20　S7-400 系列西门子可编程控制器

产品特点如下。

① 功能强大的 PLC，适用于中高性能控制领域，其 CPU 处理速度高，比同型号整体提高 3～70 倍，417 型 CPU 最快高达 $0.03\mu s$/位指令。执行复杂数学运算的速度最高提高到原来的 70 倍。

② CPU 的工作内存最高达 20MB，S7 定时器和计数器个数达到 2048 个；CPU 通信性能很强，等时模式工作中循环周期短，特别是与驱动装置的通信能力非常强，数据传输速率高，垂直集成通信及 PLC-PLC 的通信响应时间缩短一半。硬件冗余 CPU 同步速率快，同步光缆最高可达 10km，用于解决方案满足最复杂的任务要求。

③ 功能分级的 CPU 以及种类齐全的模板，总能为其自动化任务找到最佳的解决方案。

④ 实现分布式系统和扩展通信能力都很简便，组成系统灵活自如。

⑤ 用户友好性强，操作简单，免风扇设计。

⑥ 随着应用的扩大，系统扩展无任何问题。

⑦ S7-400 自动化系统采用模块化设计。它所具有的模板的扩展和配置功能使其能够按照每个不同的需求灵活组合。有多种 CPU 可供用户选择，有些带有内置的 PROFIBUS-DP 接口，用于各种性能范围。一个中央控制器可包括多个 CPU，以加强其性能。各种信号模板（SM）用于数字量输入和输出（DI/DO）以及模拟量的输入和输出（AI/AO），其通信模板（CP）用于总线连接和点到点的连接。提供各种功能模板（FM）专门用于计数、定位、凸轮控制等任务。根据用户需要还提供接口模板（IM），用于连接中央控制单元和扩展

单元；SIMATIC S7-400 中央控制器最多能连接 21 个扩展单元；SIMATIC S5 模板：SI-MATIC S5-155U、135U 和 155U 的所有 I/O 模板都可和相应的 SIMATIC S5 扩展单元一起使用。另外，专用的 IP 和 WF 模板既可用于 S5 扩展单元，也可直接用于中央控制器（通过适配器盒）。SIMATIC S7-400 是一种通用控制器，由于有很高的电磁兼容性和抗冲击、耐振动性能，因而能最大限度地满足各种工业标准。模板能带电插、拔。另外 S7-400 在编程、启动和服务方面有众多特点：高速指令处理；用户友好的参数设置；用户友好的操作员控制和监视功能（HMI）已集成在 SIMATIC 的操作系统中；CPU 的诊断功能和自测试智能诊断系统连续地监视系统功能并记录错误和系统的特殊事件；口令保护；模式选择开关。

4. 欧姆龙

（1）SYSMAC CPM1A-V1 系列可编程控制器

如图 0-21 所示。

产品特点：用于小型设备、小点数配电箱的省空间化经济型微型 PLC 的标准机型，小型机种包含了 CPU 为 AC 电源、DC 电源、继电器输出、晶体管输出的 4 种不同型号。电源、输出 I/O 点数等按需要选择使用。

图 0-21　SYSMAC CPM1A-V1
系列可编程控制器

图 0-22　SYSMAC CPM2A
系列可编程控制器

（2）SYSMAC CPM2A 系列可编程控制器

如图 0-22 所示。

产品特点如下。

① 高速计数器能方便地测量高速运动的加工件。

② 同步脉冲控制提供方便的脉冲比例调整。

③ 带高速扫描和高速中断的高速处理。

④ 可方便地与 OMRON 的可编程控制终端（PT）相连接。

⑤ 通过脉冲输出可实现各种基本的位置控制。

⑥ 可进行分散控制和模拟量控制。

⑦ 可以使用 CPM1A 的扩展单元。

（3）SYSMAC CPM2AH 系列可编程控制器

如图 0-23 所示。

① 高速计数器能方便地测量高速运动的加工件。

② 扩展能力增强，最大到 12CH 的模拟量。

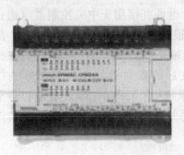

图 0-23　SYSMAC CPM2AH
系列可编程控制器

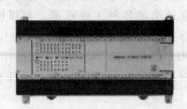

图 0-24　SYSMAC CPM2AH-S
系列可编程控制器

图 0-25　SYSMAC CPM2C
系列可编程控制器

③ 带高速扫描和高速中断的高速处理。

④ 可方便地与 OMRON 的可编程程序终端（PT）相连接，为机器操作提供一个可视化界面。

⑤ A/D、D/A 精度大幅度提高，分辨率为 1/6000。

⑥ 可进行分散控制和模拟量控制。

⑦ 通信功能增加，提供内置 RS232C 端口及 RS485 的适配器。

（4）SYSMAC CPM2AH-S 系列可编程控制器

如图 0-24 所示。

产品特点如下。

① 具有现场总线功能的 CPM2AH∷∷ CPM2AH-S40CDR-A。

② 内置 Compobus/S 主单元功能。

③ 最大 356 点 I/O。

④ 最大 28 路模拟量 I/O。

（5）SYSMAC CPM2C 系列可编程控制器

如图 0-25 所示。

高功能、最大 192 点输入输出、节省了宽度的小机型（与 CPM2A 有相同功能的细长型），在超小型的外表下集合了有效控制机器的多彩的功能。CPU 具有继电器输出/晶体管输出、端子台链接器连接、时钟功能有无等多种型号（仅限 DC 电源）。可根据现场情况选择输出类型、I/O 点数。另外，通用 8 点/10 点/16 点/20 点/24 点/32 点的扩展 I/O 单元，最多可控制 192 输入输出。

图 0-26　SYSMAC CP1E
系列可编程控制器

（6）SYSMAC CP1E 系列可编程控制器

如图 0-26 所示。

产品特点如下。

① 20/30/40 点型 CPU。

② 标配 USB 口，N 型内置 RS232 口且可扩展至 2 个串口。

③ 强大的定位功能，2 轴高达 100kHz 的脉冲输出。

④ 控制规模 10～160 点。

⑤ 操作便利，一眼即知的 I/O 状态。

⑥ 浮点运算。

⑦ 安全密码功能。

（7）SYSMAC CP1L 系列可编程控制器

如图 0-27 所示。

产品特点如下。

① 丰富的 CPU 单元（10/14/20/30/40/60 点 RY/TR 型）。

② 独具变频器简易定位功能。

③ 覆盖小规模机器控制的需求。

④ 最大 180 点 I/O 扩展能力。

⑤ 最大程序容量 10K 步，最大数据容量 32K 字。

⑥ 脉冲输出 100kHz×2 轴。

⑦ 高速计数相位差方式 50kHz×2 轴。

⑧ 单相 100kHz×4 轴。

⑨ 最大 2 个串行通信接口（RS232/RS485 任选）。

⑩ 标准配置 USB 编程接口。

⑪ 支持 FB/ST 编程。

⑫ LCD 选件板提供丰富的显示/监控功能。

图 0-27　SYSMAC CP1L
系列可编程控制器

图 0-28　SYSMAC CP1H
小型高功能可编程控制器

（8）SYSMAC CP1H 小型高功能可编程控制器

如图 0-28 所示。

产品特点如下。

① 处理速度快：基本指令 0.1μs；特殊指令 0.3μs。

② I/O 容量：最多 7 个扩展单元，开关量最大 320 点，模拟量最大 37 路。

③ 程序容量：20K 步。

④ 数据容量：32K 字。

⑤ 机型类别：本体 40 点，24 点输入，16 点输出，继电器输出或晶体管输出可选。

⑥ 具有多种特殊功能：4 轴脉冲输出：100kHz×2 和 30 kHz×2（X 型和 XA 型），最大 1MHz（Y 型）；4 轴高速计数：单向 100kHz 或相位差 50 kHz×4（X 型和 XA 型），最大 1MHz（Y 型）；内置模拟量 4 输入，2 输出（XA 型）；通信接口最大 2 个串行通信口（RS-232A 或 RS-422/485 任选）；本体附带一个 USB 编程端口，上位链接、无协议通信、NT 链接（1：N）、串行网关功能、串行 PLC 链接功能。

⑦ 模拟量输入手动设定，2 位 7 段码发光二极管显示故障信息，支持欧姆龙中型机 CJ1 系列高功能模块（最大 2 块），支持 FB/ST 编程，可以利用欧姆龙的 Smart FB 库，与 CJ1/CS1 系列程序统一，可以互换。

0.5 PLC的特点

1. 可靠性高，抗干扰能力强

传统的继电器控制系统中使用了大量的中间继电器、时间继电器。由于触点接触不良，容易出现故障。PLC用软件代替大量的中间继电器和时间继电器，仅剩下与输入和输出有关的少量硬件，接线可减少到继电器控制系统的1/10～1/100，因触点接触不良造成的故障大为减少。

高可靠性是电气控制设备的关键性能。PLC由于采用现代大规模集成电路技术，采用严格的生产工艺制造，内部电路采取了先进的抗干扰技术，具有很高的可靠性。例如三菱公司生产的F系列PLC平均无故障时间高达30万小时。一些使用冗余CPU的PLC的平均无故障工作时间则更长。从PLC的机外电路来说，使用PLC构成控制系统，和同等规模的继电接触器系统相比，电气接线及开关接点已减少到数百甚至数千分之一，故障也就大大降低。此外，PLC带有硬件故障自我检测功能，出现故障时可及时发出警报信息。在应用软件中，应用者还可以编入外围器件的故障自诊断程序，使系统中除PLC以外的电路及设备也获得故障自诊断保护。这样，整个系统具有极高的可靠性也就不奇怪了。

2. 硬件配套齐全，功能完善，适用性强

PLC发展到今天，已经形成了大、中、小各种规模的系列化产品，并且已经标准化、系列化、模块化，配备有品种齐全的各种硬件装置供用户选用，用户能灵活方便地进行系统配置，组成不同功能、不同规模的系统。PLC的安装接线也很方便，一般用接线端子连接外部接线。PLC有较强的带负载能力，可直接驱动一般的电磁阀和交流接触器，可以用于各种规模的工业控制场合。除了逻辑处理功能以外，现代PLC大多具有完善的数据运算能力，可用于各种数字控制领域。近年来PLC的功能单元大量涌现，使PLC渗透到了位置控制、温度控制、CNC等各种工业控制中。加上PLC通信能力的增强及人机界面技术的发展，使用PLC组成各种控制系统变得非常容易。

3. 易学易用，深受工程技术人员欢迎

PLC作为通用工业控制计算机，是面向工矿企业的工控设备。它接口容易，编程语言易于为工程技术人员接受。梯形图语言的图形符号与表达方式和继电器电路图相当接近，只用PLC的少量开关量逻辑控制指令就可以方便地实现继电器电路的功能。为不熟悉电子电路、不懂计算机原理和汇编语言的人使用计算机从事工业控制打开了方便之门。

4. 系统的设计、安装、调试工作量小，维护方便，容易改造

PLC的梯形图程序一般采用顺序控制设计法。这种编程方法很有规律，很容易掌握。对于复杂的控制系统，梯形图的设计时间比设计继电器系统电路图的时间要少得多。

PLC用存储逻辑代替接线逻辑，大大减少了控制设备外部的接线，使控制系统设计及建造的周期大为缩短，同时维护也变得容易起来。更重要的是使同一设备经过改变程序改变生产过程成为可能。这很适合多品种、小批量的生产场合。

5. 体积小，重量轻，能耗低

以超小型PLC为例，新近出产的品种底部尺寸小于100mm，仅相当于几个继电器的大小，因此可将开关柜的体积缩小到原来的1/2～1/10。它的重量小于150g，功耗仅数瓦。由于体积小很容易装入机械内部，是实现机电一体化的理想控制设备。

0.6　PLC 的应用领域

目前，PLC 在国内外已广泛应用于钢铁、石油、化工、电力、建材、机械制造、汽车、轻纺、交通运输、环保及文化娱乐等各个行业，使用情况大致可归纳为如下几类。

1. 开关量的逻辑控制

这是 PLC 最基本、最广泛的应用领域，它取代传统的继电器电路，实现逻辑控制、顺序控制，既可用于单台设备的控制，也可用于多机群控及自动化流水线。如注塑机、印刷机、订书机械、组合机床、磨床、包装生产线、电镀流水线等。

2. 模拟量控制

在工业生产过程当中，有许多连续变化的量，如温度、压力、流量、液位和速度等都是模拟量。为了使可编程控制器处理模拟量，必须实现模拟量（Analog）和数字量（Digital）之间的 A/D 转换及 D/A 转换。PLC 厂家都生产配套的 A/D 和 D/A 转换模块，使可编程控制器用于模拟量控制。

3. 运动控制

PLC 可以用于圆周运动或直线运动的控制。从控制机构配置来说，早期直接用于开关量 I/O 模块连接位置传感器和执行机构，现在一般使用专用的运动控制模块。如可驱动步进电机或伺服电机的单轴或多轴位置控制模块。世界上各主要 PLC 厂家的产品几乎都有运动控制功能，广泛用于各种机械、机床、机器人、电梯等场合。

4. 过程控制

过程控制是指对温度、压力、流量等模拟量的闭环控制。作为工业控制计算机，PLC 能编制各种各样的控制算法程序，完成闭环控制。PID 调节是一般闭环控制系统中用得较多的调节方法。大中型 PLC 都有 PID 模块，目前许多小型 PLC 也具有此功能模块。PID 处理一般是运行专用的 PID 子程序。过程控制在冶金、化工、热处理、锅炉控制等场合有非常广泛的应用。

5. 数据处理

现代 PLC 具有数学运算（含矩阵运算、函数运算、逻辑运算）、数据传送、数据转换、排序、查表、位操作等功能，可以完成数据的采集、分析及处理。这些数据可以与存储在存储器中的参考值比较，完成一定的控制操作，也可以利用通信功能传送到别的智能装置，或将它们打印制表。数据处理一般用于大型控制系统，如无人控制的柔性制造系统；也可用于过程控制系统，如造纸、冶金、食品工业中的一些大型控制系统。

6. 通信及联网

PLC 通信含 PLC 间的通信及 PLC 与其他智能设备间的通信。随着计算机控制的发展，工厂自动化网络发展得很快，各 PLC 厂商都十分重视 PLC 的通信功能，纷纷推出各自的网络系统。新近生产的 PLC 都具有通信接口，通信非常方便。

0.7　PLC 的软件系统及常用编程语言

1. PLC 软件系统

PLC 软件系统由系统程序和用户程序两部分组成。系统程序包括监控程序、编译程序、诊断程序等，主要用于管理全机、将程序语言翻译成机器语言，诊断机器故障。系统软件由

PLC 厂家提供并已固化在 EPROM 中，不能直接存取和干预。用户程序是用户根据现场控制要求，用 PLC 的程序语言编制的应用程序（也就是逻辑控制）用来实现各种控制。STEP7 是用于 SIMATIC 可编程逻辑控制器组态和编程的标准软件包，也就是用户程序，我们就是使用 STEP7 来进行硬件组态和逻辑程序编制，以及逻辑程序执行结果的在线监视。

2. PLC 提供的编程语言

在可编程控制器中有多种程序设计语言，它们是梯形图语言、布尔助记符语言、功能表图语言、功能模块图语言及结构化语句描述语言等。梯形图语言和布尔助记符语言是基本程序设计语言，它通常由一系列指令组成，用这些指令可以完成大多数简单的控制功能，例如，代替继电器、计数器、计时器完成顺序控制和逻辑控制等，通过扩展或增强指令集，它们也能执行其他的基本操作。功能表图语言和语句描述语言是高级的程序设计语言，它可根据需要去执行更有效的操作，例如，模拟量的控制、数据的操纵、报表的报印和其他基本程序设计语言无法完成的功能。功能模块图语言采用功能模块图的形式，通过软连接的方式完成所要求的控制功能，它不仅在可编程序控制器中得到了广泛的应用，在集散控制系统的编程和组态时也常常被采用，由于它具有连接方便、操作简单、易于掌握等特点，为广大工程设计和应用人员所喜爱。

根据可编程器应用范围，程序设计语言可以组合使用，常用的程序设计语言是：梯形图程序设计语言、布尔助记符程序设计语言（语句表）、功能表图程序设计语言、功能模块图程序设计语言、结构化语句描述程序设计语言、梯形图与结构化语句描述程序设计语言、布尔助记符与功能表图程序设计语言、布尔助记符与结构化语句描述程序设计语言。

（1）梯形图程序设计语言

梯形图程序设计语言是最常用的一种语言，它是用梯形图的图形符号来描述程序的一种程序设计语言。采用梯形图程序设计语言，程序采用梯形图的形式描述。这种程序设计语言采用因果关系来描述事件发生的条件和结果。每个梯级是一个因果关系。在梯级中，描述事件发生的条件表示在左面，事件发生的结果表示在右面。梯形图程序设计语言是最常用的一种程序设计语言。它来源于继电器逻辑控制系统的描述。在工业过程控制领域，电气技术人员对继电器逻辑控制技术较为熟悉，因此，由这种逻辑控制技术发展而来的梯形图受到了欢迎，并得到了广泛的应用。

它有以下特点。

① 它是一种图形语言，由传统控制图中的继电器触点、线圈、串联等术语和一些图形符号构成，左右的竖线称为左右母线。与电气操作原理图相对应，具有直观性和对应性。

② 梯形图中接点（触点）只有常开和常闭，接点可以是 PLC 输入点接的开关也可以是 PLC 内部继电器的接点或内部寄存器、计数器等的状态。

③ 梯形图中的接点可以任意串、并联，但线圈只能并联不能串联。很多规则与原有继电器逻辑控制技术相一致，对电气技术人员来说，易于掌握和学习。

④ 内部继电器、计数器、寄存器等均不能直接控制外部负载，只能做中间结果供 CPU 内部使用。

⑤ PLC 是按循环扫描事件，沿梯形图先后顺序执行，在同一扫描周期中的结果留在输出状态暂存器中，所以输出点的值在用户程序中可以当做条件使用。

（2）语句表语言

它类似于汇编语言，也叫布尔助记符（Boolean Mnemonic）程序设计语言。布尔助记符程序设计语言是用布尔助记符来描述程序的一种程序设计语言。布尔助记符程序设计语言与计算机中的汇编语言非常相似，采用布尔助记符来表示操作功能。

布尔助记符程序设计语言具有下列特点：

① 采用助记符来表示操作功能，具有容易记忆、便于掌握的特点；

② 在编程器的键盘上采用助记符表示，具有便于操作的特点，可在无计算机的场合进行编程设计；

③ 与梯形图有一一对应关系。其特点与梯形图语言基本类同。

（3）功能表图（Function Chart）程序设计语言

它沿用半导体逻辑框图来表达，一般一个运算框表示一个功能左边画输入、右边画输出。

功能表图程序设计语言是用功能表图来描述程序的一种程序设计语言。它是近年来发展起来的一种程序设计语言。采用功能表图的描述，控制系统被分为若干个子系统，从功能入手，使系统的操作具有明确的含义，便于设计人员和操作人员设计思想的沟通，便于程序的分工设计和检查调试。

功能表图程序设计语言的特点是：

① 以功能为主线，条理清楚，便于对程序操作的理解和沟通；

② 对大型的程序，可分工设计，采用较为灵活的程序结构，可节省程序设计时间和调试时间；

③ 常用于系统规模较大、程序关系较复杂的场合；

④ 只有在活动步的命令和操作被执行，对活动步后的转换进行扫描，因此，整个程序的扫描时间较其他程序编制的程序扫描时间要大大缩短。

功能表图来源于佩特利（Petri）网，由于它具有图形表达方式，能较简单和清楚地描述并发系统和复杂系统的所有现象，并能对系统中存有的像死锁、不安全等反常现象进行分析和建模，在模型的基础上能直接编程。所以，得到了广泛的应用。近几年推出的可编程控制器和小型集散控制系统中也已提供了采用功能表图描述语言进行编程的软件。

（4）功能模块图（Function Block）程序设计语言

功能模块图程序设计语言是采用功能模块来表示模块所具有的功能，不同的功能模块有不同的功能。它有若干个输入端和输出端，通过软连接的方式，分别连接到所需的其他端子，完成所需的控制运算或控制功能。功能模块可以分为不同的类型，在同一种类型中，也可能因功能参数的不同而使功能或应用范围有所差别，例如，输入端的数量、输入信号的类型等的不同使它的使用范围不同。由于采用软连接的方式进行功能模块之间及功能模块与外部端子的连接，因此控制方案的更改、信号连接的替换等操作可以很方便的实现。

功能模块图程序设计语言的特点是：

① 以功能模块为单位，从控制功能入手，使控制方案的分析和理解变得容易；

② 功能模块是用图形化的方法描述功能，它的直观性大大方便了设计人员的编程和组态，有较好的易操作性；

③ 对控制规模较大、控制关系较复杂的系统，由于控制功能的关系可以较清楚地表达出来，因此，编程和组态时间可以缩短，调试时间也能减少；

④ 由于每种功能模块需要占用一定的程序内存，对功能模块的执行需要一定的执行时间，因此，这种设计语言在大中型可编程控制器和集散控制系统的编程和组态中才被采用。

（5）结构化语句（Structured Text）描述程序设计语言

结构化语句描述程序设计语言是用结构化的描述语句来描述程序的一种程序设计语言。

它是一种类似于高级语言的程序设计语言。在大中型的可编程序控制器系统中，常采用结构化语句描述程序设计语言来描述控制系统中各个变量的关系。它也被用于集散控制系统的编程和组态。

结构化语句描述程序设计语言采用计算机的描述语句来描述系统中各种变量之间的各种运算关系，完成所需的功能或操作。大多数制造厂商采用的语句描述程序设计语言与 BASIC 语言、PASCAL 语言或 C 语言等高级语言相类似，但为了应用方便，在语句的表达方法及语句的种类等方面都进行了简化。

结构化程序设计语言具有下列特点：

① 采用高级语言进行编程，可以完成较复杂的控制运算；

② 需要有一定的计算机高级程序设计语言的知识和编程技巧，对编程人员的技能要求较高，普通电气人员无法完成；

③ 直观性和易操作性等性能较差；

④ 常被用于采用功能模块等其他语言较难实现的一些控制功能的实施。部分可编程序控制器的制造厂商为用户提供了简单的结构化程序设计语言，它与助记符程序设计语言相似，对程序的步数有一定的限制，同时，提供了与可编程序控制器间的接口或通信连接程序的编制方式，为用户的应用程序提供了扩展余地。

项目1 电机单向点动运行 PLC 控制

【项目任务】
◇ 完成电机单向点动运行控制。

【项目知识目标】
◇ 掌握工程项目解决方案的流程。
◇ 掌握常用基本指令。

【项目能力目标】
◇ 熟悉 FP-WIN/GR 编程软件界面及功能。
◇ 熟悉 PLC 编程软件操作流程。
◇ 掌握 FP-WIN/GR 编程软件使用方法及操作技巧。
◇ 了解松下 PLC 指令系统的基础知识。

【项目知识点】
◇ 掌握 ST、ST/、OT、"/"、ED、CNDE 指令的使用方法。
◇ 熟悉 ST、ST/、OT、"/"、ED、CNDE 指令的应用场合。

【项目资讯】

目前，PLC 在国内外已广泛应用于钢铁、石油、化工、电力、建材、机械制造、汽车、轻纺、交通运输、环保及文化娱乐等各个行业，既可用于单台设备的控制，也可用于多机群控及自动化流水线。如注塑机、印刷机、订书机械、组合机床、磨床、包装生产线、电镀流水线等。也广泛用于各种机械、机床、机器人、电梯等场合。同时在冶金、化工、热处理、锅炉控制等场合有非常广泛的应用。

由此可见，PLC 在工业控制领域发挥着极其重要的作用，可以完成非常复杂的任务。下面就从最典型最简单的应用开始，来慢慢地接近并熟悉这个神奇的控制核心。

本项目的任务是：三项异步电动机点动运行控制。

【项目决策】

点动控制：所谓点动，即按下按钮使电机转动工作，手松开按钮时电动机停转。点动控制多用于机床刀架、横梁、立柱等快速移动和机床对刀等场合。

大家都学习过电气控制技术，传统的继电器－接触器控制方式若要实现电机的点动运行控制，必须依靠一些常用的低压电器，并按照一定的逻辑关系连接起来才能实现。如果采用PLC 实现同样的功能，电机点动运行控制的主电路是不改变的，而控制部分则依靠 PLC 的程序控制功能完成，一般来说，完成一个工程项目需要如下步骤：

① 设计主电路；
② 确定输入输出设备；
③ 设计 PLC 输入输出接线图；
④ 进行 PLC 程序设计；
⑤ 进行系统的调试。

以上步骤中，主电路的设计我们已经掌握并能够完成，输入输出设备的确定也已经清楚，下面首先学习关于 PLC 编程软件的操作方法。

【项目相关知识】

1.1 PLC 程序调试操作流程

一般来讲，PLC 程序设计及调试通常都会使用各公司产品配套的编程软件，下面以松下 PLC 为例介绍使用编程软件进行程序调试的操作流程。

应用 FPWIN GR 操作软件编辑程序时，可以采用离线编辑或在线编辑两种方式。

离线方式下计算机不直接与 PLC 联系，即仅由计算机单独动作，上位机不与 PLC 进行通信，由 FPWINGR 单独进行程序生成或编辑的方式，如图 1-1 所示。

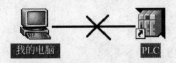
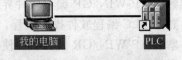

图 1-1　离线编辑模式图标　　　　　　　　　　图 1-2　在线编辑模式图标

在线方式是指联机状态，即计算机与 PLC 在通信的同时进行动作，通过联机通信的方式上传和下载用户程序及数据监控，编辑和修改用户程序，可以直接对 PLC 进行各种操作，如图 1-2 所示。

1. 从离线编辑状态（图 1-3）**开始程序编辑及程序调试的操作流程**

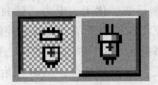

图 1-3　在线、离线模式切换按钮

① FPWIN GR 软件的启动；

② 创建新文件；

③ 选择 PLC 机型；

④ 输入程序；

⑤ 程序编译（程序转换）；

⑥ 离线→在线（从离线状态转换成在线状态）；

⑦ 程序传入 PLC（下载、下传）；

⑧ 运行程序；

⑨ 监控程序；

⑩ 调试程序；

⑪ 修改程序；

⑫ 保存程序。

2. 从离线编辑状态开始程序编辑及程序调试的操作方法

（1）FPWIN GR 软件的启动

可以使用以下几种方法之一启动 FPWIN GR。

方法一：由 FPWIN GR 程序组的图标启动，双击相应的图标，如图 1-4 所示。

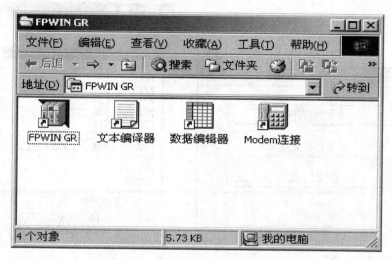

图 1-4　FPWIN GR 程序组的图标启动

方法二：由已创建的快捷键图标启动，双击相应的图标，如图 1-5 所示。

方法三：由 Windows 的开始菜单栏启动。请先单击［开始］按钮，或按 Ctrl＋ESC 组合键。打开 Windows 开始菜单，从中选择程序（P）。再按［NaiS Control］→［FPWIN GR］的顺序进行，如图 1-6 所示。

（2）创建新文件（选择启动菜单）

用上述方法之中任一种启动 FPWIN GR 之后，画面中将会出现启动菜单，菜单中有以下 4 个按钮。

FPWin_GR

① 创建新文件：当要建立一个全新的 PLC 程序时，选择本项。

图 1-5　FPWIN GR 启动图标

② 打开已有文件：当要编辑已有的 PLC 程序文件时，选择本项。

③ 由 PLC 上载：当从 PLC 中读出程序进行编辑时，请选择本项。此时会自动切换到在线方式。

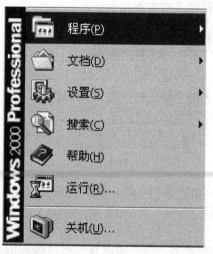

图 1-6　Windows 开始菜单栏

④ 取消：不读取已有的程序，启动 FPWIN GR。

现在的任务是创建新文件，单击 创建新文件 按钮，如图 1-7 所示。

（3）选择 CPU 类型

单击 创建新文件 后，画面中将会显示关于机型选择的对话窗，请从中选择所使用的 PLC 的机型，届时应根据用户所选用的 PLC 机型做对应的选择，如选择 FP0 2.7K，被选中的机型成反显状态后，单击 OK 按钮，如图 1-8 所示。

（4）输入程序

当 PLC 处于离线状态时，程序状态栏显示离线，如图 1-9 所示。

接下来就可以输入程序了。

① 在输入程序时，利用鼠标点击或按功能键，如图 1-10 所示，选择所需指令或功能。

② 在程序编辑状态下，输入区段栏显示正在输入的指令或操作数，如图 1-11 所示。

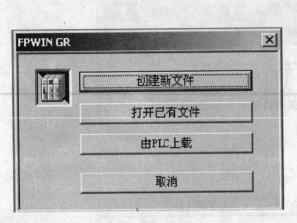

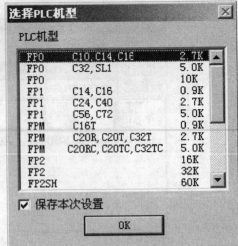

图 1-7　创建新文件　　　　　　　　　　图 1-8　选择 PLC 机型

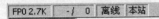

图 1-9　程序状态栏显示离线状态

图 1-10　功能键栏

图 1-11　输入区段栏

③ 然后可以通过键盘或按如图 1-12 所示的数字键栏输入对应的地址。

图 1-12　数字键栏

④ 最后通过键盘 Enter 键确认或通过选择如图 1-13 所示输入栏中的 Enter 键。

图 1-13　输入栏　　　　　　　　　　图 1-14　输入区段栏

⑤ 在程序编辑状态下，输入区段栏显示正在输入的指令或操作数，如图 1-14 所示。

关于其他具体的操作，将在具体的实例中详细描述。

（5）程序编译（程序转换）

程序转换（PG 转换）的概述：在符号梯形图编辑方式下，为了确定有图形所编写的程序，必须进行程序转换。在使用符号梯形图方式生产或编辑程序时，如图 1-15 所示程序显示区将反显为灰色。这表明，在被反显的范围内的梯形图，在编辑中需要进行程序转换。此时，在程序状态栏中将显示出正在转换的提示。

进行程序转换时，请用鼠标点击［功能键栏］中的 **PG 转换**，或按 Ctrl＋F1 键。在反

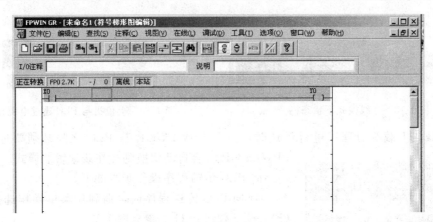

图 1-15　程序显示区

显的状态下也可以编写及修改程序，但请在编程工作结束后，集中进行程序转换。

程序转换（PG 转换）操作方法如下。

① 菜单操作法：选择［编辑（E）］菜单中的［程序转换（V）］。

② 键盘操作法：按 Ctrl＋F1 键。

③ 鼠标操作法：从单击鼠标右键所弹出的菜单中选择。

应注意的问题如下。

① 程序转换（PG 转换）必须在 33 行以内。在符号梯形图模式下，FPWIN GR 无法对第 34 行以上的程序进行编辑。

② 如果程序没有语法错误，则状态栏会在"就绪"字样的位置显示 N 步已转换，如图 1-16 所示。如果程序有错误，则状态栏变成红色，提示程序错误。

图 1-16　状态栏显示

（6）离线→在线（用鼠标单击在线工具条）

程序转换成功后，接下来的工作就要由 PLC 配合完成，所以必须把离线状态转换成在线状态。

在线编辑与离线编辑的切换，可以用鼠标点击菜单栏中的 在线（L) 或用 Alt＋L 键操作在菜单中所显示的［在线编辑］与［离线编辑］之间进行切换，如图 1-17 所示。

除了菜单操作以外，还有以下几种方法。

① 键盘操作：Ctrl ＋ F2（ 在线 ）键与 Ctrl ＋ F3（ 离线 ）键。

② 工具栏操作：点击 图标。

当 PLC 处于在线状态时，程序状态栏显示在线，如图 1-18 所示。

（7）传入 PLC（下载、下传）

利用 FPWIN GR 生成、编辑的程序传送到 PLC 中，此时要将计算机与 PLC 的编程中通过电缆相连接，如图 1-19 所示。

图 1-17　［在线编辑］与［离线编辑］之间进行切换

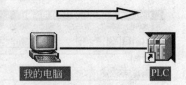

图 1-18　在线模式下状态栏　　　　　图 1-19　上位机与 PLC 通过电缆相连

当下载或上载等对程序进行传送时，由于 FPWIN GR 与 PLC 之间必须要进行通信，FPWIN GR 将会自动切换到［在线编辑］模式。

向 PLC 传输程序操作步骤如下。

① 向 PLC 传送程序时，请利用菜单操作选择［文件(F)］→［下载到 PLC］，参看图 1-20。

除菜单操作外，还可以采用以下几种方法。

键盘操作：按 Ctrl+F12 键。

工具栏操作：点击 🖼 图标。

② 确认对话框信息。选择下载到 PLC 后，画面会显示程序下载对话窗，表明程序正在下载，如图 1-21 所示。

注意：当向没有注释写入存储区的 PLC 中下载带有注释的程序时，注释将不被传入 PLC。如果再次将该程序读回到 FPWIN GR（程序上载），则注释被消除，因此在使用时请加以注意。

当程序接收的 PLC 中没有注释写入存储区时，画面将显示如图 1-22 所示的对话框，直接点击 OK 即可。

图 1-20　通过菜单栏向 PLC 传输程序

（8）运行程序

按照上述步骤下载程序成功后，系统会自动出现如图 1-23 所示的对话框。

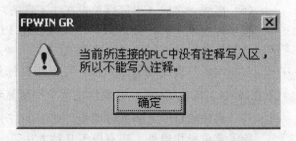

图 1-21　正在下载显示栏　　　　　　　图 1-22　提示对话框

确认 PLC 动作模式切换，单击［是(Y)］按钮，将 PLC 切换到 RUN 模式。

（9）程序监控

当结束向 PLC 的下载、PLC 切换到 RUN 模式后，画面中的程序状态栏显示切换到遥控运行状态，程序部分的显示也将切换到如图 1-24 所示的监控状态。

（10）程序调试

图 1-23　PLC 运行提示框

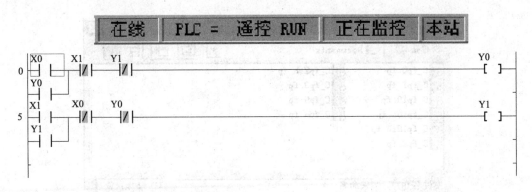

图 1-24　监控状态时的梯形图界面示例

当 PLC 切换到 RUN 模式后，接下来就可以根据输入信号的给定和变化，进行程序的调试。

（11）修改程序

如果程序在调试过程中需要修改，则最好先停止程序运行，将 PLC 切换成编程状态，也可以切换到离线状态，修改后，重复第（4）~（7）步，直到程序全部调试通过，功能正确完整。

（12）程序保存

如果程序调试结束，则可以保存程序了，在 FPWIN GR 中是将程序、PLC 的系统寄存器、注释等内容的数据作为一个文件进行保存的。当需要对已经存在的文件进行覆盖保存时，请选择［保存］，而需要初次保存一个新建的程序、或需要将文件重新命名后保存时，请选择［另存为…］。

覆盖保存时的操作步骤：利用菜单操作选择［文件（F）］→［保存（S）］。

除菜单操作外，还可以采用以下几种方法。

键盘操作：按 Ctrl+S 键。

工具栏操作：点击 ![图标] 图标。

文件命名后保存时的操作步骤如下。

① 选择［另存为…］。进行文件命名保存时，利用菜单操作选择［文件（F）］→［另存为（A）］。

② 输入文件名，选择［另存为］后，画面中会显示如图 1-25 所示的对话框。

③ 在文件名（N）一栏中输入新的文件名，另存类型（T）一栏中，保留缺省的扩展名 [.fp]，同时选择要保存文件所在的文件夹，然后单击保存（S）按钮。

3. 从在线编辑状态开始程序编辑及程序调试的操作流程

① FPWIN-GR 软件的启动；

② 创建新文件；

③ 选择 PLC 机型；

④ 离线→在线（从离线状态转换成在线状态）；

⑤ 输入程序；

⑥ 程序编译（程序转换）并将程序传入 PLC（下载、上传）；

⑦ 运行程序；

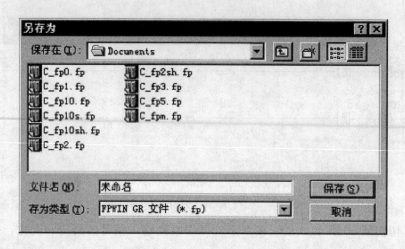

图 1-25　保存对话框

⑧ 监控程序；

⑨ 调试程序；

⑩ 修改程序；

⑪ 保存程序。

4. 从在线编辑状态开始程序编辑及程序调试的操作方法

用鼠标点击菜单栏中的 在线 (L) 或用 ALT＋L 键操作在菜单中选择 [在线编辑]，如

图 1-26 所示，则 PLC 处于在线编辑状态。

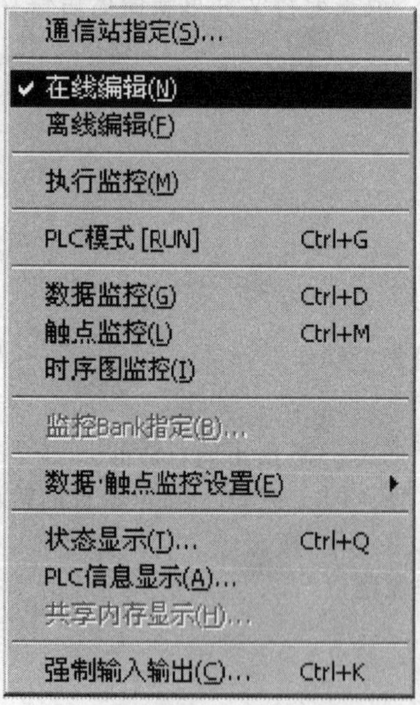

在线编辑方式是一种在与 PLC 进行通信的同时，可以编辑 PLC 内的程序、也可以监控的模式。使用在线编辑方式时，由 FPWIN GR 所编辑的程序或系统寄存器的设置等内容，将被直接反映到 PLC 中。

在线编辑中，应注意以下几点。

① PROG 模式下的编辑。当 PLC 为 PROG 模式时改写 PLC 内部的程序。在程序状态栏中显示为 在线 PLC＝遥控 PROG 的状态下可以进行。

② RUN 模式下的编辑。当 PLC 为 RUN 模式时改写 PLC 内部的程序。程序状态栏显示为 在线 PLC＝遥控 RUN 的状态下可以进行。PLC 将使用修改后的程序继续进行处理，因此请一定要慎重地使用此种编辑。

③ 不同的 PLC 机型产生的 [RUN 模式下编辑] 不同动作。在程序替换写入过程中，仍然保持 RUN 状态的 PLC：FP0、FP2、FP2SH、FP3、FP-C、FP5、FP10、FP10S、FP10SH。

图 1-26　在线、离线切换方法

在程序替换写入过程中，一定要切换到 PROG 模式，写入结束后再返回 RUN 模式的 PLC：FP1、FP-M。

注意：在线状态下调试程序的具体操作只要按照上面的操作流程就可以了。每一步的具体方法都跟前面离线时所讲的操作方法相同。

在了解了上述的内容之后，接下来学习几条完成电机点动控制要用到的 PLC 指令。

1.2　ST、ST/和 OT 指令

1. 指令功能

初始加载 ST：从左母线开始的第一个接点是常开接点。

初始加载非 ST/：从左母线开始的第一个接点是常闭接点。

输出 OT：线圈驱动指令，将运算结果输出到指定继电器。

2. 梯形图结构

如图 1-27 所示。

说明：

① X0 接通，X0 常开接点闭合，Y0 通电，X0 常闭接点断开，Y1 断电。

② X0 断开，X0 常开接点断开，Y0 断电，X0 常闭接点闭合，Y1 通电。

3. 语句表

将图 1-27 所示梯形图程序用助记符的形式表示出来：

ST　X0

OT　Y0

ST/　X0

OT　Y1

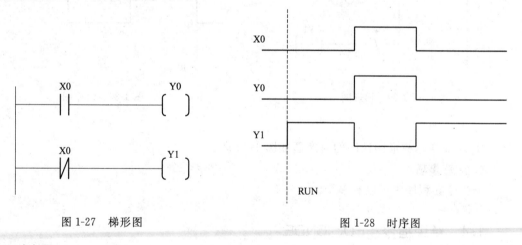

图 1-27　梯形图　　　　　　　　图 1-28　时序图

4. 时序图

图 1-27 所示梯形图程序的时序图如图 1-28 所示。

5. 注意事项

① OT 不能直接从左母线开始，但是必须以右母线结束。

② OT 指令可以并联使用，但是不可串联使用。

③ 一般情况下，同一地址的 OT 指令只能使用一次，即不允许重复输出，与输出线圈 OT 地址相同的接点使用次数没有限制。

④ 输入接点使用次数没有限制。

1.3 "/"非指令

1. 指令功能

将该指令处的运算结果取反。

2. 梯形图结构

如图 1-29 所示。

说明：① X0 接通，X0 常开接点闭合，Y0 通电，Y1 断电。

② X0 断开，X0 常开接点断开，Y0 断电，Y1 通电。

3. 语句表

将图 1-29 所示梯形图程序用助记符的形式表示出来：

```
ST   X0
OT   Y0
/
OT   Y1
```

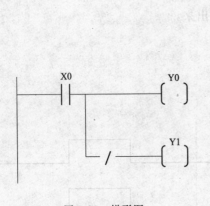

图 1-29　梯形图

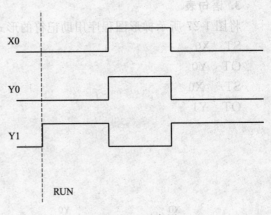

RUN

图 1-30　时序图

4. 时序图

图 1-29 所示梯形图程序的时序图如图 1-30 所示。

5. 注意事项

非指令在程序中可以有多个。

1.4 结束指令：ED、CNDE

1. 指令功能

ED：结束指令，表示主程序结束。

CNDE：条件结束指令，当控制触点闭合时，可编程控制器不再继续执行程序，结束当前扫描周期，返回起始地址；否则，继续执行该指令后面的程序段。

2. 梯形图结构

如图 1-31 所示。

说明：当 X0 断开时 CPU 执行完程序段 1 后并不结束，仍继续执行程序段 2，直到程序

2 执行完后才结束全部程序，并返回起始位置。此时 CNDE 不起作用，只有 ED 起作用。

　　当 X0 接通时，CPU 执行完程序段 1 后，遇到 CNDE 指不再继续向下执行，而是返回起始位置，重新执行程序段 1。

3. 语句表

...

ST　X0

CNDE

...

ED

4. 注意事项

① CNDE 指令仅适于在主程序中使用。

② 在主程序中，可编写多个 CNDE 指令。

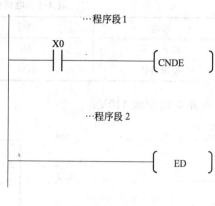

图 1-31　梯形图

【项目实施】

1.5　电机点动运行 PLC 控制实施方案

　　用传统的继—接方式可以实现电机的点动运行控制，下面介绍用 PLC 完成控制功能的具体实施方案。

1. 电机短时工作制的点动运行 PLC 控制主电路

PLC 完成电机点动控制功能是对控制电路的改造，而其主电路是与传统的继-接方式实现电机的点动运行控制的主电路相同的，如图 1-32 所示，这里不再赘述。

2. 电机短时工作制的点动运行 PLC 控制电路

对于初学者而言，用 PLC 的控制功能完成相应的工程首先要分析工程控制要求，熟悉工作过程，然后确定输入/输出地址及功能，接下来绘制 PLC 的 I/O 硬件接线图，编写 PLC 控制程序，最后进行系统的调试。

　　（1）电机的点动运行输入/输出地址及功能

　　电机的点动运行输入/输出地址分配如表 1-1 所示，这里尤其要注意的是输入设备点动按钮外接的是常开接点，而输出设备是接触器的线圈，并不是电机，用 PLC 实现控制功能是用 PLC 控制接触器的线圈，再由线圈的通电与断电来控制接触器本身的触点的通断，最终再由接触器的主触点来控制电机的启动与停止。

　　（2）电机的点动运行 PLC 的 I/O 硬件接线图

　　图 1-33 是电机的点动运行 PLC 的 I/O 硬件接线图，其中输入设备的电源采用 24V 直流，如果其他项目中的输入设备包含其他电压等级或电压类型的传感器，则不能简单地采用 24V 直流，需根据实际情况具体实现。图中的熔断器 FU2 主要是保护 PLC 和输出设备，一般情况下不可省略。输出设备中的电源类型及等级是由负载决定的，本例中的接触器采用额定电压为交流 110V 的交流接触器，所以，电

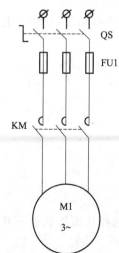

图 1-32　电机点动运行
控制主电路

表 1-1　电机的点动运行输入/输出地址分配

设备	符号	功能	地址
输入设备	SB	点动按钮（常开接点）	X0
输出设备	KM	接触器（线圈）	Y0

源电压采用交流 110V。

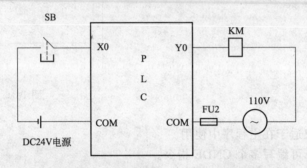

图 1-33　电机的点动运行 PLC 的 I/O 硬件接线图

（3）电机的点动运行 PLC 的程序设计

梯形图如图 1-34 所示。

说明如下。

① 按下点动按钮 SB，SB 常开接点接通，则 X0 接通，X0 常开接点闭合，Y0 通电，从而使接触器线圈 KM 通电，接触器线圈 KM 通电使得接触器本身的触点的动作，常开主触点接通，最终使电机通电启动并运行。

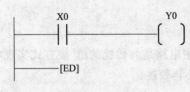

图 1-34　梯形图

② 松开点动按钮 SB，SB 常开接点断开，则 X0 断开，X0 常开接点断开，Y0 断电，从而使接触器线圈 KM 断电，接触器线圈 KM 断电使得接触器本身的触点的复位，常开主触点断开，最终使电机通电断电并停止。

③ 由以上分析可知，按下点动按钮 SB，电机通电启动并运行。松开点动按钮 SB，电机断电并停止，完成点动控制功能。

3. 实践操作

① 绘制电机短时工作制的点动运行 PLC 控制主电路电气原理图。

② 绘制电机短时工作制的点动运行 PLC 控制的 I/O 硬件接线图。

③ 根据主电路电气原理图和 I/O 硬件接线图安装电器元件并配线。

④ 根据原理图复查配线的正确性。

⑤ 电机的点动运行 PLC 的程序设计

⑥ 分组进行系统调试，要求 2 人一组，养成良好的协作精神。

4. 电机点动运行控制 PLC 程序调试软件操作流程

第一次接触 FPWIN GR 编程软件，先从最简单的方法开始练习，选择从离线状态下开始编辑程序。

① FPWIN-GR 软件的启动。

② 创建新文件。

③ 选择 PLC 机型。

④ 输入程序。输入程序之前，先来了解一下 FPWIN GR 编程软件的整体结构和主要功能。

a. 各部分名称及其作用如图 1-35 所示。

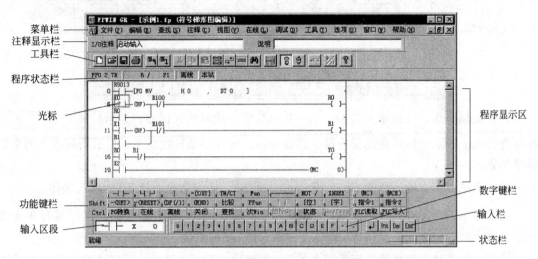

图 1-35　编程界面

b. FPWIN GR 的基本操作。光标可以通过→、←、↑、↓键或鼠标的点击操作，在程序显示区域内移动光标。由［功能键］输入的指令，会被输入到光标所处的位置。

利用 Home 键将光标移至行首，利用 End 键移至行末。

利用 Ctrl＋Home 键可以将光标移至程序的起始位置，利用 Ctrl＋End 键则可以移至程序的最末一行，参看图 1-36。

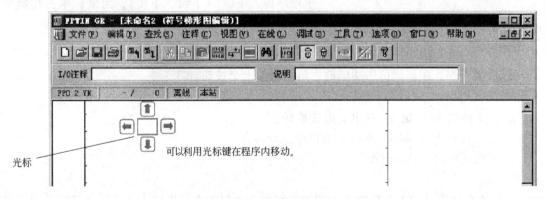

图 1-36　编程界面

c. 输入程序。将光标移到需要输入指令的位置，一般程序最开始将光标移到左上角。

用鼠标单击功能键栏（图 1-37）第一行第一个按钮 ┤├ ，输入区段栏则显示该 ┤├ 符号（指令）。

图 1-37　功能键栏（一）

　　功能键栏（图 1-38）显示输入触点和线圈的字母，用鼠标单击"X"，再用鼠标单击数字键栏的"0"。

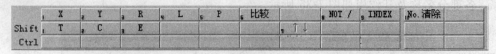

图 1-38　功能键栏（二）

利用鼠标操作，可以输入 0～9、A～F 等数字。此时输入区段栏显示 ⊣⊢ X 0，在通常情况下显示光标所在位置的指令或操作数。在程序编辑状态下，显示正在输入的指令或操作数。

　　最后用鼠标单击输入栏的 Enter 键，完成初始加载 X0 的输入操作。

　　用鼠标单击功能键栏第一行第四个按钮 -[OUT]，用鼠标点击"Y"，再用鼠标单击数字键栏的"0"，完成初始加载 Y0 的输入操作，Enter 键确认。

　　用鼠标单击功能键栏第二行第四个按钮 (END)，Enter 键确认，完成整个程序的输入操作，如图 1-39 所示。

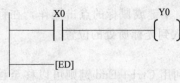

图 1-39　完整程序

　　⑤ 程序编译（程序转换）。用鼠标单击功能键栏第三行第一个按钮 PG转换。

　　⑥ 离线→在线（从离线状态转换成在线状态）。用鼠标单击功能键栏第三行第二个按钮 在线。

　　⑦ 程序传入 PLC（下载、下传）。用鼠标单击功能键栏第三行最后一个按钮 PLC写入。

　　⑧ 运行程序。用鼠标单击功能键栏第三行第九个按钮 Run/Prog。

　　⑨ 监控程序。用鼠标单击功能键栏第三行第七个按钮 监控Go。

　　⑩ 调试程序

　　a. 按下按钮 X0，则 Y0 通电，电机旋转。

　　b. 松开按钮 X0，则 Y0 断电，电机停止旋转。

　　c. 实现电机的点动运行控制。

　　⑪ 保存程序。

注意：在操作过程中如果每步遇到相关问题，可以参考前面的 1.3 中操作流程说明中具体的解释。

【实用资料】

1.6　市场常用 PLC 产生及发展

1. 可编程序控制器的产生

可编程序控制器问世于 1969 年。20 世纪 60 年代末期，当时美国的汽车制造工业非常发达，竞争也十分激烈。各生产厂家为适应市场需求不断更新汽车型号，这必然要求相应的加工生产线随之改变，整个继电器接触器控制系统也就必须重新设计和配置。这样不但造成设备的极大浪费，而且新系统的接线也十分费时。在这种情况下，采用继电器控制就显示出有过多的不足。正是从汽车制造业开始了对传统继电器控制的挑战，1968 年美国 General Motors（GM）公司，为了适应产品品种的不断更新、减少更换控制系统的费用和周期，要求制造商为其装配线提供一种新型的通用程序控制器，并提出 10 项招标指标：

① 编程简单，可在现场修改程序；

② 维护方便，最好是插件式；

③ 可靠性高于继电器控制柜；

④ 体积小于继电器控制柜；

⑤ 可将数据直接送入管理计算机；

⑥ 在成本上可与继电器控制柜竞争；

⑦ 输入可以是交流 115V；

⑧ 输出为交流 115V、2A 以上，能直接驱动电磁阀等；

⑨ 在扩展时，原系统只需很小变更；

⑩ 用户程序存储器容量至少能扩展到 4KB。

这就是著名的 GM10 条。如果说各种电控制器、电子计算机技术的发展是可编程序控制器出现的物质基础，那么 GM10 条就是可编程序控制器出现的直接原因。

1969 年，美国数据设备公司（DEC）研制出世界上第一台可编程序控制器，并成功地应用于 GM 公司的生产线上。其后日本、原联邦德国等相继引入，使其迅速发展起来。但这一时期它主要用于顺序控制，虽然也采用了计算机的设计思想，但当时只能进行逻辑运算。

20 世纪 70 年代初期诞生的微处理器和微型计算机，经过不断地开发和改进，软、硬件资源和技术已经十分完善，价格也很低廉，因而渗透到各个领域。可编程序控制器的设计和制造者及时吸收了微型计算机的优点，引入了微处理器和其他大规模集成电路，诞生了新一代的可编程序控制器。70 年代后期，随着微电子技术和计算机技术的迅猛发展，使 PLC 从开关量的逻辑控制扩展到数字控制及生产过程控制领域，真正成为一种电子计算机工业控制装置。

从第一台 PLC 诞生，经过几十年的发展，现已发展到第四代。各代 PLC 的不同特点与应用范围见表 1-2。

表 1-2　各代 PLC 的特点与应用范围

年　份	功　能　特　点	应　用　范　围
第一代 1969～1972	逻辑运算、定时、计数、中小规模集成电路 CPU，磁芯存储器	取代继电器控制
第二代 1973～1975	增加算术运算、数据处理功能，初步形成系列。可靠性进一步提高	能同时完成逻辑控制，模拟量控制
第三代 1976～1983	增加复杂数值运算和数据处理，远程 I/O 和通信功能，采用大规模集成电路，微处理器，加强自诊断、容错技术	适应大型复杂控制系统需要并用于联网、通信、监控等场合
第四代 1983～至今	高速大容量多功能，采用 32 位微处理器，编程语言多样化，通信能力进一步完善，智能化功能模块齐全	构成分级网络控制系统，实现图像动态过程监控，模拟网络资源共享

自从 20 世纪 60 年代末，美国首先研制和使用可编程序控制器以后，世界各国特别是日本和联邦德国也相继开发了各自的 PLC。70 年代中期出现了微处理器并被应用到可编程序控制器后，使 PLC 的功能日趋完善。特别是它的小型化、高可靠性和低价格，使它在现代

工业控制中崭露头角。到 80 年代初，PLC 的应用已在工业控制领域中占主导地位。美国著名的商业情报公司 FROST SULLIVAN 公司在 1982 年对美国石油化工、冶金、食品、机械等行业的 400 多个工厂企业的调查结果表明 PLC 的应用在各类自动化仪表或系统中已名列第一。在美国，PLC 的应用已相当普遍，1977 年 PLC 销售额仅 0.6 亿美元，而 1990 年已达 9.84 亿美元。目前比较著名的生产厂家有 AB 公司、GE 电气公司、GM 公司、TI 仪器公司、西屋电气公司等。德国研制和应用也很迅速，其中著名的有西门子公司、BBC 公司等。

据日本 Nomura 研究所公布资料称，日本最早出现 PLC 是在 1970 年立石（OMRON）公司。目前日本最大 PLC 制造厂为 OMRON 公司、三菱公司和松下公司。

进入 90 年代后，工业控制领域几乎全被 PLC 占领。有资料显示，PLC 技术在工业自动化的三大支柱（PLC、机器人和 CAD/CAM）中跃居首位。

我国研制与应用 PLC 起步较晚，1973 年开始研制，1977 年开始应用。80 年代以前发展较慢，80 年代随着成套设备或专用设备引进了不少的 PLC，例如宝钢一期工程整个生产线上就使用了数百台的 PLC，二期工程使用了更多的 PLC。近几年国外 PLC 大量进入我国市场，目前从国外引进的 PLC 使用较为普遍的有日本 OMRON 公司 C 系列、三菱公司 F 系列、松下公司 FP 系列、美国 GE 公司 GE 系列和德国西门子公司 S 系列等。与此同时，国内科研单位和工厂也在消化和引进 PLC 技术的基础上，研制了 PLC 产品。例如资料介绍东风汽车公司装备系统从 1986 年起，全面采用 PLC 对老设备进行更新改造，至 1991 年止一共改造设备 1000 多台，并取得了明显的经济效益。1995 年广州第二电梯厂，已把 PLC 成功地应用于技术要求复杂的高层电梯控制上，并已投入批量生产。广东佛山市中联自动控制工程公司，近几年来已为多个厂家设计制造了 PLC 控制装置几十套，成功应用于陶瓷窑炉、瓷砖输送线和其他自动控制生产设备上。当然国内使用的 PLC 主要还是靠进口，但逐步实现国产化也是国内发展的必然趋势。

值得一提的是，PLC 的应用在机械行业十分重要。据国外有关资料统计，用于机械行业的 PLC 销售占总额的 60％。可以说 PLC 是实现机电一体化的重要工具，也是机械工业技术进步的强大支柱。

2. 可编程序控制器的发展

在 21 世纪，PLC 会有更大的发展。从技术上看，计算机技术的新成果会更多地应用于可编程控制器的设计和制造上，会有运算速度更快、存储容量更大、智能更强的品种出现；从产品规模上看，会进一步向超小型及超大型方向发展；从产品的配套性上看，产品的品种会更丰富、规格更齐全，完美的人机界面、完备的通信设备会更好地适应各种工业控制场合的需求；从市场上看，各国各自生产多品种产品的情况会随着国际竞争的加剧而打破，会出现少数几个品牌垄断国际市场的局面，会出现国际通用的编程语言；从网络的发展情况来看，可编程控制器和其他工业控制计算机组网构成大型的控制系统是可编程控制器技术的发展方向。目前的计算机集散控制系统 DCS（Distributed Control System）中已有大量的可编程控制器应用。伴随着计算机网络的发展，可编程控制器作为自动化控制网络和国际通用网络的重要组成部分，将在工业及工业以外的众多领域发挥越来越大的作用。

今后，PLC 的发展将朝以下两个方向进行：一个是向超小型、专用化和低价格的方向发展；另一个是向大型、高速、多功能和分布式全自动网络化方向发展，以适应现代化的大型工厂企业自动化的需要。例如日本 OMRON 公司生产的 C200H 高档 PLC 机，可控制 2048 个 I/O 点，存储器容量 32K，基本指令执行时间 0.4～2.4μs，可组成双机系统（一个在"执行"状态，一个在"热备"状态），具有运算、计数、模拟调节、显示、通信等功能，还能实现中断控制、过程控制、远程控制以及与上位机或下位机进行数据通信和控制等。

① 大型化 主要是向分布式控制系统（DCS）方面发展，使系统具有 DCS 方面的功能。网络化和强化通信功能是 PLC 近年来发展的一个重要方向，向下可与多个 PLC 控制站、多个 I/O 框架相连；向上可与工业计算机、以太网、MAP 网等相连，构成整个工厂的自动化控制系统。

② 高可靠性 由于控制系统的可靠性日益受到人们的重视，PLC 已将自诊断技术、冗余技术、容错技术广泛地应用于现有产品中，许多公司已推出了高可靠性的冗余系统。

③ 多功能 为了适应各种特殊功能的需要，在原有智能模块的基础上，各公司陆续推出了新的功能模块。如许多公司正陆续推出的回路控制模块和远程集成 I/O 模块。

④ 小型化、低成本、简单易用 随着市场的扩大和用户投资规模的不同，许多公司也开始重视小型化、低成本、简单易用的系统。世界上已有不少原来只生产中、大型 PLC 产品的厂家，正在逐步推出这方面的产品。

⑤ 编程语言向高层次发展 PLC 的编程语言在原有的梯形图语言、顺序功能块语言和指令语言的基础上，不断丰富，并向高层次发展。目前，在国际上生产 PLC 知名厂家的大力支持下，将共同开发与遵守 PLC 的标准语言。这种共同语言，希望把程序编制规范到某种标准语言的形式上来，有利于 PLC 硬件和软件的进一步开发利用。

编程实现如下功能并进行程序调试：（用三种不同的程序实现功能）
① 按下按钮 X1，指示灯 Y0，Y2，Y4 同时亮，Y1，Y3，Y5 同时灭；
② 松开按钮 X1，指示灯 Y0，Y2，Y4 同时灭，Y1，Y3，Y5 同时亮。

1. 资讯（点动控制）

项目任务：完成电机单向点动运行控制

（1）什么是点动控制功能？

（2）输入输出符号表

序号	符号	地址	注释	备注
1				
2				
3				
4				
5				
6				
7				
8				

2. 决策（点动控制）

（1）选用的 PLC 机型：_____

（2）输入输出设备点数：_____

3. 计划（点动控制）

填写项目实施计划表

实施步骤	内容	进度	负责人	完成情况
1				
2				
3				
4				

4. 实施（点动控制）

（1）绘制主电路

（2）绘制 PLC 输入输出接线图

X1	X2	X3	X4				
Y1	Y2	Y3	Y4				

（3）写出梯形图

5. 检查（点动控制）

遇到的问题或故障	解决方案	效果	结论及收获	解决人员

6. 评分（点动控制）

评分标准

评分内容	分值	评分标准	扣分	得分
新知识	30	PLC 内部输入输出电路没有理解扣 1～10 分		
		对 PLC 没有深入了解扣 1～10 分		
		新指令使用不正确扣 1～10 分		
软件使用	30	PLC 选型不正确扣 1～10 分		
		不会录入和修改程序扣 1～10 分		
		不会下载和监视程序扣 1～10 分		
硬件接线	30	输入输出接线图绘制不正确扣 1～10 分		
		接线图设计缺少必要的保护扣 1～10 分		
		线路连接工艺差扣 1～10 分		
功能实现	10	电机不能运行扣 10 分		

项目 2　电机单向连续运行 PLC 控制

【项目任务】

◇ 完成电机单向连续运行控制。

【项目知识目标】

◇ 掌握 PLC 内部存储器划分及内部寄存器配置。

◇ 掌握自锁功能的实现方法。

【项目能力目标】

◇ 进一步熟悉 PLC 编程软件操作流程。

◇ 掌握 FP-WIN/GR 编程软件中的程序编辑功能。

◇ 掌握电机单向连续运行功能的实现方法。

【项目知识点】

◇ 掌握与、与非、或、或非、微分、置位、复位、保持指令的使用方法。

◇ 熟悉以上指令的应用场合。

【项目资讯】

我们已经完成了项目 1 电机的点动运行控制,点动控制多用于机床刀架、横梁、立柱等快速移动和机床对刀等场合,而大多数控制场合,都要求电机必须连续运行,在项目一的基础上,我们要完成电机的连续运行功能。

我们的任务是:三项异步电动机单向连续运行控制。

【项目决策】

连续运行:所谓连续运行,即按下按钮使电机启动转动工作,手松开按钮时电机保持旋转,直到按下停止按钮时,电机停转。连续运行控制广泛应用于各种控制场合。

传统的继电器－接触器控制方式若要实现电机的连续运行控制,同样要依靠一些常用的低压电器,并按照一定的逻辑关系连接起来才能实现。如果要用 PLC 实现同样的功能,电机的连续运行控制的主电路是不改变的,而控制部分则依靠 PLC 的程序控制功能完成,完成该项目步骤同项目 1 相同。

① 设计主电路;

② 确定输入输出设备;

③ 设计 PLC 输入输出接线图;

④ 进行 PLC 程序设计;

⑤ 进行系统的调试。

以上①～③步,我们已经能够完成,接下来首先了解并掌握 PLC 内部存储器划分及内部寄存器配置,再学习几条新指令,还会教你几招软件操作方法,然后就可以轻松地完成第二个工程项目了。下面一起来学习新知识。

【项目相关知识】

2.1 PLC的内存分配及I/O点数

在使用 PLC 之前，深入了解 PLC 内部继电器和寄存器的配置和功能以及 I/O 分配情况，对正确编程是至关重要的。下面介绍一般 PLC 产品的内部寄存器区的划分情况，每个区分配一定数量的内存单元，并按不同的区命名编号。

1. I/O继电器区

I/O 区的寄存器可直接与 PLC 外部的输入、输出端子传递信息。这些 I/O 寄存器在 PLC 中具有"继电器"的功能，即它们有自己的"线圈"和"触点"。故在 PLC 中又常称这一寄存器区为"I/O 继电器区"。每个 I/O 寄存器由一个字（16 位）组成，每位对应 PLC 的一个外部端子，称作一个 I/O 点。I/O 寄存器的个数乘以 16 等于 PLC 总的 I/O 点数。如某 PLC 有 10 个 I/O 寄存器，则该 PLC 共有 160 个 I/O 点。在程序中，每个 I/O 点又都可以看成是一个"软继电器"，有常开触点，也有常闭触点。不同型号的 PLC 配置有不同数量的 I/O 点，一般小型的 PLC 主机有十几个至几十个 I/O 点。若一台 PLC 主机的 I/O 点数不够，可进行 I/O 扩展。

2. 内部通用继电器区

这个区的寄存器与 I/O 区结构相同，既能以字为单位使用，也能以位为单位使用。不同之处在于它们只能在 PLC 内部使用，而不能直接进行输入输出控制。其作用与中间继电器相似，在程序控制中可存放中间变量。

3. 数据寄存器区

这个区的寄存器只能按字使用，不能按位使用。一般只用来存放各种数据。

4. 特殊继电器、寄存器区

这两个区的继电器和寄存器的结构并无特殊之处，也是以字或位为一个单元。但它们都被系统内部占用，专门用于某些特殊目的，如存放各种标识、标准时钟脉冲、计数器和定时器的设定值和经过值、自诊断的错误信息等。这些区的继电器和寄存器一般不能由用户任意占用。

5. 系统寄存器区

系统寄存器区一般用来存放各种重要信息和参数，如各种故障检测信息、各种特殊功能的控制参数以及 PLC 产品出厂时的设定值。这些信息和参数保证 PLC 的正常工作。这些信息有的可以修改，有的是不能修改的。当需要修改系统寄存器时，必须使用特殊的命令，这些命令的使用方法见有关的使用手册。而通过用户程序，不能读取和修改系统寄存器的内容。

上面介绍了 PLC 的内部寄存器及 I/O 点的概念，至于具体的寄存器及 I/O 编号和分配使用情况，将在第四章结合具体机型进行介绍。

2.2 FP1 内部资源及 I/O 配置

在使用 FP1 的 PLC 之前，了解 PLC 的 I/O 分配及内部寄存器的功能和配置是十分重要的。表 2-1 给出了 FP1 系列 PLC 内部寄存器的配置情况。

表 2-1　FP1 系列 PLC 内部寄存器配置情况

名　称	符号 (位/字)	编号		
		C14、C16	C24、C40	C56、C72
输入继电器	X(bit)	208 点：X0～X12F		
	WX(word)	13 字：WX0～WX12		
输出继电器	Y(bit)	208 点：Y0～Y12F		
	WY(word)	13 字：WY0～WY12		
内部继电器	R(bit)	256 点：R0～R15F	1008 点：R0～R62	
	FWR(word)	16 字：WR0～WR15	63 字：WR0～WR62	
特殊内部继电器	R(bit)	64 点：R9000～R903F		
	WR(word)	4 字：WR900～WR903		
定时器	T(bit)	100 点：T0～T99		
计数器	C(bit)	28 点：C100～C127	44 点：C100～C143	
定时/计数器设定值寄存器	SV(word)	128 字：SV0～SV127	144 字：SV0～SV143	
定时/计数器经过值寄存器	EV(word)	128 字：EV0～EV127	144 字：EV0～EV143	
通用数据寄存器	DT(word)	256 字：DT0～DT255	1660 字： DT0～DT1659	6144 字： DT0～DT6143
特殊数据寄存器	DT(word)	70 字：DT9000～DT9069		
系统寄存器	(word)	No. 0～No. 418		
索引寄存器	IX(word)	IX\IY 各一个		
	IY(word)			
十进制寄存器	K	16 位常数(字)K-36728～K-36727		
		32 位常数(双字)：K-2147483648～K214748347		
十六进制寄存器	H	16 位常数(字)：H0～HFFFF		
		32 位常数(双字)：H0～HFFFFFFFF		

表 2-1 中的 X、WX 均为 I/O 区的输入继电器，可直接与输入端子传递信息。Y、WY 为 I/O 区的输出继电器，可向输出端子传递信息。X 和 Y 是按位寻址的，而 WX 和 WY 只能按"字"(即 16 位)寻址。有的指令只能对位寻址，而有的指令只能对"字"寻址。X 与 Y 的地址编号完全相同。下面以 X 为例说明如下，如图 2-1 所示。

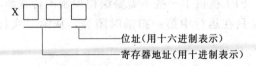

图 2-1　输入继电器地址表示方法

如：X110 表示寄存器 WX11 中的第 0 位，X11F 表示寄存器 WX11 中的第 F 位。如图 2-2 所示。

WX11

F	E	D	C	B	A	9	8	7	6	5	4	3	2	1	0

X11F　　　　　　　　　　　　　　　　　　　　　　　　　　　　　X110

图 2-2　输入寄存器内部位地址示意图

字地址为 0 时可省略字地址数字，只给位地址即可。例如字寄存器 WX0 的各位则可写成 X0～XF。注意最后面的一位数字一定要有，且一定是位址。

例如：若 X4 为"ON"状态，则 WX0 第四位为"1"。

如 WY1＝5，则表明 Y10 和 Y12 两个触点"ON"。

表中 R 和 WR 的编号规则与 X、WX 和 Y、WY 相同。

1. 输入继电器

输入继电器的作用是将外部的开关信号或传感器的信号输入到 PLC。每个输入继电器的编程次数没有限制，因此可视为每个输入继电器可提供无数对常开或常闭触点供编程使用。需注意的是，输入继电器只能由外部信号来驱动，不能由内部指令来驱动，其触点也不能作为输出元件使用。

2. 输出继电器

输出继电器的作用是 PLC 的执行结果向外输出，驱动外设（如接触器电磁阀动作）。输出继电器必须是由 PLC 程序执行的结果来驱动。当作为内部编程接点使用时，其编程次数同样没有限制，也就是说可视每个输出继电器可提供无数对常开和常闭触点供编程（只供 PLC 内部编程使用）。作为输出端口，每个输出继电器只有一个，且当它作为 OT 和 KP 指令输出时，不允许重复使用同一输出继电器，否则 PLC 不执行。如果需要重复输出，则须改变系统寄存器 No.20 的设置。

3. 内部继电器

PLC 的内部寄存器可供用户存放中间变量使用，其作用与继电器-接触器控制系统中的中间继电器相类似，因此称为内部继电器（软继电器）。内部继电器只供 PLC 内部编程使用，不提供外部输出。C24 以上机型内部继电器地址为 R0～R62F。每个继电器所带的触点没有限制。

4. 特殊内部继电器

R9000～R903F 的内部继电器为特殊内部继电器，均有专门的用途，用户不能占用。这些继电器不能用于输出，只能作内部接点用，不能作为 OT 或 KP 指令的操作数使用。其主要功能如下。

（1）标志继电器

当自诊断和操作等发生错误时，对应该编号的继电器触点就会闭合，以产生标志。此外也用于产生一些强制标志、设置标志和数据比较标志等。

（2）特殊控制继电器

为了控制更加方便，FP1 提供了一些不需要编程控制的特殊继电器。例如，初始闭合继电器 R9013，它的功能是只在运行中第一扫描时闭合，从第二次扫描开始断开并保持打开状态。

（3）信号源继电器

R9018～R901E 这 7 个继电器都是不用编程就能自动产生脉冲信号的继电器。例如 R901A 就为一个 0.1s 时钟继电器，它的功能是其触点以 0.1s 为周期重复通/断动作（ON：0.05s，OFF：0.05s）。

这些特殊内部继电器的具体功能请读者查阅书后的附录和相关的编程手册。

5. 定时器/计数器（T/C）

定时器（T）触点的通断由定时器指令（TM）的输出决定。如果定时器指令定时时间到，则与其同号的触点动作。定时器的编号用十进制数表示（T0～T99）。在 FP1 中，一共有 100 个定时器。计数器（C）的触点是计数器指令（CT）的输出。如果计数器指令计数完毕，则与其同号的触点动作。C14 和 C16 型有 28 个计数器，C24 以上型号有 44 个计数器。由表 2-2 可以看出，定时器的编号为 T0～T99，计数器从 100 开始。如果改变系统寄存器 No.5 的设置可以改变计数器的起始地址，从而改变定时器和计数器的个数。但是定时器和计数器的总和（共 144 个）是不能改变的。

6. 定时器/计数器的预置值寄存器（SV）与经过值寄存器（EV）

定时器/计数器的预置值寄存器是存储定时器/计数器指令预置值的寄存器，而定时器/计数器的经过值寄存器是存储定时器/计数器经过值的寄存器。后者的内容随着程序的运行而递减变化，当它的内容变为 0 时，定时器/计数器的触点动作。每个定时器计数器的编号都有一组 SV 和 EV 与之相对应（表 2-2）。关于定时器/计数器设定值寄存器（SV）和经过值寄存器（EV）的功能和用途，将在指令系统一章中介绍。

表 2-2　T/C 与 SV、EV 对应示意表

定时器/计数器编号	设定值寄存器 SV	经过值寄存器 EV
T0	SV0	EV0
⋮	⋮	⋮
T99	SV99	EV99
C100	SV100	EV100
⋮	⋮	⋮
C143	SV143	EV143

7. 通用数据寄存器（DT）和特殊数据寄存器（DT）

通用数据寄存器用来存储各种数据，如外设采集进来的各种数据，或运算、处理的中间结果等。同 R 继电器不同，它是纯粹的寄存器，不带任何触点。特殊数据寄存器是具有特殊用途的寄存器，在 FP1 内部设有 70 个，编号从 DT9000～DT9069。特殊数据寄存器都是为特殊目的而配置的。它的具体用途读者可查阅书后附录。每个数据寄存器由一个字（16bit）组成。数据寄存器的地址编号用十进制数表示。

8. 索引寄存器（IX/IY）

在 FP1 系列的 PLC 内部有两个索引寄存器 IX 和 IY，这是两个 16 位寄存器索引寄存器的存在使得编程变得十分灵活和方便。许多其他类型的小型可编程控制器都不具备这种功能。索引寄存器的作用有以下两类。

（1）作数据寄存器使用

当索引寄存器 IX 和 IY 作数据寄存器使用时，可作为 16bit 寄存器单独使用；当索引寄存器用作 32bit 寄存器使用时，IX 作低 16bit，IY 作高 16bit。当把它作为 32bit 操作数编程时，如果指定 IX 为低 16bit，则高 16bit 自动指定为 IY。

（2）作其他操作数的修正值

索引寄存器还可以以索引指针的形式与寄存器或常数一起使用，可以起到寄存器地址或常数修正值作用。

① 地址修正值功能（适用于 WX、WY、WR、SV、EV 和 DT）。这个功能类似于计算机的变址寻址功能，当索引寄存器与上述寄存器连接在一起编程，操作数的地址发生移动，移动量为索引寄存器（IX 或 IY）的值。当索引寄存器用作地址修正值时，IX 和 IY 可以单独使用。

例如：有指令为［F0 MV，DT1，IXDT100］，执行后的结果为：

当 IX＝30 时，DT1 中的数据被传送到 DT130 中。

当 IX＝50 时，DT1 中的数据被传送到 DT150 中。

② 常数修正值功能（对 K 或 H）。

当索引寄存器与常数（K 或 H）一起编程时，索引寄存器的值就被加到源常数上（K 或 H）上。

例如：有指令为［F0 MV，IXK30，DT100］，执行后的结果为：

当 IX＝K20 时，传送至 DT100 的内容为 K50。

当 IX＝K50 时，传送至 DT100 的内容为 K80。

注意：索引寄存器不能用索引寄存器来修正，当索引寄存器用做地址修正值时，需要确保修正后的地址不要超出有效范围；当索引寄存器用作常数修正值时，修正后的值可能上溢或下溢。

9. 常数寄存器（K、H）

常数寄存器主要用来存放 PLC 输入数据，十进制常数以数据前加字头 K 表示，十六进制常数用数据前加字头 H 表示。

在 FP1 的 PLC 内部还有一些系统寄存器。它们是存放系统配置和特殊功能参数的寄存器。其详细的功能介绍请参见《松下可编程控制器编程手册》。

表 2-3 为 FP1 的 I/O 地址分配。由表 2-3 可以看出，控制单元、初级扩展单元、次级扩展单元、I/O 链接单元和智能单元（A/D 转换单元和 D/A 转换单元）的 I/O 分配是固定的。

由表 2-1 和表 2-3 给出的 X、Y 后面的数据可知，FP1 系列 PLC 的 I/O 点数共有 416 点（输入 X0～X12F 共 208 点，输出 Y0～Y12F 共 208 点），但受外部接线端子和主机驱动能力的限制，最多可扩展 152 点（C72 型），其余的可做内部寄存器使用。

表 2-3　FP1 的 I/O 地址分配表

品　种	型　号		输入端编号	输出端编号
控制单元	C14		X0～X7	Y0～Y4，Y7
	C16		X0～X7	Y0～Y7
	C24		X0～XF	Y0～Y7
	C40		X0～XF，X10～X17	Y0～YF
	C56		X0～XF，X10～X1F	Y0～YF，Y10～Y17
	C72		X0～XF，X10～X1F X20～27	Y0～YF，Y10～Y1F
初级扩展单元	E8	输入类型	X30～X37	—
		I/O 类型	X30～X33	Y30～Y33
		输出类型	—	Y30～Y37
	E16	输入类型	X30～X3F	—
		I/O 类型	X30～X37	Y30～Y37
		输出类型	—	Y30～Y3F
	E24	I/O 类型	X30～X3F	Y30～Y37
	E20	I/O 类型	X30～X3F，X40～X47	Y30～Y3F

品　种	型　号		输入端编号	输出端编号
次级扩展单元	E8	输入类型	X50～X57	—
		I/O 类型	X50～X53	Y50～Y53
		输出类型	—	Y50～Y57
	E16	输入类型	X50～X5F	—
		I/O 类型	X50～X57	Y50～Y57
		输出类型	—	Y50～Y5F
	E24	I/O 类型	X50～X5F	Y50～Y57
	E40	I/O 类型	X50～X5F,X60～X67	Y50～Y5F
I/O 链接单元			X70～X7F(WX7) X80～X8F(WX8)	Y70～Y7F(WY7) Y80～Y8F(WY8)
A/D 转换单元		通道 0	X90～X9F(WX9)	—
		通道 1	X100～X10F(WX10)	—
		通道 2	X110～X11F(WX11)	—
		通道 3	X120～X12F(WX12)	—
D/A 转换单元	单元号 0	通道 0	—	Y90～Y9F(WY9)
		通道 1	—	Y100～Y10F(WY10)
	单元号 1	通道 0	—	Y110～WY11(WY11)
		通道 1	—	Y120～Y12F(WY12)

2.3　与、或系列指令及堆栈操作指令

2.3.1　AN 和 AN/指令

1. 指令功能

与 AN：串联常开接点指令，把原来保存在结果寄存器中的逻辑操作结果与指定的继电器内容相"与"，并把这一逻辑操作结果存入结果寄存器。

与非 AN/：串联常闭接点指令，把原来被指定的继电器内容取反，然后与结果寄存器的内容进行逻辑"与"，操作结果存入结果寄存器，如图 2-3 所示。

2. 梯形图结构

如图 2-3 所示。

说明：①当 X0 接通并且 X1 接通时，Y0 通电。

② 当 X0 断开或者 X1 断开时，Y0 断电。

③ 当 X0 接通并且 X1 断开时，Y1 通电。

④ 当 X0 断开或者 X1 接通时，Y1 断电。

3. 语句表

将图 2-3 所示梯形图程序用助记符的形式表示出来：

ST　X0

AN　X1

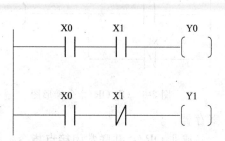

图 2-3　AN AN/指令梯形图

```
OT   Y0
ST   X0
AN/  X1
OT   Y1
```

4. 时序图

图 2-3 所示梯形图程序的时序图如图 2-4 所示。

5. 注意事项

与、与非指令可以多个连用。

6. 举例

同时按下 X0、X1 两个按钮，指示灯 Y0 亮。松开任一按钮，指示灯 Y0 灭。X0 断开，X2 接通，指示灯 Y1 亮。X0 接通或 X2 断开，指示灯 Y1 灭，如图 2-5 所示。

（1）梯形图

如图 2-5 所示。

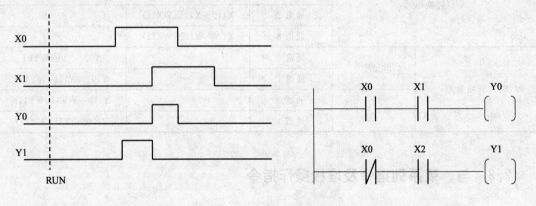

图 2-4 时序图　　　　　　　　　图 2-5 例题梯形图

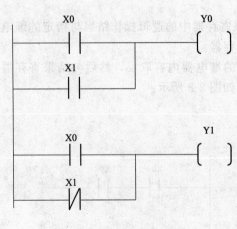

图 2-6 OR OR/指令梯形图

（2）语句表

```
ST   X0
AN   X1
OT   Y0
ST/  X0
AN   X2
OT   Y1
```

2.3.2 OR 和 OR/指令

1. 指令功能

或 OR：并联常开接点指令，把原来保存在结果寄存器中的逻辑操作结果与指定的继电器内容相"或"，并把这一逻辑操作结果存入结果寄存器。

或非 OR/：并联常闭接点指令，把原来被指定的继电器内容取反，然后与结果寄存器的内容进行逻辑"或"，操作结果存入结果寄存器。具体结构如图 2-6 所示。

2. 梯形图结构

如图 2-6 所示。

说明：①当 X0 接通或者 X1 接通时，Y0 通电。

② 当 X0 断开并且 X1 断开时，Y0 断电。

③ 当 X0 接通或者 X1 断开时，Y1 通电。

④ 当 X0 断开并且 X1 接通时，Y1 断电。

3. 语句表

将图 2-6 所示梯形图程序用助记符的形式表示出来：

ST　X0

OR　X1

OT　Y0

ST　X0

OR/ X1

OT　Y1

4. 时序图

图 2-6 所示梯形图程序的时序图如图 2-7 所示。

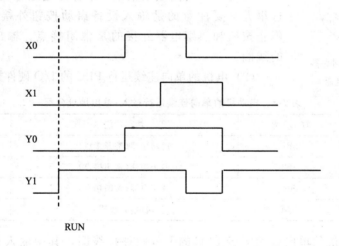

图 2-7　时序图

5. 注意事项

或、或非指令可以多个连用。

6. 举例

按下启动按钮 X0，电机运行并自锁，按下停止按钮 X1，电机停止运行。

（1）梯形图如图 2-8 所示

（2）语句表

ST　X0

OR　Y0

AN/ X1

OT　Y0

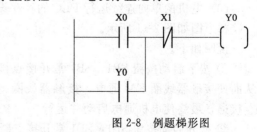

图 2-8　例题梯形图

【项目实施】

2.4 电机单向连续运行 PLC 控制实施方案

用传统的继—接方式可以实现电机的单向连续运行控制，下面介绍用 PLC 完成控制功能的具体实施方案。

1. 电机的单向连续运行 PLC 控制主电路

PLC 完成电机单向连续运行控制功能是对控制电路的改造，而其主电路是与传统的继—接方式实现电机的单向连续运行控制的主电路相同的，如图 2-9 所示，这里不再赘述。

2. 电机的单向连续运行 PLC 控制电路

用 PLC 的控制功能完成相应的工程首先要分析工程控制要求，熟悉工作过程，然后确定输入/输出地址及功能，接下来绘制 PLC 的 I/O 硬件接线图，编写 PLC 控制程序，最后进行系统的调试。

（1）电机的单向连续运行输入/输出地址及功能

电机的单向连续运行输入/输出地址分配如表 2-4 所示，这里尤其要注意的是输入设备启动按钮外接的是常开接点，停止按钮和热继电器外接的是常闭接点，输出设备是接触器的线圈。

（2）电机的单向连续运行 PLC 的 I/O 硬件接线图

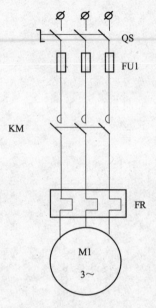

图 2-9 电机单向连续运行控制主电路

表 2-4 电动机的单向连续运行输入/输出地址分配

	符　号	功　能	地　址
输入设备	SB1	启动按钮（常开接点）	X0
	SB2	停止按钮（常闭接点）	X1
	FR	热继电器（常闭接点）	X2
输出设备	KM	接触器（线圈）	Y0

图 2-10 是电机的单向连续运行 PLC 的 I/O 硬件接线图，其中输入设备的电源采用 24V 直流，如果其他项目中的输入设备包含其他电压等级或电压类型的传感器，则不能简单的采用 24V 直流，需根据实际情况具体实现。图中的熔断器 FU2 主要是保护 PLC 和输出设备，一般情况下不可省略。输出设备中的电源类型及等级是由负载决定的，本例中的接触器采用额定电压为交流 110V 的交流接触器，所以，电源电压采用交流 110V。

（3）电机的单向连续运行 PLC 的程序设计

梯形图如图 2-11 所示。

说明如下。

① 按下启动按钮 SB1，SB1 常开接点接通，则 X0 接通，X0 常开接点闭合，Y0 通电，从而使接触器线圈 KM 通电，接触器线圈 KM 通电使得接触器本身的触点动作，常开主触点接通，最终使电机通电启动并运行。

② 松开启动按钮 SB1，SB1 常开接点断开，则 X0 断开，X0 常开接点断开，由于 Y0 常

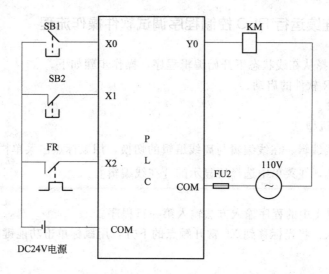

图 2-10　电机单向连续运行 PLC 控制的 I/O 硬件接线图

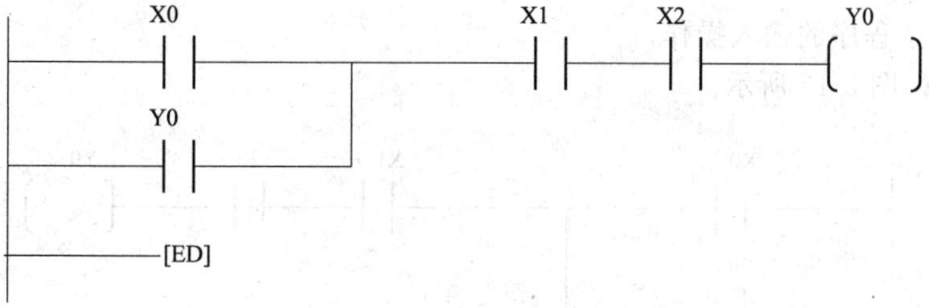

图 2-11　电机单向连续运行梯形图

开接点并联在 X0 常开接点两端，从而使接触器线圈 KM 保持通电，即自锁，使电机实现连续运行。

③ 按下停止按钮 SB2，SB2 常闭接点断开，则 X1 断开，X1 常开接点断开，Y0 断电，从而使接触器线圈断电，接触器线圈断电使得接触器本身的触点复位，常开主触点断开，最终使电机断电并停止。

④ 如果发生过载，热继电器 FR 动作，常闭接点断开，则 X2 断开，X2 常开接点断开，Y0 断电，从而使接触器线圈断电，接触器线圈断电使得接触器本身的触点复位，常开主触点断开，最终使电机断电并停止，实现过载保护作用。

由以上分析可知，按下启动按钮 SB1，电机通电启动并单向连续运行。按下停止按钮 SB2，电机自由停车。

3. 实践操作

① 绘制电机的单向连续运行 PLC 控制主电路电气原理图。

② 绘制电机的单向连续运行 PLC 控制的 I/O 硬件接线图。

③ 根据主电路电气原理图和 I/O 硬件接线图安装电器元件并配线。

④ 根据原理图复查配线的正确性。

⑤ 完成电机单向连续运行的 PLC 的程序设计。

⑥ 分组进行系统调试，要求 2 人一组，养成良好的协作精神。

2.5 电机连续运行 PLC 控制程序调试软件操作流程

项目 2 我们选择从在线状态下开始编辑程序，操作步骤如下。

① FPWIN-GR 软件的启动。

② 创建新文件。

③ 选择 PLC 机型。

④ 切换成在线编辑。在线编辑与离线编辑的切换，用鼠标点击菜单栏中的 在线（L） 或用 ALT＋L 键操作，在菜单中选择所显示的［在线编辑］。

⑤ 输入程序

a. 先按照项目 1 中的程序输入方法输入第一行程序。

b. 指令的输入：将光标移到 X0 常开触点的下方，用鼠标单击功能键栏第一行第二个按钮 ₂ ⊣⊢ 。

c. 从键盘输入"Y"、"0"，并单击键盘的 ENTER 键确认 ₄ -[OUT] 。

d. 输入 ED 指令。

e. 完成整个程序的输入操作。

具体程序如图 2-12 所示。

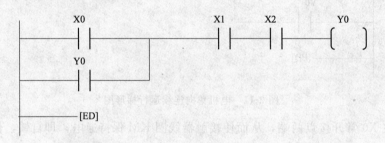

图 2-12　电机连续运行梯形图

⑥ 程序编译（程序转换）并传入 PLC。当软件提示是否传入 PLC 时，只需单击"Y"确认即可。

⑦ 运行程序

a. 如果系统自动提示是否运行程序，则确认即可。

b. 如果系统没有自动提示是否运行程序，既可用鼠标单击功能键栏第三行第九个按钮 Run/Prog，也可用鼠标单击工具栏中的 RUN 按钮。

⑧ 监控程序。既可用鼠标单击功能键栏第三行第七个按钮 ₇监控Go，也可用鼠标单击工具栏中的 按钮。

⑨ 调试程序

a. 按下按钮 X0，则 Y0 通电，电机旋转。

b. 松开按钮 X0，Y0 保持通电，电机继续旋转。

c. 按下停止按钮 Y0 断电，电机停止旋转。

d. 给出过载信号，Y0 断电，电机停止旋转。

e. 实现电机的单向连续运行控制。

⑩ 保存程序。

注意：在操作过程中如果每步遇到相关问题，可以参考前面的 1.3 节中操作流程说明中具体的解释。

在程序编辑过程中，不可避免的会出现错误，下面学习如何修改程序。

2.6 软件操作方法——清除程序及修改程序

1. FPWIN GR 的基本操作——清除程序

在向 PLC 主机中首次输入程序之前，请务必进行［程序清除］操作。清除程序的操作步骤如下。

① PLC 连接后切换到在线编辑方式。请将正在运行 FPWIN GR 的计算机通过指定的编程电缆与 PLC 相连，然后选择 FPWIN GR 的［在线（L）］菜单中的［在线编辑（N）］。

② 执行［编辑（E）］菜单中的［程序清除］。请先确认是否已处于在线编辑方式，然后再选择［编辑（E）］菜单中的［程序清除（L）］，如图 2-13 所示。

执行清除操作。画面中将显示图 2-14 所示的对话窗，请确认其内容，然后单击是［（Y）］，执行清除程序的操作。

2. FPWIN GR 的基本操作——程序的修改

（1）删除指令和横、竖线

① 删除指令或横线。当想要删除指令或横线时，请将光标移动到想要删除的指令或横线的位置，再按键盘的 Del 键。

② 删除竖线。当想要删除竖线时，请将光标移动到要删除的竖线右侧，按键盘的 F3 键或用鼠标单击功能键栏第一行第三个按钮 。如果再次按 F3（ ）键，则可插入竖线。

图 2-13 编辑菜单

图 2-14 确认对话框

（2）追加指令

当要在横线上追加触点时，不必先将该处的横线删除，而只需按与通常操作相同的步骤在横线上输入触点即可。

（3）修改触点编号

请将光标移动到想要修改的触点位置上并按与通常操作相同的步骤输入触点。

当光标移动到允许对定时器值进行修改的位置时，输入区段中会显示当前的设定值，同时功能栏变为字显示。

（4）插入指令

在已经被输入的指令之间插入指令。

在光标之前进行插入时，请按 Ins 键；在光标之后进行插入时，按 SHIFT ＋ Ins 键对指令进行确认。

（5）插入空行

由于追加程序等原因，需要在当前的程序中间插入空行时，请将光标移动到想要插入空行的位置，进行以下操作。

① 将光标移到要插入空行的位置。

② 执行空行插入操作。执行空行插入操作输入时，利用菜单操作选择［编辑（E）］→［插入空行(I)］，参看图 2-15。

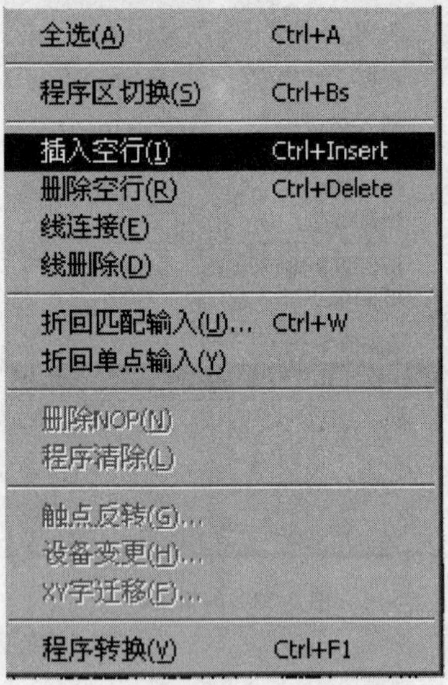

全选(A)	Ctrl+A
程序区切换(S)	Ctrl+Bs
插入空行(I)	Ctrl+Insert
删除空行(R)	Ctrl+Delete
线连接(E)	
线删除(D)	
折回匹配输入(U)...	Ctrl+W
折回单点输入(Y)	
删除NOP(N)	
程序清除(L)	
触点反转(G)...	
设备变更(H)...	
XY字迁移(F)...	
程序转换(V)	Ctrl+F1

图 2-15　编辑菜单

除菜单操作外，还可以采用以下几种方法。

键盘操作：按 Ctrl＋Ins 键。

工具栏操作：点击 🔲 图标。

鼠标操作：从单击鼠标右键后弹出显示的菜单中选择。

（6）删除空行

对不再需要的空行进行删除时，请将光标移动到所要删除的空行处，进行如下操作。

① 菜单操作：从［编辑（E）］菜单中选择［删除空行］。

② 键盘操作：按 Ctrl＋Del 键。

③ 鼠标操作：从单击鼠标右键后弹出显示的菜单中选择。

很多时候，为了提高程序的抗干扰能力及程序的优化或实现某些特定的功能，都要使用微分指令；对于具有自锁功能的程序，除了可以用前面介绍的方法实现外，还可以用具有保持功能的指令完成相应的功能，下面就学习这几条指令。

【项目相关知识】

2.7　微分指令 DF 及保持功能指令 SET/KP

2.7.1　微分指令：DF、DF/

1. 指令功能

DF：上升沿微分，检测到触发信号上升沿，使被控线圈接通一个扫描周期。

DF/：下降沿微分，检测到触发信号下降沿，使被控线圈接通一个扫描周期。

2. 梯形图结构

如图 2-16 所示。

说明：当检测到触发信号的上升沿时，即 X0 由 OFF→ON 时，Y0 接通一个扫描周期。当检测到触发信号的下降沿时，即 X0 由 ON→OFF 时，Y1 接通一个扫描周期。

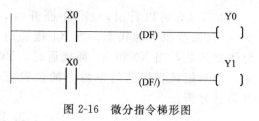

图 2-16　微分指令梯形图

3. 语句表

将图 2-16 所示梯形图程序用助记符的形式表示出来：

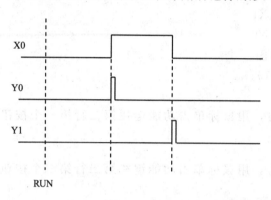

图 2-17　微分指令时序图

ST　X0
DF
OT　Y0
ST　X0
DF/
OT　Y1

4. 时序图

见图 2-17。

5. 注意事项

DF 和 DF/指令的作用都是在控制条件满足的瞬间，触发后面的被控对象（触点或操作指令），使其接通一个扫描周期。这两条指令的区别在于：前者是当控制条件接通瞬间（上升沿）起作用，而后者是在控制条件断开瞬间（下降沿）起作用。这两个微分指令在实际程序中很有用，可用于控制那些只需触发执行一次的动作。在程序中，对微分指令的使用次数无限制。

6. 微分指令的输入

将光标移到需要输入微分指令的地方，用鼠标单击功能键栏第二行第二个按钮

［DF(/)］，单击一次输入 DF，再单击一次输入 DF/。

2.7.2　置位、复位指令：SET、RST

1. 指令功能

SET　置位：使被控线圈接通并保持。

RST　复位：使被控线圈断开并保持。

2. 梯形图

如图 2-18 所示。

说明：从该程序中可以看出，输出线圈的状态是由置位指令和复位指令同时决定的，控制规律如表 2-5 所示。

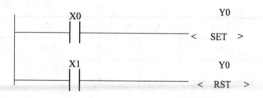

图 2-18　置位、复位指令梯形图

表 2-5　置位、复位制定真值表

X1(复位)	X0(置位)	Y0	X1(复位)	X0(置位)	Y0
0	0	保持	1	0	复位为"0"
0	1	置位为"1"	1	1	复位为"0"

由表 2-5 可以看出，当 X1 断开时，如果 X0 接通，则 Y0 接通，如果 X0 断开，Y0 一直保持原来的状态。当 X1 接通时，无论 X0 的状态如何，Y0 都断开。尤其值得注意的是，当 X0 和 X1 都接通时，Y0 是复位的，所以该例中程序结构属于复位优先。如果把该程序的两条指令的位置互换，就可以实现置位优先的功能，具体请读者自己分析。

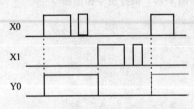

图 2-19　置位、复位指令时序图

3. 语句表

```
ST    X0
SET   Y0
ST    X1
RST   Y0
```

4. 时序图

见图 2-19。

5. 置位复位指令的输入

① 将光标移到需要输入置位指令的地方，用鼠标单击功能键栏第二行第一个按钮 `-〈SET〉`，输入要置位的地址如"Y0"。

② 将光标移到需要输入复位指令的地方，用鼠标单击功能键栏第二行第二个按钮 `-〈RESET〉`，输入要置位的地址如"Y0"。

2.7.3　保持指令：KP

1. 指令功能

KP 保持：使输出接通并保持。

KP 指令的作用是将输出线圈接通并保持。该指令有两个控制条件，一个是置位条件（S），另一个是复位条件（R）。当满足置位条件，输出继电器（Y 或 R）接通，一旦接通后，无论置位条件如何变化，该继电器仍然保持接通状态，直至复位条件满足时断开。

S 端与 R 端相比，R 端的优先权高，即如果两个信号同时接通，复位信号优先有效。控制规律如表 2-6 所示。

表 2-6　保持指令真值表

X1(复位)	X0(置位)	Y0	X1(复位)	X0(置位)	Y0
0	0	保持	1	0	复位为"0"
0	1	置位为"1"	1	1	复位为"0"

2. 梯形图

如图 2-20 所示。

说明：当 X0 接通时，Y0 接通；当 X1 接通时，Y0 断开，而不论 X0 状态如何。

3. 语句表

```
ST   X0
ST   X1
KP   Y0
```

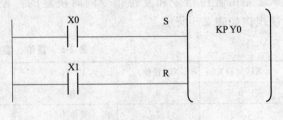

图 2-20　KP 指令梯形图

4. 时序图

见图 2-21。

5. 注意事项

该指令与 SET、RST 有些类似，另外，SET、RST 允许输出重复使用，而 KP 指令则不允许。

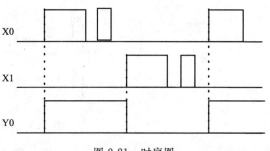

图 2-21 时序图

6. 保持指令的输入

① 将光标移到需要输入置位指令的地方，用鼠标单击功能键栏第二行倒数第二个按钮 **指令1** 。

② 屏幕会弹出如图 2-22 所示的对话框，拉动滚动条，选择 KEEP 指令即可。

③ 输入要置位的地址如 "Y0"。

7. 应用举例

根据时序图（见图 2-23），设计程序（分别用置位/复位、保持指令实现）。

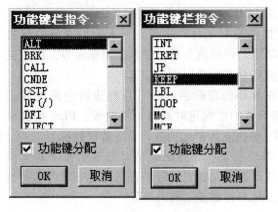

图 2-22 指令对话框

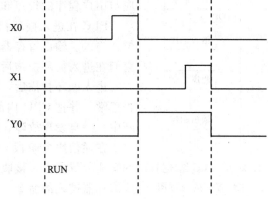

图 2-23 KP 指令时序图

方法 1：用置位/复位指令实现，如图 2-24 所示。

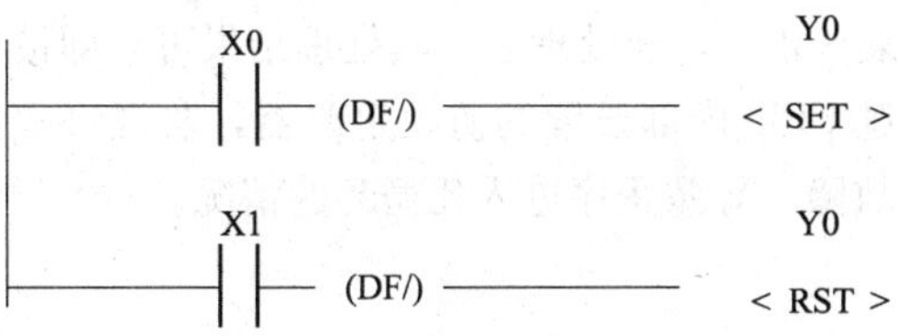

方法 2：用保持指令实现（见图 2-25）。

```
      X0                              Y0
     ─┤├─── (DF/) ───────────────── < SET >

      X1                              Y0
     ─┤├─── (DF/) ───────────────── < RST >
```

图 2-24 方法 1 梯形图

2.7.4 实践操作

① 结合 DF 指令，分别用 SET/RST、KP 指令完成电机单向连续运行的 PLC 的程序设计。

项目要求：填写 I/O 地址分配表，绘制 I/O 接线图，编写梯形图。

② 分组进行系统调试，要求 2 人一组，养成良好的协作精神。

【实用资料】

2.8 PLC 的工作原理

2.8.1 PLC 的扫描工作方式

PLC 运行时，需要进行大量的操作，这迫使 PLC 中的 CPU 只能根据分时操作原理，

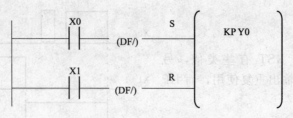

图 2-25　方法 2 梯形图

按一定的顺序，每一时刻执行一个操作，这种分时操作的方式，称为 CPU 的扫描工作方式。当 PLC 运行时，在经过初始化后，即进入扫描工作方式，且周而复始地重复进行，因此，称 PLC 的工作方式为循环扫描工作方式。

PLC 循环扫描工作方式可用图 2-26 所示的流程图表示。

很容易看出，PLC 在初始化后，进入循环扫描。PLC 一次扫描的过程，包括内部处理、通信服务、输入采样、程序处理、输出刷新共五个阶段，其所需的时间称为扫描周期，显然，PLC 的扫描周期应与用户程序的长短和该 PLC 的扫描速度紧密相关。

PLC 在进入循环扫描前的初始化，主要是将所有内部继电器复位，输入、输出暂存器清零，定时器预置，识别扩展单元等。以保证它们在进入循环扫描后能完全正确无误地工作。

进入循环扫描后，在内部处理阶段，PLC 自行诊断内部硬件是否正常，并把 CPU 内部设置的监视定时器自动复位等。PLC 在自诊断中，一旦发现故障，PLC 将立即停止扫描，显示故障情况。

在通信服务阶段，PLC 与上、下位机通信，与其他带微处理器的智能装置通信，接收并根据优先级别处理来自它们的中断请求，响应编程器键入的命令，更新编程器显示的内容等。

图 2-26　PLC 循环扫描工作方式的流程图

当 PLC 处于停止（STOP）状态时，PLC 只循环完成内部处理、通信服务、输入采样、程序处理、输出刷新五个阶段的工作。

循环扫描的工作方式，既简单直观，又便于用户程序的设计，且为 PLC 的可靠运行提供了保障。这种工作方式，使 PLC 一旦扫描到用户程序某一指令，经处理后，其处理结果可立即被用户程序中后续扫描到的指令所应用，而且 PLC 可通过 CPU 内部设置的监视定时器，监视每次扫描是否超过规定时间，以便有效地避免因 CPU 内部故障，导致程序进入死循环的情况。

2.8.2　PLC 用户程序执行的过程

PLC 用户程序的执行过程如图 2-27 所示。

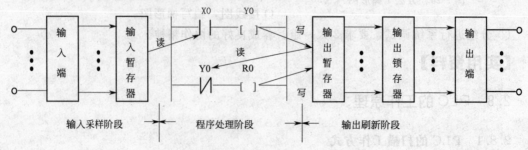

图 2-27　PLC 用户程序执行的三个阶段

可以看出，PLC 用户程序执行的过程分为输入采样、程序处理和输出刷新三个阶段。

① 输入采样阶段（简称"读"）在这一阶段，PLC 读入所有输入端子的状态，并将各状态存入输入暂存器，此时，输入暂存器被刷新。在后两个程序处理阶段和输出刷新阶段中，即使输入端子的状态发生变化，输入暂存器所存的内容也不会改变。这充分说明，输入暂存器的刷新仅仅在输入采样阶段完成，输入端状态的每一次变化，只有在一个扫描周期的输入采样阶段才会被读入。

② 程序处理阶段（简称"算"）在这一阶段，PLC 从左至右、自上而下的顺序，对用户程序的指令逐条扫描、运算。当遇到跳转指令时，则根据跳转条件满足与否，决定是否跳转及跳转到何处。在处理每一条用户程序指令的同时，PLC 首先根据用户程序指令的需要，从输入暂存器或输出暂存器中读取所需的内容，然后进行算术逻辑运算，并将运算结果写入输出暂存器中。可以看出，在这一阶段，随着用户程序的逐条扫描、运算，输出暂存器中所存放的信息会不断地被刷新；而当用户程序扫描、运算结束之时，输出暂存器中所存放的信息，应是 PLC 本周期处理用户程序后的最终结果。

③ 输出刷新阶段（简称"写"）在这一阶段，输出暂存器将上一阶段中最终存入的内容，转存入输出锁存器中。而输出锁存器所存入的内容，作为 PLC 输出的控制信息，通过输出端去驱动输出端所接的外部负载。由于输出锁存器中的内容，是 PLC 在一个扫描周期中对用户程序进行处理后的最终结果，因此，外部负载所获得的控制信息，应是用户程序在一个扫描周期中被扫描、运算后的最终信息。

应当强调，在程序处理阶段，PLC 根据用户程序每条指令的需要，以输入暂存器和输出暂存器所寄存的内容作为条件，进行运算，并将运算结果作为输出信号，写入输出暂存器。而输入暂存器中的内容取决于本周期输入采样阶段时，采样脉冲到来前的瞬间各输入端的状态；通过输出暂存器传送至输出端的信号，则取决于本周期输出刷新阶段前最终写入输出锁存器的内容。

应当说明的是，程序执行的过程因 PLC 的机型不同而略有区别。如有的 PLC，输入暂存器的内容除了在输入采样阶段刷新以外，在程序处理阶段，也间隔一定时间予以刷新。同样，有的 PLC，输出锁存器的刷新除了在输出刷新阶段以外，在程序处理阶段，凡是程序中有输出指令的地方，该指令执行后就立即进行一次输出刷新。有的 PLC，还专门为此设有立即输入、立即输出指令。这些 PLC 在循环扫描工作方式的大前提下，对于某些急需处理、响应的信号，采用了中断处理方式。

从上述分析可知，当 PLC 的输入端有一个输入信号发生变化，到 PLC 输出端对该变化做出响应，需要一段时间，这段时间称为响应时间或滞后时间，这种现象则称为 PLC 输入/输出响应的滞后现象。这种滞后现象产生的原因，虽然是由于输入滤波器有时间常数，输出继电器有机械滞后等，但最主要的，还是来自于 PLC 按周期进行循环扫描的工作方式。

由于 CPU 的运算处理速度很快，因此，PLC 的扫描周期都相当短，对于一般工业控制设备来说，这种滞后还是完全可以允许的。而对于一些输入/输出需要做出快速响应的工业控制设备，PLC 除了在硬件系统上采用快速响应模块、高速计数模块等以外，也可在软件系统上采用中断处理等措施，来尽量缩短滞后时间。同时，作为用户，在用户程序语句的编写安排上，也是完全可以挖掘潜力的。因为 PLC 循环扫描过程中，占机时间最长的是用户程序的处理阶段，所以，对于一些大型的用户程序，如果用户能将它编写得简略、紧凑、合理，也有助于缩短滞后时间。

自测与练习

1. 分别用置位复位指令及保持指令完成电机单向连续运行控制功能。

2. 一个按钮完成对指示灯的启动、保持、停止的控制功能：

① 按下该按钮，指示灯点亮；

② 松开该按钮，指示灯保持点亮；

③ 再次按下该按钮，指示灯关断；

④ 松开该按钮，指示灯保持关断。

项目实训与考核

1. 资讯（单向连续运行控制）

项目任务：完成电机单向连续运行控制

（1）什么是连续功能？

_____

（2）输入输出符号表

序　号	符　号	地　址	注　释	备　注
1				
2				
3				
4				
5				
6				
7				
8				

2. 决策（单向连续运行控制）

选用的 PLC 机型：

_____

输入输出设备点数：

_____

3. 计划（单向连续运行控制）

填写项目实施计划表

实施步骤	内　容	进　度	负责人	完成情况
1				
2				
3				
4				

4. 实施（单向连续运行控制）

（1）绘制主电路

（2）绘制 PLC 输入输出接线图

X1	X2	X3	X4				
Y1	Y2	Y3	Y4				

（3）写出梯形图

5. 检查（单向连续运行控制）

遇到的问题或故障	解决方案	效果	结论及收获	解决人员

6. 评分（单向连续运行控制）

评分内容	分值	评 分 标 准	扣分	得分
新知识	40	PLC 内部存储器划分及内部继电器配置没有掌握扣 1~10 分		
		微分指令不理解扣 1~10 分		
		置位、复位指令不理解扣 1~10 分		
		保持指令使用不理解扣 1~10 分		
软件使用	20	操作不熟练扣 1~5 分		
		微分指令输入不正确扣 5 分		
		置位、复位指令输入不正确扣 1~5 分		
		保持指令输入不正确扣 1~5 分		
硬件接线	30	输入输出接线图绘制不正确扣 1~10 分		
		接线图设计缺少必要的保护扣 1~10 分		
		线路连接工艺差扣 1~10 分		
功能实现	10	电机不能运行扣 10 分		
		自锁功能没有实现扣 10 分		

项目3 电机正反转连续运行 PLC 控制

【项目任务】
◇ 完成电机正反转连续运行控制。

【项目知识目标】
◇ 掌握互锁功能的实现方法。

【项目能力目标】
◇ 掌握 FP-WIN/GR 编程软件中的程序恢复功能。
◇ 掌握 FP-WIN/GR 编程软件中功能键的应用。
◇ 掌握电机正反转连续运行功能的实现方法。

【项目知识点】
◇ 互锁的概念及实现方法。

【项目资讯】

在项目2中已经完成了电机的单向连续运行控制，在工业应用领域，很多运动部件都需要两个相反方向的运行，如刀具的进刀/退刀，铣床的顺铣/逆铣，工作台的上升/下降等，类似功能的实现，多数情况是依靠电机的正反转实现的，因此在项目2的基础上，我们要完成电机的可逆连续运行功能。

本项目的任务是：三相异步电动机正反转连续运行控制。

【项目决策】

正反转（可逆）运行控制：所谓正反转运行，即电机可以朝两个方向旋转，既可以顺时针旋转，也可以逆时针旋转。实现该功能的控制方案有很多，常用的有正—停—反和正—反—停两种功能。

1. 正—停—反功能

（1）只有电气互锁

（2）具体功能

① 电机正转：给定正转的启动信号（比如按下正转启动按钮），电机正转并自锁，此时，反转的启动信号是无效的，即使给定反转的启动信号（比如按下反转启动按钮）电机运行状态不发生变化。

② 电机反转：如果需要切换到反转功能，则必须先给定电机停止运行信号（如按下停止按钮），使电机停止，然后再给定反转的启动信号（比如按下反转启动按钮），电机反转并自锁，此时，正转的启动信号是无效的，即使给定正转的启动信号（比如按下正转启动按钮）电机运行状态不发生变化。

③ 电机停止：无论电机处于正转还是反转状态，只要给定停止信号（停止按钮、过载、超限位等），电机断电，停止运行。

④ 换向功能：如果电机先反转，然后再正转，控制功能与上述过程相似，只是先给定的是反向运行信号而已，读者可以自己进行分析。

2. 正—反—停功能

（1）具有双重互锁

包括按钮机械互锁和电气互锁。

（2）具体功能

① 电机正转：给定正转的启动信号（比如按下正转启动按钮），电机正转并自锁。

② 电机反转：如果需要切换到反转功能，可以直接给定电机反转的启动信号（比如按下反转启动按钮），则电机迅速切换到反转并自锁。

③ 电机停止：无论电机处于正转还是反转状态，只要给定停止信号（停止按钮、过载、超限位等），电机断电，停止运行。

④ 换向功能：电机可以在正反运行状态之间直接切换，从反转切换成正转的过程，读者可以自己进行分析。

传统的继电器－接触器控制方式若要实现电机的正反转连续运行控制，同样要依靠一些常用的低压电器，并按照一定的逻辑关系连接起来才能实现。如果要用 PLC 实现同样的功能，电机的连续运行控制的主电路是不改变的，而控制部分则依靠 PLC 的程序控制功能完成，完成该项目步骤与项目 2 相同：

① 设计主电路；

② 确定输入输出设备；

③ 设计 PLC 输入输出接线图；

④ 进行 PLC 程序设计；

⑤ 进行系统的调试。

在前几个项目的基础上，项目 3 我们已经能够独立完成，只是从安全角度考虑，在程序中还必须完成"互锁"功能，因此在该项目中，首先学习"互锁"功能的实现方法，再继续教你几招软件操作方法，然后就可以轻松地完成第三个工程项目了。下面首先来学习新知识。

【项目相关知识】

3.1 "互锁"及其功能的实现

传统的继电器－接触器控制方式中，如果电机的换向采用两个接触器方式实现，要求两个接触器一定不能同时通电，否则会发生短路故障，因此其控制电路必须实现两个接触器的"互锁"，相对于软件而言，通常把其称为"硬互锁"。实现的方式就是把两个接触器的常闭触点分别交叉串联在对方的接触器的前面。

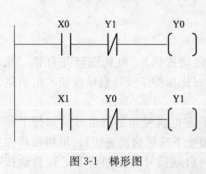

图 3-1　梯形图

在软件程序设计中，凡是不允许同时通电的负载，都必须在程序中实现其"互锁"功能，称其为"软互锁"。实现的方法与"硬互锁"非常相似，即把两个不允许同时通电的线圈的常闭触点分别交叉串联在对方的线圈前面。如图 3-1 所示。

3.2 软件操作方法：恢复程序及功能键输入程序

3.2.1 恢复到程序修改前

在程序输入过程中出现误操作等情况时，若执行恢复到到程序修改前，则可以将正在编辑的程序恢复到程序修改前（刚执行完的前一次 PG 转换后）的状态。

恢复到程序转换前的操作方法如下。

① 菜单操作法：选择 ［编辑 （E）］ 菜单中的 ［程序转换 （Q）］。

② 键盘操作法：按 Ctrl ＋ H 键。

③ 鼠标操作法：从单击鼠标右键所弹出的菜单中选择。

3.2.2　使用功能键输入程序

1. 输入触点 X0

输入示范程序第 1 行中的 X0。请将光标移动到程序显示区域的左上角，按以下操作步骤输入触点。

① 请按 F1 （ ⊣├ ） 键，输入区段显示： ⊣├

② 功能键栏变为输入该指令所需要的内容，请按 F1 （ X ） 键。输入区段显示： ⊣├ X

③ 输入触点类型后，请用鼠标点击数字键栏中的 0 或者按键盘的 0 键，输入区段显示： ⊣├ X　0

④ 请按回车键确定所输入的指令，画面显示如图 3-2 所示。

图 3-2　输入 X0 画面显示

驱动线圈 （OUT） 指令将被自动输入到右端，光标被自动移动到下一行的行头。

2. 应注意的问题

① 需要绘制横线时，请按 F7 （ ── ） 键 （删除横线则请按 Del 键）。按 F3 （ │ ） 键则在当前光标位置的左侧输入竖线，再次按该键，则竖线被删除。

② 当对回路进行组合时，在用 → ← ↑ ↓ 键移动光标的同时，输入触点，再通过 F7 （ ── ） 键和 F3 （ │ ） 键将各部分相连。

③ 对于设备的输入，直接使用键盘操作会更加方便。

3. 输入 DF 和 DF/指令

采用 DF 和 DF/编写的程序如图 3-3 所示，按键操作步骤如图 3-4 所示。

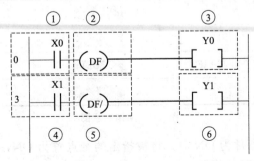

图 3-3　微分指令梯形图

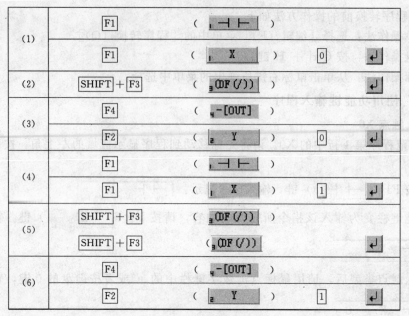

图 3-4　操作示意图

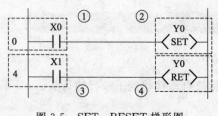

图 3-5　SET、RESET 梯形图

DF：仅在检测到信号的上升沿的一个扫描周期内，使触点为 ON。

DF/：仅在检测到信号的下降沿的一个扫描周期内，使触点为 ON。

每次按 (DF(/))，可以在 (DF) 与 (DF/) 之间切换。

4. 输入 SET 和 RESET 指令

采用 SET 和 RESET 编写的梯形图程序如图 3-5 所示，其按键操作步骤示意图如图 3-6 所示。

图 3-6　操作示意图

当 SET 指令的执行条件为 ON 时，将被指定的触点置为 ON，并且与执行条件的状态变化无关，该触点保持 ON 的状态。

当 RST 指令的执行条件为 ON 时，将被指定的触点置为 OFF，并且与执行条件的状态变化无关，该触点保持 OFF 的状态。

【项目实施】

3.3 电机正反转连续运行 PLC 控制实施方案

项目 2 是用实现电机的单向连续运行控制，下面介绍用 PLC 完成电机双向运行控制功能的具体实施方案。

1. 电机的正反转连续运行 PLC 控制主电路

PLC 完成电机正反转连续运行控制功能是对控制电路的改造，而其主电路是与传统的继—接方式实现电机的正反转连续运行控制的主电路相同的，如图 3-7 所示。

2. 电机的正反转连续运行 PLC 控制电路

我们已经知道，用 PLC 的控制功能完成相应的工程首先要分析工程控制要求，熟悉工作过程，然后确定输入/输出地址及功能，接下来绘制 PLC 的 I/O 硬件接线图，编写 PLC 控制程序，最后进行系统的调试。

（1）电机的正反转连续运行输入/输出地址及功能

电机的双向连续运行输入/输出地址分配如表 3-1 所示。

（2）电机的正反转连续运行 PLC 的 I/O 硬件接线图

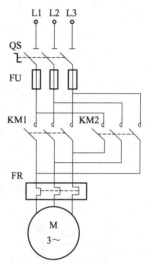

图 3-7 电机正反转
连续运行主电路

表 3-1 电机的双向连续运行输入/输出地址分配

	符号	功能	地址
输入设备	SB1	正向启动按钮（常开接点）	X0
	SB2	反向启动按钮（常开接点）	X1
	SB3	停止按钮（常闭接点）	X2
	FR	热继电器（常闭接点）	X3
输出设备	KM1	正向接触器（线圈）	Y0
	KM2	反向接触器（线圈）	Y1

图 3-8 是电机的正反转连续运行 PLC 的 I/O 硬件接线图，其中输入设备的电源采用 24V 直流，如果其他项目中的输入设备包含其他电压等级或电压类型的传感器，则不能简单地采用 24V 直流，需根据实际情况具体实现。图中的熔断器 FU2 主要是保护 PLC 和输出设备，一般情况下不可省略。输出设备中的电源类型及等级是由负载决定的，本例中的接触器采用额定电压为交流 110V 的交流接触器，所以，电源电压采用交流 110V。

（3）梯形图

电机正反转连续运行 PLC 的梯形图如图 3-9 所示。

说明如下。

① 按下正向启动按钮 SB1，SB1 常开接点接通，则 X0 接通，X0 常开接点闭合，Y0 通电，从而使正向接触器线圈 KM1 通电，接触器线圈 KM1 通电使得接触器本身的触点动作，常开主触点接通，最终使电机通电正向启动并运行。

② 按下停止按钮 SB3，SB3 常闭接点断开，则 X2 断开，X2 常开接点断开，Y0 或 Y1

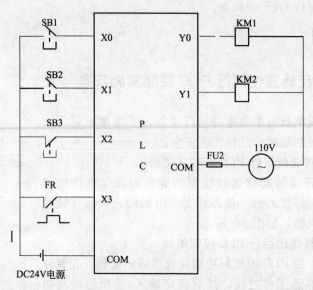

图 3-8　电机正反转连续运行 PLC 控制的 I/O 硬件接线图

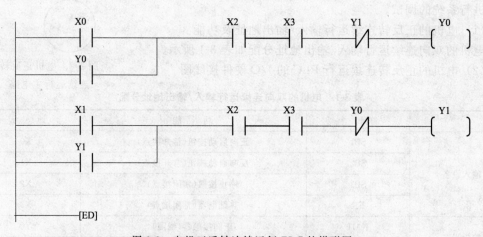

图 3-9　电机正反转连续运行 PLC 的梯形图

断电，从而使接触器线圈断电，接触器线圈断电使得接触器本身的触点复位，常开主触点断开，最终使电机断电并停止。

③ 按下反向启动按钮 SB2，SB2 常开接点接通，则 X1 接通，X1 常开接点闭合，Y1 通电，从而使反向接触器线圈 KM2 通电，接触器线圈 KM2 通电使得接触器本身的触点动作，常开主触点接通，最终使电机通电反向启动并运行。

④ 如果发生过载，热继电器 FR 动作，常闭接点断开，则 X3 断开，X3 常开接点断开，Y0 或 Y1 断开，从而使接触器线圈断电，接触器线圈断电使得接触器本身的触点复位，常开主触点断开，最终使电机断电并停止，实现过载保护作用。

3. 实践操作

要求实现工作台自动往复运行控制。

① 控制功能：工作台两端分别设有限位开关，按下启动按钮后，工作台自动在两个限位开关之间往复运行。按下停止按钮，工作台立即停止运行。要求有过载保护。

② 项目要求：填写 I/O 地址分配表，绘制 I/O 接线图，编写梯形图。

3.4　电机正反转连续运行 PLC 控制程序调试软件操作流程

项目 3 我们选择利用功能键输入并编辑程序。

① FPWIN GR 软件的启动。

② 创建新文件。

③ 选择 PLC 机型。

④ 在离线状态下开始输入程序。

⑤ 输入程序。

a. 第一个逻辑行的输入如表 3-2 所示。

表 3-2　程序输入步骤

(1)	F1	(⊣⊢)			
(2)	F1	(⊣⊢)			
	F1	(X)	2	↵	
(3)	F1	(X)	0	↵	
	F1	(⊣⊢)			
	F1	(X)	3	↵	
(4)	F1	(⊣⊢)			
	F8	(NOT /)			
	F1	(Y)	1	↵	
(5)	F4	(-[OUT])			
	F2	(Y)	0	↵	
(6)	F2	(⊣⊢)			
	F2	(Y)	1	↵	

b. 第二个逻辑行的输入方法与第一行相同，只需要把相应的地址更换一下即可。

c. 输入 ED 指令：Shift + F4，则完成整个程序的输入操作。

⑥ 程序编译（程序转换）：Ctrl + F1→传入 PLC：Ctrl+F12→运行、监控程序。

⑦ 程序调试过程

a. 按下正转按钮 X0，则 Y0 通电并自锁，电机正向连续旋转。

b. 按下反转按钮 X1，电机运行状态没有变化。

c. 按下停止按钮 Y0 断电，电机停止旋转。

d. 按下反转按钮 X1，则 Y1 通电并自锁，电机反向连续旋转。

e. 按下停止按钮 Y1 断电，电机停止旋转。

f. 无论电机正转还是反转，给出过载信号，Y0 或 Y1 断电，电机停止旋转。

g. 实现电机的正反转连续运行控制。

【实用资料】

3.5　PLC 的一般技术规格及技术性能

1. PLC 的一般技术规格

PLC 的一般技术规格，主要指的是 PLC 所具有的电气、机械、环境等方面的规格。各厂家的项目各不相同，大致有如下几种。

① 电源电压：PLC 所需要外接的电源电压，通常分为交流、直流两种电源形式。

② 允许电压范围：PLC 外接电源电压所允许的波动范围，也分为交流、直流电源两种形式。

③ 消耗功率指：PLC 所消耗的电功率的最大值。与上面相对应，分为交流、直流电源两种形式。

④ 冲击电流：PLC 能承受的冲击电流的最大值。

⑤ 绝缘电阻：交流电源外部所有端子与外壳端之间的绝缘电阻。

⑥ 耐压：交流电源外部所有端子与外壳端间，1min 内可承受的交流电压的最大值。

⑦ 抗干扰性：PLC 可以抵抗的干扰脉冲的峰-峰值、脉宽、上升沿。

⑧ 抗振动：PLC 能承受的机械振动的频率、振幅、加速度及在 X、Y、Z 三个方向的时间。

⑨ 耐冲击：PLC 能承受的冲击力的强度及 X、Y、Z 三个方向的次数。

⑩ 环境温度：使用 PLC 的温度范围。

⑪ 环境湿度：使用 PLC 的湿度范围。

⑫ 环境气体状况：使用 PLC 时，是否允许周围有腐蚀气体等方面的气体环境要求。

⑬ 保存温度：保存 PLC 所需的温度范围。

⑭ 电源保持时间：保存 PLC 要求电源保持的最短时间。

2. PLC 的基本技术性能

PLC 的技术性能，主要是指 PLC 所具有的软、硬件方面的性能指标。由于各厂家的 PLC 产品的技术性能均不相同，且各具特色，因此，不可能一一介绍，只能介绍一些基本的技术性能。

① 输入/输出控制方式：指在循环扫描及其他的控制方式，如即时刷新、直接输出等。

② 编程语言：指编制用户程序时所使用的语言。

③ 指令长度：一条指令所占的字数或步数。

④ 指令种类：PLC 具有基本指令、特殊指令的数量。

⑤ 扫描速度：一般以执行 1000 步指令所需的时间来衡量，故单位为 ms/k 步；有时也以执行一步的时间计，如 μs/步。

⑥ 程序容量：PLC 对用户程序的最大存储容量。

⑦ 最大 I/O 点数：用本体和扩展分别表示在不带扩展、带扩展两种情况下的最大 I/O 总点数。

⑧ 内部继电器种类及数量：PLC 内部有许多软继电器，用于存放变量状态、中间结果、

数据，进行计数、计时等，可供用户使用，其中一些还给用户提供许多特殊功能，以简化用户程序的设计。

⑨ 特殊功能模块：特殊功能模块可完成某一种特殊的专门功能，它们数量的多少、功能的强弱，常常是衡量 PLC 产品水平高低的一个重要标志。

⑩ 模拟量：可进行模拟量处理的点数。

⑪ 中断处理：可接受外部中断信号的点数及响应时间。

3. PLC 的内存分配及 I/O 点数

在使用 PLC 之前，深入了解 PLC 内部继电器和寄存器的配置和功能以及 I/O 分配情况是至关重要的。下面介绍一般 PLC 产品的内部寄存器区的划分情况，每个区分配一定数量的内存单元，并按不同的区命名编号。

① I/O 继电器区：I/O 区的寄存器可直接与 PLC 外部的输入、输出端子传递信息。这些 I/O 寄存器在 PLC 中具有"继电器"的功能，即它们有自己的"线圈"和"触点"。故在 PLC 中又常称这一寄存器区为"I/O 继电器区"。每个 I/O 寄存器由一个字（16 位）组成，每位对应 PLC 的一个外部端子，称作一个 I/O 点。I/O 寄存器的个数乘以 16 等于 PLC 总的 I/O 点数。如某 PLC 有 10 个 I/O 寄存器，则该 PLC 共有 160 个 I/O 点。在程序中，每个 I/O 点又都可以看成是一个"软继电器"，有常开触点，也有常闭触点。不同型号的 PLC 配置有不同数量的 I/O 点，一般小型的 PLC 主机有十几个至几十个 I/O 点。若一台 PLC 主机的 I/O 点数不够，可进行 I/O 扩展。

② 内部通用继电器区：这个区的寄存器与 I/O 区结构相同，既能以字为单位使用，也能以位为单位使用。不同之处在于它们只能在 PLC 内部使用，而不能直接进行输入输出控制。其作用与中间继电器相似，在程序控制中可存放中间变量。

③ 数据寄存器区：这个区的寄存器只能按字使用，不能按位使用。一般只用来存放各种数据。

④ 特殊继电器、寄存器区：这两个区的继电器和寄存器的结构并无特殊之处，也是以字或位为一个单元。但它们都被系统内部占用，专门用于某些特殊目的，如存放各种标识、标准时钟脉冲、计数器和定时器的设定值和经过值、自诊断的错误信息等。这些区的继电器和寄存器一般不能由用户任意占用。

⑤ 系统寄存器区：系统寄存器区一般用来存放各种重要信息和参数，如各种故障检测信息、各种特殊功能的控制参数以及 PLC 产品出厂时的设定值。这些信息和参数保证 PLC 的正常工作。这些信息有的可以修改，有的是不能修改的。当需要修改系统寄存器时，必须使用特殊的命令，这些命令的使用方法见有关的使用手册。而通过用户程序，不能读取和修改系统寄存器的内容。

自测与练习

① 分别用置位复位指令及保持指令完成电机正反转连续运行控制功能。

② 如果正向运行的启动按钮常开触点粘连，会发生什么故障？如何排除该故障？软件程序如何优化，以防止发生按钮触点粘连时，电机无法正常停止？

提示：在适当的位置使用微分 DF 指令，可以轻松解决问题。

 项目实训与考核

1. 资讯（正反转控制）

项目任务：完成电机正反转运行控制

（1）常用的正反转控制方案是什么？

（2）"互锁"功能如何实现？

（3）输入输出符号表

序　号	符　号	地　址	注　释	备　注
1				
2				
3				
4				
5				

2. 决策（正反转控制）

（1）采用的控制方案：

（2）输入输出设备点数：

3. 计划（正反转控制）

填写项目实施计划表

实施步骤	内　容	进　度	负　责　人	完成情况
1				
2				
3				
4				

4. 实施（正反转控制）

（1）绘制主电路

（2）绘制 PLC 输入输出接线图

X1	X2	X3	X4				
Y1	Y2	Y3	Y4				

（3）写出梯形图

5. 检查（正反转控制）

遇到的问题或故障	解决方案	效果	结论及收获	解决人员

6. 评分（正反转控制）

评分内容	分值	评分标准	扣分	得分
新知识	10	电机正反转运行概念不理解扣1～5分		
		互锁概念不理解扣1～5分		
软件使用	30	操作不熟练扣1～10分		
		恢复功能没有掌握扣1～10分		
		功能键掌握不熟练扣1～10分		
硬件接线	30	输入输出接线图绘制不正确扣1～10分		
		接线图设计缺少必要的保护扣1～10分		
		线路连接工艺差扣1～10分		
功能实现	30	互锁功能没有实现扣5分		
		电机不能正转扣5分		
		电机不能反转扣5分		
		电机不能自锁扣5分		
		电机不能停止扣5分		
		热继电器动作电机不能停止扣5分		

项目 4　电机正反转两地启停 PLC 控制

【项目任务】

◇ 完成电机正反转两地启停控制。

【项目知识目标】

◇ 掌握两地启停控制功能的实现方法。

【项目能力目标】

◇ 掌握 FP-WIN/GR 编程软件中的多个文件窗口切换功能的应用。

◇ 掌握 FP-WIN/GR 编程软件中的上传 PLC 程序功能的应用。

◇ 掌握 FP-WIN/GR 编程软件中的打开已有文件功能的应用。

◇ 掌握 FP-WIN/GR 编程软件中 I/O 注释功能的应用。

◇ 掌握电机正反转连续运行功能的实现方法。

【项目知识点】

◇ 两地控制的概念及实现方法。

【项目资讯】

项目 3 已经完成了电机的正反转连续运行控制，在有些工业应用领域，由于控制的实际需要，都要求对同一个负载可以在不同的地方进行同样的控制，或者给定不同的信号完成同样的控制功能，因此在项目 3 的基础上，我们要完成电机的可逆连续运行的两地控制功能。

本项目的任务是：完成电机正反转连续运行两地启停控制。

【项目决策】

电机正反转两地启停控制：所谓两地启停控制，即电机的启动与停止分别可以通过两个按钮完成，即两个功能相同的启动按钮，两个功能相同的停止按钮。两个按钮的位置，可以根据实际工程的需要设在不同的地方，实现对同一负载的两地控制。

要实现电机的正反转连续运行两地启停控制，只需要在原有项目 3 电机正反转控制程序的基础上稍加改动即可，其主电路与电机的连续运行控制的主电路是一样的，完成该项目步骤与以往相同：

① 设计主电路；

② 确定输入输出设备；

③ 设计 PLC 输入输出接线图；

④ 进行 PLC 程序设计；

⑤ 进行系统的调试。

在该项目中，首先学习"两地"控制功能的实现方法，再继续教你几招软件操作方法，然后就可以轻松的完成第四个工程项目了。下面首先学习新知识。

【项目相关知识】

4.1 "两地控制"功能的实现

如项目分析中所述，两地控制的核心就是对同一个设备（如电机），可以通过在不同的地方，给定不同的启动或停止信号，来实现对该设备的控制。该功能的实现非常简单，对于启动信号，只需要在程序中使用相应的"与"或"与非"指令，即将两个启动信号并联即可；对于停止信号，只需要在程序中使用相应的"或"或"或非"指令，即将两个停止信号串联即可，如图4-1所示。

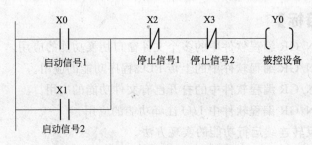

图4-1 "两地控制"梯形图

4.2 软件操作方法

4.2.1 多个文件窗口切换功能

在编写程序过程中，经常需要同时打开多个程序，以方便对比、调试等功能。如果需要在多个程序之间直接切换程序窗口，可以通过如下方法进行操作：

① Ctrl + TAB 键在各个窗口之间进行移动切换；

② Ctrl + F6 在各个窗口之间进行移动切换；

③ 用鼠标单击功能键栏的 次Win 。

多个文件窗口切换如图4-2所示。

4.2.2 上传 PLC 程序功能

有时候需要读取 PLC 内部的程序，以便完成某些功能，具体的操作方法如下：

① 按 Ctrl+F11 键；

② 鼠标左键单击功能键栏第三行倒数第二个按钮 PLC读取 。

4.2.3 打开已有文件功能

打开已有文件的方法与 Word 的操作方法相同：

① 鼠标左键单击图标 ；

② 选择菜单栏文件【F】。

4.2.4 I/O注释功能

I/O注释是输入输出继电器、内部继电器、数据寄存器等设备所带的注释，既可以在画面中显示，也可以打印输出。输出 I/O注释时使用一并编辑菜单，可以使操作更加简便。

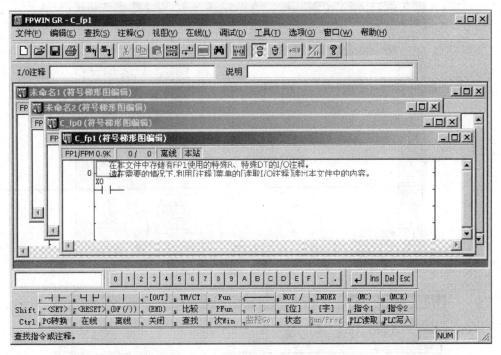

图 4-2　多个文件窗口切换

操作步骤如下。

① 选择 I/O 注释一并编辑：利用菜单操作选择注释【C】→I/O 注释一并编辑【E】，如图 4-3 所示。

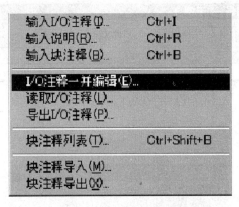

图 4-3　I/O 注释一并编辑

② 显示 I/O 注释一并编辑对话框如图 4-4 所示，然后选择设备类型，将光标移至要进行输入的位置。

③ 准备输入注释：按 ENTER 键后，该区域会发生变化，进入等待输入的状态，如图 4-5 所示。

④ 输入注释：输入所需的文字后，按 ENTER 键后，完成输入。输入注释时，会自动切换到中文输入模式，如图 4-6 所示。

⑤ 在梯形图上输入注释：利用菜单操作，选择注释【C】→输入 I/O 注释【I】，如图4-7 所示。

图 4-4　I/O 注释一并编辑对话框

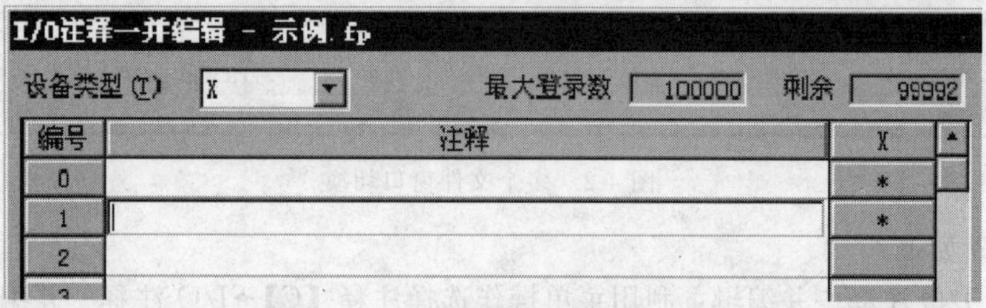

图 4-5　准备输入注释

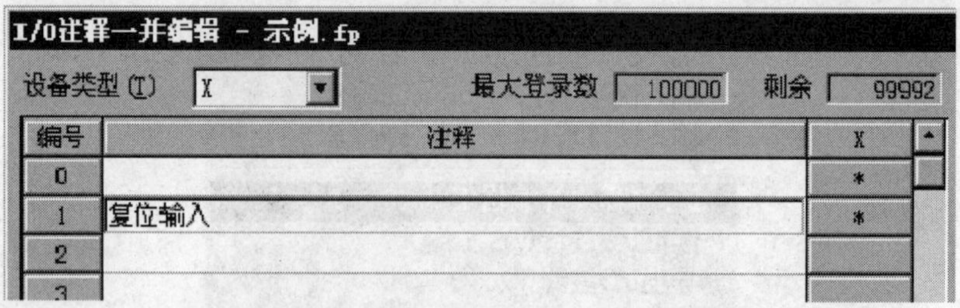

图 4-6　输入注释

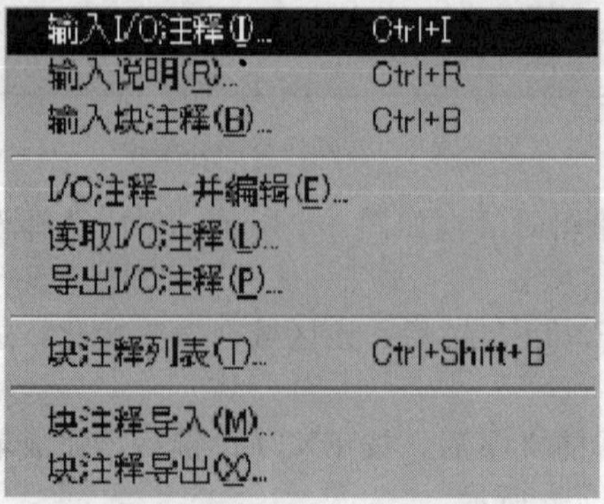

图 4-7　在梯形图上输入注释

【项目实施】

4.3　电机正反转连续两地启停 PLC 控制实施方案

项目 3 是用 PLC 实现电机的正反转连续运行控制，下面在此基础上介绍用 PLC 完成电机双向运行两地启停控制功能的具体实施方案。

1. 电机的正反转连续运行两地启停控制主电路

PLC 完成电机正反转连续运行两地启停控制功能，其主电路是与电机正反转连续运行控制的主电路完全相同，如图 4-8 所示。

2. 电机的正反转连续运行两地启停控制电路

我们已经知道，用 PLC 的控制功能完成相应的工程首先要分析工程控制要求，熟悉工作过程，然后确定输入/输出地址及功能，接下来绘制 PLC 的 I/O 硬件接线图，编写 PLC 控制程序，最后进行系统的调试。

（1）电机的正反转连续运行两地启停控制输入/输出地址及功能

电机的双向连续运行两地启停控制输入/输出地址分配如表 4-1 所示。

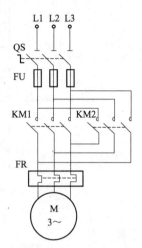

图 4-8　电机正反转主电路图

表 4-1　电机的正反转连续运行两地启停控制输入/输出地址分配

设　备	符　号	功　能	地　址
输入设备	SB1	正向启动按钮 1（常开接点）	X0
	SB2	正向启动按钮 2（常开接点）	X1
	SB3	反向启动按钮 1（常开接点）	X2
	SB4	反向启动按钮 2（常开接点）	X3
	SB5	停止按钮 1（常闭接点）	X4
	SB6	停止按钮 2（常闭接点）	X5
	FR	热继电器（常闭接点）	X6
输出设备	KM1	正向接触器（线圈）	Y0
	KM2	反向接触器（线圈）	Y1

（2）电机的正反转连续运行 PLC 的 I/O 硬件接线图

图 4-9 是电动机的正反转连续运行 PLC 的 I/O 硬件接线图，其中输入设备的电源采用 24V 直流，如果其他项目中的输入设备包含其他电压等级或电压类型的传感器，则不能简单地采用 24V 直流，需根据实际情况具体实现。图中的熔断器 FU2 主要是保护 PLC 和输出设备，一般情况下不可省略。输出设备中的电源类型及等级是由负载决定的，本例中的接触器采用额定电压为交流 110V 的交流接触器，所以，电源电压采用交流 110V。

（3）梯形图

电机的正反转连续运行两地启停控制 PLC 的程序设计梯形图如图 4-10 所示。说明如下。

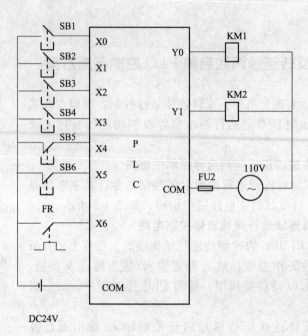

图 4-9　电机正反转连续运行两地启停 PLC 控制的 I/O 硬件接线图

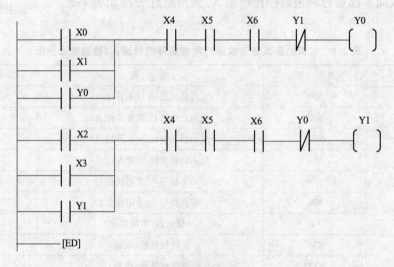

图 4-10　梯形图

① 按下正向启动按钮 SB1 或 SB2，则 X0 或 X1 接通，X0 或 X1 常开接点闭合，Y0 通电，从而使正向接触器线圈 KM1 通电，接触器线圈 KM1 通电使得接触器本身的触点的动作，常开主触点接通，最终使电机通电正向启动并运行。

② 按下停止按钮 SB5 或 SB6，则 X4 或 X5 断开，X4 或 X5 常开接点断开，Y0 或 Y1 断电，从而使接触器线圈断电，接触器线圈断电使得接触器本身的触点复位，常开主触点断开，最终使电机断电并停止。

③ 按下反向启动按钮 SB3 或 SB4，则 X2 或 X3 接通，X2 或 X3 常开接点闭合，Y1 通电，从而使反向接触器线圈 KM2 通电，接触器线圈 KM2 通电使得接触器本身的触点动作，常开主触点接通，最终使电机通电反向启动并运行。

④ 如果发生过载，热继电器 FR 动作，常闭接点断开，则 X6 断开，X6 常开接点断开，Y0 或 Y1 断电，从而使接触器线圈断电，接触器线圈断电使得接触器本身的触点复位，常开主触点断开，最终使电机断电并停止，实现过载保护作用。

3. 实践操作

要求实现电机正反转连续运行三地启停控制。

① 控制功能：同一台电机的启停控制可以在三个不同的地方进行控制，要求有过载保护。

② 项目要求：填写 I/O 地址分配表，绘制 I/O 接线图，编写梯形图。

4.4　电机正反转连续两地启停 PLC 控制程序调试软件操作流程

项目 4 我们选择利用功能键输入并编辑程序。

① FPWIN-GR 软件的启动。

② 创建新文件。

③ 选择 PLC 机型。

④ 在离线状态下开始输入程序。

⑤ 输入程序。

⑥ 程序编译（程序转换）：Ctrl＋F1。

⑦ 传入 PLC：Ctrl＋F12。

⑧ 运行程序。

⑨ 监控程序。

⑩ 调试程序。

a. 按下正转按钮 X0 或 X1，则 Y0 通电并自锁，电机正向连续旋转。

b. 按下反转按钮 X2 或 X3，电机运行状态没有变化。

c. 按下停止按钮 X4 或 X5，Y0 断电，电机停止旋转。

d. 按下反转按钮 X2 或 X3，则 Y1 通电并自锁，电机反向连续旋转。

e. 按下停止按钮 X4 或 X5，Y1 断电，电机停止旋转。

f. 无论电机正转还是反转，给出过载信号，Y0 或 Y1 断电，电机停止旋转。

g. 实现电机的正反转连续运行两地启停控制。

【实用资料】

4.5　可编程序控制器与其他工业控制系统的比较

1. PLC 与继电器控制系统的比较

传统的继电器控制系统被 PLC 所取代已是必然趋势。继电器控制柜是针对一定的生产机械、固定的生产工艺设计的，采用硬接线方式装配而成，只能完成既定的逻辑控制、定时、计数等功能，一旦生产工艺过程改变，则控制柜必须重新设计、重新配线。而 PLC 由于应用了微电子技术和计算机技术，各种控制功能都是通过软件来实现的，只要改变程序并改动少量的接线端子，就可适应生产工艺的改变。从适应性、可靠性、方便性及设计、安装、维护等方面比较，PLC 都有显著的优势。因此在用微电子技术改造传统产业的过程中，传统的继电器控制系统大多数将被 PLC 所取代。

2. PLC 与集散控制系统的比较

PLC 与集散控制系统在发展过程中，始终是互相渗透互为补充。它们分别由两个不同的古典控制设备发展而来。PLC 是由继电器逻辑控制系统发展而来，所以它在数字处理、顺序控制方面具有一定的优势，初期主要侧重于开关量顺序控制方面。集散控制系统（DCS）是由单回路仪表控制系统发展而来的，所以它在模拟量处理、回路调节方面具有一定优势，初期主要侧重于回路调节功能。这两种设备都随着微电子技术、大规模集成电路技术、计算机技术、通信技术等的发展而发展，同时都向对方扩展自己的技术功能。PLC 在 20 世纪 60 年代问世之后，于 70 年代进入了实用化阶段，8 位、16 位、32 位微处理器和各种位片式处理器的应用，使它在技术和功能上发生了飞跃，在初期的逻辑运算功能的基础上，增加数值运算、闭环调节等功能，其运算速度提高，输入输出范围与规模扩大。PLC 与上位计算机之间相互联成网络，构成以可编程序控制器为主要部件的初期控制系统。集散控制系统自 70 年代问世之后，发展非常迅速，特别是单片微处理器的广泛应用和通信技术的成熟，把顺序控制装置、数据采集装置、过程控制的模拟量仪表、过程监控装置有机地结合在一起，产生了满足不同要求的集散控制系统。

现代 PLC 的模拟量控制功能很强，多数都装备了各种智能模块，以适应生产现场的多种特殊要求，具有了 PID 调节功能和构成网络系统组成分级控制的功能以及集散系统所完成的功能。集散控制系统既有单回路控制系统，也有多回路控制系统，同时也具有顺序控制功能。到目前为止，PLC 与集散控制系统的发展越来越接近，很多工业生产过程既可以用 PLC，也可以用集散控制系统实现其控制功能。综合 PLC 和集散控制系统各自的优势，把二者有机地结合起来，可形成一种新型的全分布式的计算机控制系统。

3. PLC 与工业控制计算机的比较

工业控制计算机是通用微型计算机适应工业生产控制要求发展起来的一种控制设备。硬件结构方面总线标准化程度高、兼容性强，而软件资源丰富，特别是有实时操作系统的支持，故对要求快速、实时性强、模型复杂、计算工作量大的工业对象的控制占有优势。但是，使用工业控制计算机控制生产工艺过程，要求开发人员具有较高的计算机专业知识和微机软件编程的能力。

PLC 最初是针对工业顺序控制应用而发展起来的，硬件结构专用性强，通用性差，很多优秀的微机软件也不能直接使用，必须经过二次开发。但是，PLC 使用了工厂技术人员熟悉的梯形图语言编程，易学易懂，便于推广应用。

从可靠性方面看，PLC 是专为工业现场应用而设计的，结构上采用整体密封件或插件组合型，并采取了一系列抗干扰措施，具有很高的可靠性。而工控机虽然也能在恶劣的工业环境可靠运行，但毕竟是由通用机发展而来，在整体结构上要完全适应现场生产环境，还要做工作。另一方面，PLC 用户程序是在 PLC 监控程序的基础上运行的，软件方面的抗干扰措施，在监控程序里已经考虑得很周全，而工控机用户程序则必须考虑抗干扰问题，一般的编程人员很难考虑周全。这也是工控机系统应用比 PLC 系统应用可靠性低的原因。

尽管现代 PLC 在模拟量信号处理、数值运算、实时控制等方面有了很大提高，但在模型复杂、计算量大且较难、实时性要求较高的环境中，工业控制机则更能发挥其专长。

自测与练习

① 分别用置位复位指令及保持指令完成电机正反转连续运行两地控制功能。

② 适当的位置使用微分 DF 指令，用以防止启动按钮的常开触点粘连或卡住的问题。

项目实训与考核

1. 资讯（正反转两地控制）

项目任务：完成电机正反转运行两地启停控制

(1) 常用的正反转控制两地启停控制方案是什么？

(2) 输入输出符号表

序　号	符　　号	地　　址	注　　释	备　　注
1				
2				
3				
4				
5				
6				
7				
8				

2. 决策（正反转两地控制）

(1) 采用的控制方案：

(2) 输入输出设备点数：

3. 计划（正反转两地控制）

填写项目实施计划表

实施步骤	内　　容	进　　度	负　责　人	完成情况
1				
2				
3				
4				

4. 实施（正反转两地控制）

（1）绘制主电路

（2）绘制 PLC 输入输出接线图

X1	X2	X3	X4				
Y1	Y2	Y3	Y4				

（3）写出梯形图

5. 检查（正反转两地控制）

遇到的问题或故障	解决方案	效果	结论及收获	解决人员

6. 评分（正反转两地控制）

评分内容	分值	评分标准	扣分	得分
新知识	10	两地控制概念不理解扣 1～10 分		
软件使用	30	上传 PLC 程序功能没有掌握扣 1～10 分		
		打开已有文件功能没有掌握扣 1～10 分		
		I/O 注释功能没有掌握扣 1～10 分		
硬件接线	30	输入输出接线图绘制不正确扣 1～10 分		
		接线图设计缺少必要的保护扣 1～10 分		
		线路连接工艺差扣 1～10 分		
功能实现	30	两地启动功能没有实现扣 5 分		
		两地停止功能没有实现扣 5 分		
		两地反转功能没有实现扣 5 分		
		电机不能自锁扣 5 分		
		没有互锁功能扣 5 分		
		热继电器动作电机不能停止扣 5 分		

项目5 工作台自动往复运行 PLC 控制

【项目任务】

◇ 完成工作台自动往复运行控制。

【项目知识目标】

◇ 掌握自动往复运行控制功能的实现方法。

【项目能力目标】

◇ 掌握 FP-WIN/GR 编程软件中的设备变更功能的应用。
◇ 掌握 FP-WIN/GR 编程软件中的机型转换功能的应用。
◇ 掌握工作台自动往复运行功能的实现方法。

【项目知识点】

◇ 自动往复运行的概念及实现方法。

【项目资讯】

项目 4 已经完成了电机的正反转连续运行两地控制，但项目 4 的控制功能都是手动进行的，在很多工程应用领域，都需要电机正反转的切换可以自动进行，即给定启动信号后，电机可以根据不同的信号实现自动的正反转的切换；如果该技术应用在工作台的控制上，实现的就是工作台的自动往复运行控制。我们只要在项目 4 的基础上增加自动往复控制信号，就可以轻松完成工作台的自动往复运行控制功能。

本项目的任务是：完成工作台的自动往复运行控制功能。

【项目决策】

工作台的自动往复运行：所谓自动往复运行，即只要给定启动信号，被控制的工作台就可以在任意的两个固定位置之间来回自动往复运行，如图 5-1 所示。

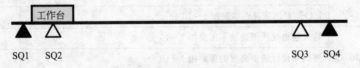

图 5-1　自动往复运动工作台

其中，SQ2 为左限位开关，SQ3 为右限位开关，由这两个开关完成位置检测功能，使工作台在左右限位之间移动。一般来讲，为了防止超限位故障的出现，限位开关的两端，都设有极限保护，其中 SQ1 为左极限限位开关，完成左极限限位的保护，一旦 SQ2 发生故障工作台没有停下来，可以由 SQ1 控制工作台停止，通常用作极限限位保护的限位开关都接常闭触点，因此 SQ1 外接的也是常闭触点；同样的道理，SQ4 为右极限限位开关，完成右极限限位的保护，一旦 SQ3 发生故障工作台没有停下来，可以由 SQ4 控制工作台停止，SQ4 外接的同样也是常闭触点。

工作台的往复运行，可以通过电机的正反转拖动相应的传动机构实现，也可以通过液压或气压系统中控制换向阀的阀位实现。如果采用的是电机的正反转实现该工作台往复运行的话，则需要控制电机的启动、停止、换向，并进行必要的过载，限位保护。

要实现工作台的自动往复运行功能，只要在项目 4 电机的正反转连续运行两地启停控制程序的基础上稍加改动即可，其主电路与电机的连续运行控制的主电路是一样的，完成该项目步骤与以往相同：

① 设计主电路；

② 确定输入输出设备；

③ 设计 PLC 输入输出接线图；

④ 进行 PLC 程序设计；

⑤ 进行系统的调试。

在该项目中，首先学习"往复运行"控制功能的实现方法，然后就可以轻松地完成第五个工程项目了。下面首先来学习新知识。

【项目相关知识】

5.1 "往复运行"功能的实现

如项目分析中所述，往复运行控制的核心就是使电机可以自动地切换运行方向。假设电机正转时，使工作台从左向右运行，当工作台到达右限位时，碰到右限位开关 SQ3，使该限位开关的常开触点闭合，此时可以使用 PLC 检测该信号，用该信号完成电机换向的功能，即该信号的作用是使控制电机正转的接触器线圈断电，同时接通控制电机反转的接触器，完成电机的换向功能，从而实现工作台的自动换向，开始从右向左运行。当工作台运行到左限位时，换向的过程如上所述，请读者自行分析。具体的控制程序如图5-2 所示。

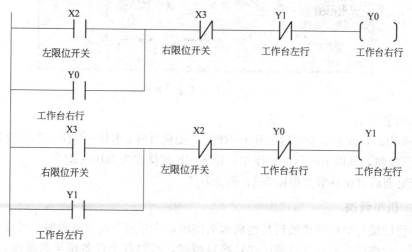

图 5-2 工作台往复运行梯形图

5.2 软件操作方法：设备变更功能的应用及机型转换功能的应用

5.2.1 设备变更功能

设备变更用于对程序内的触点的类型或编号、指令的操作数记号或编号等进行修改。同

图5-3 菜单栏编辑功能的下拉式菜单

时也可以修改相应的 I/O 注释（说明部分不会被修改）。

1. 操作步骤

① 选择设备变更。进行设备变更操作时，请利用菜单操作选择［编辑（E）］→［设备变更］，如图5-3所示。

② 设置要进行设备变更的项目。请指定作为变更源的设备，变更范围以及作为变更目标的设备，变更开始 No.，然后再单击［执行（E）］按钮，如图5-4所示。

可以进行指定的设备为：X、Y、R、T、C、L、E、P、WX、WT、WR、WL、DT、SV、EV、FL、LD、JP、MC、MCE、LOOP、LBL、SSTP、NSTP、NSTL、NSTL、CSTP、CALL、FCAL、SUB、SRWR。

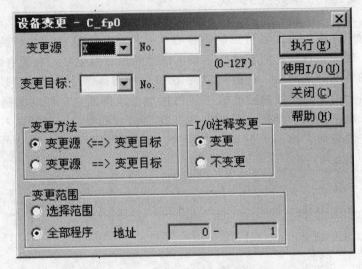

图5-4 设备变更菜单选项

2. 设备变更举例

如图5-5所示，按照［变更源：R0～RF］、［变更目标：R10～R1F］进行设置，再单击［执行（E）］按钮，则以下所示的程序中，R0～RF 被修改为 R10～R1F。

设备变更前后对比梯形图如图5-6、图5-7所示。

5.2.2 机型转换

当想要将已编写的程序移植到其他机型上使用，或者机型设置有误时，可以利用［机型转换］功能，改变程序的对象机型。在转换机型时，将对各个设备编号的范围、程序容量、能否使用基本指令/高级指令等进行检查。

1. 操作步骤

① 选择机型转换。进行机型转换操作时，请利用菜单选择［工具（T）］→［机型转换］，如图5-8所示。

② 设置要转换的机型。请选择要转换的机型，然后单击［OK］按钮，如图5-9所示。

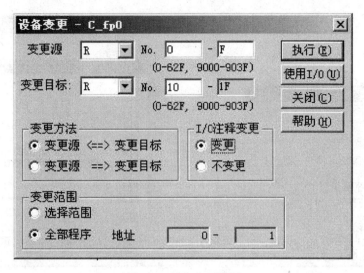

图 5-5　设备变更举例

```
      R2    X0    R1                                                R0
0    ┤├──┤├──┤/├                                              ─[ ]
      R3
     ┤/├
      R0
     ┤├
      R0    X1    R2                                                R1
6    ┤├──┤├──┤/├                                              ─[ ]
      R1
     ┤├
```

图 5-6　设备变更之前程序

```
      R12   X0    R11                                               R10
0    ┤├──┤├──┤/├                                              ─[ ]
      R13
     ┤/├
      R10
     ┤├
      R10   X1    R12                                               R11
6    ┤├──┤├──┤/├                                              ─[ ]
      R11
     ┤├
```

图 5-7　设备变更之后程序

③ 机型转换结束。在机型转换正常结束的情况下，会显示如图 5-10 提示信息。

④ 当需要进行系统寄存器初始化时，画面中将出现图 5-11 所示的确认信息，请单击〔确定〕按钮。

2. 应注意的问题

① 对于所选择的机型，如果使用了无法使用的指令，或者指定了不能指定的区域中的设备编号，则画面中将出现如图 5-12、图 5-13 所示的提示信息。

② 关于各设备编号的范围，请在转换前的程序中修改为适合于转换后的机型的范围（特殊数据寄存器 DT9000、90000 的不同之处，可以自动转换。）

③ 关于程序容量，为了适合于转换后的机型容量，在必要时请删除部分转换前程序。

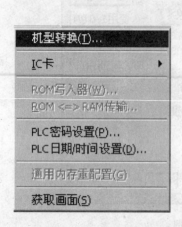

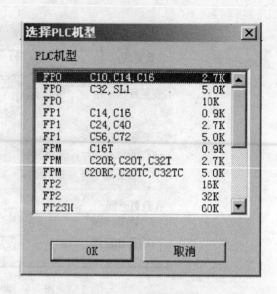

图 5-8　菜单栏工具功能的下拉式菜单　　　　　　　图 5-9　机型转换菜单选项

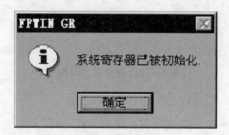

图 5-10　机型转换结束显示信息

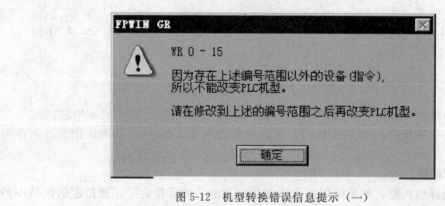

图 5-12　机型转换错误信息提示（一）

④ 关于指令，为了适合于转换后的机型容量，也请在必要时对转换前的程序进行部分修改。

⑤ 关于高级指令，请选择［选项（O）］菜单中的［环境设置］，在画面中显示的对话

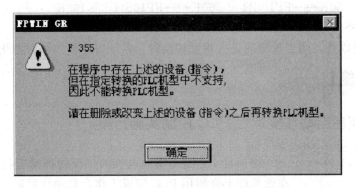

图 5-13　机型转换错误信息提示（二）

框中，选中或撤销［高级指令的机型检查］的选择框，可以对检查、不检查进行切换，如图 5-14 所示。

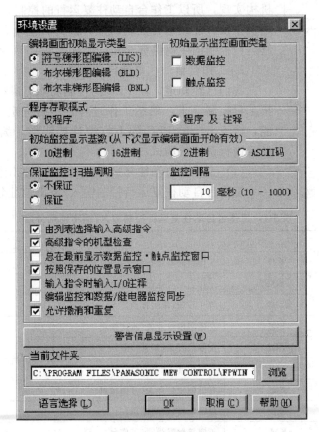

图 5-14　高级指令的机型检查

⑥ 在以下几种机型之间，不进行系统寄存器初始化，因此如有必要，请进行初始化。

FP0　　2.7K←→FP0　　5K

FP1　　0.9K←→FP1　　2.7K←→FP1　　5K

FP3　　10K←→FP3　　16K←→FP5　　16K←→FP5　　24K

FP2　　16K←→FP2　　32K

FP2SH　　60K←→FP2SH　　120K

FP10SH　　　30K←→FP10SH　　60K←→FP10SH　　120K

FP10/FP10S　30K←→FP10　　60K

除上述机型以外，用于机型间进行相互转换时，系统寄存器均被初始化。

【项目实施】

5.3　工作台自动往复运行 PLC 控制实施方案

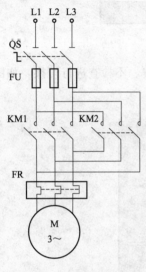

图 5-15　工作台自动往复运行控制主电路

在项目 4 中是要实现电机的正反转连续运行两地控制，下面在此基础上介绍用 PLC 完成工作台自动往复运行控制功能的具体实施方案。

1. 工作台自动往复运行控制主电路

工作台的自动往复运行是依靠电机的正反转带动相应的传动机构实现，所以工作台自动往复运行的控制，就是通过 PLC 完成电机正反转连续运行控制功能，因此其主电路是与电机正反转连续运行控制的主电路完全相同，如图 5-15 所示。

2. 工作台自动往复运行控制电路

我们已经知道，用 PLC 的控制功能完成相应的工程首先要分析工程控制要求，熟悉工作过程，然后确定输入/输出地址及功能，接下来绘制 PLC 的 I/O 硬件接线图，编写 PLC 控制程序，最后进行系统的调试。

（1）工作台自动往复运行控制输入/输出地址及功能

工作台自动往复运行控制输入/输出地址分配如表 5-1 所示。

表 5-1　工作台自动往复运行控制输入/输出地址分配

设　备	符　号	功　能	地　址
输入设备	SB1	工作台向右运行启动按钮（常开接点）	X0
	SB2	工作台向左运行启动按钮（常开接点）	X1
	SB3	停止按钮（常闭接点）	X2
	SQ1	左极限限位开关（常闭接点）	X3
	SQ2	左限位开关（常开接点）	X4
	SQ3	右限位开关（常开接点）	X5
	SQ4	右极限限位开关（常闭接点）	X6
	FR	热继电器（常闭接点）	X7
输出设备	KM1	正向接触器线圈（工作台右行）	Y0
	KM2	反向接触器线圈（工作台左行）	Y1

（2）工作台自动往复运行 PLC 的 I/O 硬件接线图

图 5-16 是电机的正反转连续运行 PLC 的 I/O 硬件接线图，其中输入设备的电源采用 24V 直流，如果其他项目中的输入设备包含其他电压等级或电压类型的传感器，则不能简单地采用 24V 直流，需根据实际情况具体实现。图中的熔断器 FU2 主要是保护 PLC 和输出设备，一般情况下不可省略。输出设备中的电源类型及等级是由负载决定

的，本例中的接触器采用额定电压为交流 110V 的交流接触器，所以，电源电压采用交流 110V。

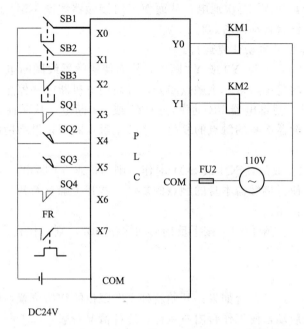

图 5-16 工作台自动往复运行 PLC 控制的 I/O 硬件接线图

（3）梯形图

工作台自动往复运行梯形图如图 5-17 所示。

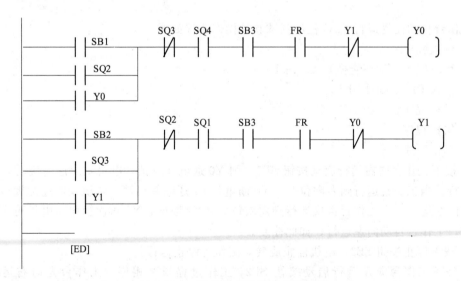

图 5-17 工作台自动往复运行梯形图

说明如下。

① 按下正向启动按钮 SB1，Y0 通电，从而使正向接触器线圈 KM1 通电，使电机通电正向启动并运行并带动工作台向右运行。

② 工作台运行到达右限位，SQ3 动作，常闭触点断开，使 KM1 断电，正转结束；同时 SQ3 的常开触点闭合，使 Y1 通电，从而使反向接触器线圈 KM2 通电，使电机反向运行并

带动工作台自动向左运行。

③ 工作台运行到达左限位，SQ2 动作，常闭触点断开，使 KM2 断电，反转结束；同时 SQ2 的常开触点闭合，使 Y0 再次通电，从而使正向接触器线圈 KM1 再次通电，使电机重新正向运行并带动工作台自动向右运行。

④ 如此实现工作台的自动往复运行。

⑤ 按下停止按钮 SB3，则 Y0 或 Y1 断电，从而使接触器线圈断电，接触器线圈断电使得接触器本身的触点的复位，常开主触点断开，最终使电机断电并停止。

⑥ 如果发生过载，热继电器 FR 动作，则 Y0 或 Y1 断电，从而使接触器线圈断电，接触器线圈断电使得接触器本身的触点的复位，常开主触点断开，最终使电机断电并停止，实现过载保护作用。

⑦ 一旦发生超限位故障，SQ1 或 SQ4 动作，则 Y0 或 Y1 断电，从而使接触器线圈断电，接触器线圈断电使得接触器本身的触点的复位，常开主触点断开，最终使电机断电并停止，实现超限位保护作用。

⑧ 如果工作台不在左限位时，按下反向启动按钮 SB2，则工作台向左运行，然后往复，其过程请读者自行分析。

【注意事项】

在实际调试程序时，工作台如果一开始就处于左限位的初始位置，则还没有按下启动按钮时，电机就会正向启动，使工作台向右运行；这种情况一般实际工程是不允许出现的，请读者自己思考，将程序升级，解决该问题。

5.4　工作台自动往复运行 PLC 控制程序调试软件操作流程

工作台自动往复运行 PLC 程序调试软件操作流程如下。

① 输入程序。

② 程序编译（程序转换）：Ctrl+F1。

③ 传入 PLC：Ctrl+F12。

④ 运行程序。

⑤ 监控程序。

⑥ 调试程序。

a. 按下工作台向右运行启动按钮 SB1，则 Y0 通电并自锁，电机正向连续旋转，工作台向右运行。当工作台运行到右限位时，Y0 断电，Y1 通电并自锁，电机反向连续旋转，工作台自动向左运行；当工作台再次运行到左限位时，Y1 断电，Y0 再次通电，电机再次正向连续旋转，工作台自动向左运行；如此往复。

b. 按下停止按钮 SB3，电机停止旋转，工作台停止运行。

c. 按下工作台向左运行启动按钮 SB2，工作过程与之相似，工作台先向右运行，再向左。

d. 无论工作台向右还是向左运行，一旦发生过载，即给出过载信号 FR，Y0 或 Y1 断电，电机停止旋转，工作台停止运行。

e. 无论工作台向右还是向左运行，一旦发生超限位，即工作台向右运行时，给出右极限超限位信号 SQ4，Y0 断电；或工作台向左运行时，给出左极限超限位信号 SQ1，Y1 断电，电机停止旋转，工作台停止运行。

【实用资料】

5.5 FP 系列程序结构及 FP 系列指令类型

5.5.1 FP 系列程序结构

可编程序控制器是按照用户的控制要求编写程序来进行工作的。程序的编制就是用一定的编程语言把一个控制任务描述出来。FP 系列 CPU 的控制程序由主程序、子程序和中断程序组成。

1. 主程序

主程序是程序的主体，每一个项目都必须并且只能有一个主程序。在主程序中可以调用子程序和中断程序。

主程序通过指令控制整个应用程序的执行，每次 CPU 扫描都要执行一次主程序，对于 FPWIN GR 编程软件而言，无条件结束指令以前的程序为主程序。

2. 子程序

子程序是一个可选的指令的集合，仅在被其他程序调用时执行。同一子程序可以在不同的地方被多次调用，使用子程序可以简化程序代码和减少扫描时间。设计得好的子程序容易移植到别的项目中去。

3. 中断程序

中断程序是指令的一个可选集合，中断程序不是被主程序调用，它们在中断事件发生时由 PLC 的操作系统调用。中断程序用来处理预先规定的中断事件，因为不能预知何时会出现中断事件，所以不允许中断程序改写可能在其他程序中使用的存储器。

5.5.2 FP 系列指令类型

FP 系列指令系统有基本指令和高级指令，PLC 的基本指令主要包括逻辑指令、功能指令、程序控制类指令等。逻辑指令是 PLC 的基本指令，也是任何一个 PLC 应用系统不可缺少的指令。功能指令大大地增强了 PLC 的工业应用能力。程序控制类指令可以影响程序执行的流向及内容，对合理安排程序结构具有重要意义。PLC 的高级指令则可以进行算术运算、数据比较、数据转换、数据移位、高速计数等多种功能，实现复杂的控制功能。

基本指令类型如下。

① 基本顺序指令。是以位（bit）为单位的逻辑操作，是构成继电器控制电路的基础，如表 5-2 所示。

表 5-2 基本顺序指令表

指令名称	助记符	指令功能	步数
初始加载	ST	从左母线开始的第一个接点是一个常开点	1
初始加载非	ST/	从左母线开始的第一个接点是一个常闭点	1
输出	OT	将运算结果存入相应的输出继电器位	1
非	/	取反	1
与	AN	串联一个常开接点	1
与非	AN/	串联一个常闭接点	1
或	OR	并联一个常开接点	1

续表

指令名称	助记符	指令功能	步数
或非	OR/	并联一个常闭接点	1
组与	ANS	指令块的与操作	1
组或	ORS	指令块的或操作	1
推入堆栈	PSHS	存储该指令处的操作结果	1
读出堆栈	RDS	读出由 PSHS 指令存储的指令结果	1
弹出堆栈	POPS	读出并清除由 PSHS 指令存储的指令结果	1
上升沿微分	DF	当检测到触发信号的上升沿时,接点仅"ON"一个扫描周期	1
下降沿微分	DF/	当检测到触发信号的下降沿时,接点仅"ON"一个扫描周期	1
置位	SET	保持接点(位)接通	1
复位	RST	保持接点(位)断开	1
保持	KP	使输出保持接通	1
空操作	NOP	空操作	1

注:该表中所有指令使用于松下 FP 系列所有 CPU。

② 基本功能指令:有定时器/计数器和移位寄存器指令。

③ 控制指令:决定程序执行的顺序和流程。

④ 比较指令:进行数据比较。

自测与练习

工作台自动往复运行增强功能:该系统在原有控制功能的基础上增设正常停止和急停两种功能。

① 按下正常停止时,工作台不会立即停止,而是自动回到初始位置,即回到左限位位置才停止运行;再次按下启动按钮工作台重新开始运行。

② 按下急停按钮,电机立即停止运行,再次按下启动按钮,工作台按照原来的运行方向继续运行。

③ 当发生过载或超限位时,进行不同频率声光报警的指示。

项目要求:填写 I/O 地址分配表,绘制 I/O 接线图,编写梯形图。

项目实训与考核

1. 资讯(工作台自动往复运行)

项目任务:完成工作台自动往复运行控制。

(1) 如何实现工作台自动往复运行?

（2）输入输出符号表

序　号	符　号	地　址	注　释	备　注
1				
2				
3				
4				
5				
6				
7				
8				

2. 决策（工作台自动往复运行）

（1）采用的控制方案：

（2）输入输出设备点数：

3. 计划（工作台自动往复运行）

填写项目实施计划表

实施步骤	内　容	进　度	负责人	完成情况
1				
2				
3				
4				

4. 实施（工作台自动往复运行）

（1）绘制主电路

（2）绘制 PLC 输入输出接线图

X1	X2	X3	X4				
Y1	Y2	Y3	Y4				

（3）写出梯形图

5. 检查（工作台自动往复运行）

遇到的问题或故障	解决方案	效果	结论及收获	解决人员

6. 评分（工作台自动往复运行）

评分内容	分值	评分标准	扣分	得分
新知识	10	自动往复运行概念模糊或不理解扣 1～10 分		
软件使用	10	没有掌握设备变更功能扣 1～5 分		
		没有掌握机型转换功能扣 1～5 分		
硬件接线	20	输入输出接线图错误扣 1～5 分		
		接线图设计缺少必要的保护扣 1～10 分		
		线路连接工艺差扣 1～5 分		
功能实现	60	工作台不能启动扣 10 分		
		工作台不能停止扣 10 分		
		工作台到达左右限位时不能换向扣 10 分		
		工作台到达左右极限限位时不能停止扣 10 分		
		没有互锁功能扣 10 分		
		热继电器动作电机不能停止扣 10 分		

项目6　声光报警 PLC 控制系统

【项目任务】

◇ 完成声光报警系统功能。

【项目知识目标】

◇ 掌握组与、组或、堆栈指令的应用。

【项目能力目标】

◇ 掌握报警中优先级的实现方法。

◇ 掌握报警功能的实现方法。

【项目知识点】

◇ 掌握组与、组或、堆栈指令。

【项目资讯】

在实际工程项目中，几乎所有的项目都可能出现这样或那样的故障，出现故障以后，必须及时地给操作人员警示，并实现必要的保护功能，这就是报警系统的功能。通常的报警方式可以通过指示灯进行"光"报警，可以通过蜂鸣器进行"声"报警，两者结合，就构成声光报警系统。

本项目的任务是：实现一个具体项目的声光报警系统功能，控制要求如下：设计一个半自动机床声光报警系统，其中主电机控制及系统故障状态即发生故障时的指示要求如下。

① 上料电机捞不到料时，仅指示灯亮（光报警），主轴电机不停止运行。

② 油位不足时，指示灯以 2s 为周期闪烁（光报警），蜂鸣器以 2s 为周期叫响（声报警），主轴电机停止。

③ 主轴电机过载，电机停止运行，指示灯以 1s 为周期闪烁（光报警），蜂鸣器以 1s 为周期叫响（声报警）。

④ 报警优先级顺序为③、②、①。即如果故障同时发生，优先进行级别高的故障指示。

⑤ 主轴电机的运行方式：单向连续运行。

【项目决策】

根据以上声光报警系统控制要求，我们要实现电机的单向连续运行控制，要实现三种不同故障的光报警，要实现两种不同故障的声报警，还要解决几种故障同时发生时，优先级的处理问题。该项目主电路与电机的连续运行控制的主电路是一样的，完成该项目步骤与以往相同：

① 设计主电路；

② 确定输入输出设备；

③ 设计 PLC 输入输出接线图；

④ 进行 PLC 程序设计；

⑤ 进行系统的调试。

在该项目中，电机的单向连续运行控制我们已经可以掌握，只要学习报警功能的实现方法，以及优先级的处理问题就可以轻松地完成第六个工程项目了。下面首先来学习新知识。

【项目相关知识】

6.1 "报警"功能的实现

通常的报警分为光报警和声报警两种形式，其中光报警是依靠指示灯来实现其功能，而声报警则是通过蜂鸣器来实现。因此声光报警系统中，输出设备具体指示灯和蜂鸣器两大设备。对于光报警，就是当被控系统发生某种异常现象或故障时，根据给定的报警信号，使指示灯常亮或按照一定的频率闪烁，进行故障指示；而声报警，则是一旦有故障出现时，蜂鸣器常响或按照一定的频率叫响。

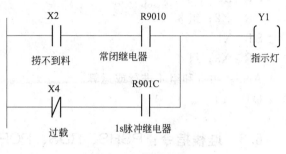

图 6-1 故障报警

一般来说，无论是声报警还是光报警，程序中只要把故障信号和对应的闪烁频率接点串联即可；对应多种故障情况则采用并联的方式，使用 ORS 组或指令实现。这样就可以实现任意多种故障的报警。具体的梯形图如图 6-1 所示。

6.2 块逻辑操作指令：ANS、ORS

1. 指令功能

组与 ANS：执行多个逻辑块相串联。

组或 ORS：执行多个逻辑块相并联。

2. 梯形图结构

说明如下。

① 如图 6-2 所示，本例中第一个指令行执行的是"组或"运算，先把 X0 与 X1 串联成组 1，X2 与 X3 串联成组 2，再把组 1 和组 2 并联，也就是先把 X0 与 X1 的值进行"与"运算，运算结果作为组 1 的值压入堆栈，再把 X2 与 X3 的值进行"与"运算，运算结果作为组 2 的值，再与组 1 的值进行"或"运算，最终的结果决定 Y0 的状态。

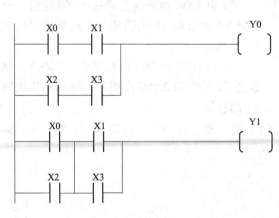

图 6-2 块逻辑操作指令

② 本例中第二个指令行执行的是"组与"运算，先把 X0 与 X2 并联成组 3，X1 与 X3 并联成组 4，再把组 3 和组 4 串联，也就是先把 X0 与 X2 的值进行"或"运算，运算结果作为组 3 的值压入堆栈，再把 X1 与 X3 的值进行"或"运算，运算结果作为组 4 的值，再与组 3 的值进行"与"运算，最终的结果决定 Y1 的状态。

3. 语句表

ST X0

AN　X1；组 1

ST　X2

AN　X3；组 2

ORS；组 1 和组 2 进行或运算

OT　Y0

ST　X0

OR　X2；组 3

ST　X1

OR　X3；组 4

ANS，组 3 和组 4 进行或运算

OT　Y1

6.3　堆栈指令：PSHS、RDS、POPS

1. 指令功能

PSHS：推入堆栈，存储该指令处的操作结果。

RDS：读取堆栈，读出 PSHS 指令存储的操作结果。

POPS：弹出堆栈，读出并清除由 PSHS 指令存储的操作结果。

堆栈指令主要用于构成具有分支结构的梯形图，使用时必须遵循规定的 PSHS、RDS、POPS 的先后顺序。

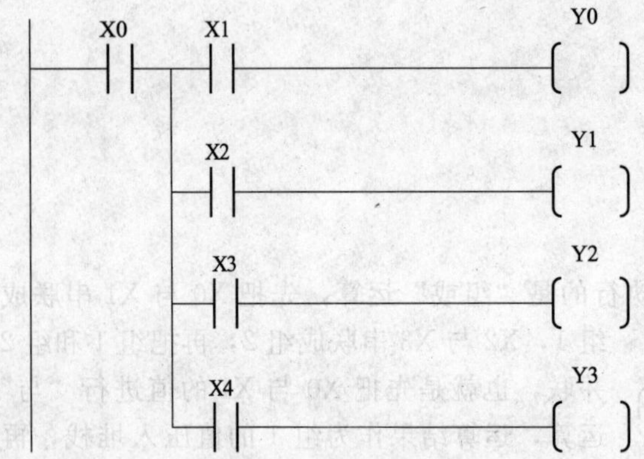

图 6-3　堆栈指令

2. 梯形图结构

如图 6-3 所示。

说明如下。

① 将 X0 的值压入堆栈（PSHS），然后把 X0 的值和 X1 的值相与，运算结果决定 Y0 的状态。

② 由 RDS 指令读出堆栈中 X0 的值，然后把 X0 的值和 X2 的值相与，运算结果决定 Y1 的状态。

③ 由 RDS 指令读出堆栈中 X0 的值，然后把 X0 的值和 X3 的值相与，运算结果决定 Y2 的状态。

④ 由 POPS 指令读出并释放堆栈存储的 X0 的值，然后把 X0 的值和 X4 的值相与，运算结果决定 Y3 的状态。

3. 语句表

ST　X0

PUSH

AN　X1

OT　Y0

RDS

AN　X2

```
OT   Y1
RDS
AN   X3
OT   Y2
POPS
AN   X4
OT   Y3
```

【项目实施】

6.4　声光报警系统 PLC 控制实施方案

1. 主轴电机的主电路

该项目中的主电路与电机单向连续运行控制主电路完全相同，不再赘述。

2. 声光报警系统控制电路

我们已经知道，用 PLC 的控制功能完成相应的工程首先要分析工程控制要求，熟悉工作过程，然后确定输入/输出地址及功能，接下来绘制 PLC 的 I/O 硬件接线图，编写 PLC 控制程序，最后进行系统的调试。

（1）声光报警系统输入/输出地址及功能

声光报警系统输入/输出地址分配如表 6-1 所示。

表 6-1　声光报警系统输入/输出地址分配

设备	符号	功能	地址
输入设备	SB1	启动按钮（常开接点）	X0
	SB2	停止按钮（常闭接点）	X1
	BL1	捞不到料（常开信号）	X2
	BL2	油位不足（常闭接点）	X3
	FR	热继电器（常闭接点）	X4
输出设备	KM	接触器（主轴电机）	Y0
	HL	指示灯（光报警）	Y1
	BEE	蜂鸣器（声报警）	Y2

（2）硬件接线图

声光报警系统 PLC 的 I/O 硬件接线图请读者自己画出。

（3）声光报警系统 PLC 的程序设计

声光报警系统如图 6-4 所示，程序功能如下。

① 按下启动按钮，主轴电机单向连续运行，按下停止按钮，电机停止。

② 当捞不到料时，X2 常开触点接通，指示灯常亮，主电机不停止运行。

③ 当油位不足时，X3 常闭触点接通，指示灯以 2s 为周期闪烁，主电机停止（其中 R901C、R901D、R9010 等特殊内部继电器的作用请参阅本项目的实用资料）。

④ 当发生过载时，X4 常闭触点接通，指示灯以 1s 为周期闪烁，主电机停止。

⑤ 声报警部分的处理与光报警雷同，请读者自行编程并调试。

⑥ 当两种以上故障同时发生时，只要根据报警的优先级进行互锁的处理即可。即将优先级高的故障的互锁点，串联在优先级低的支路上，以保证当优先级高的故障信号给出时，可以断开其他优先级低的支路，使其不起作用，有效防止指示频率混乱的问题。请读者自行编程实现。

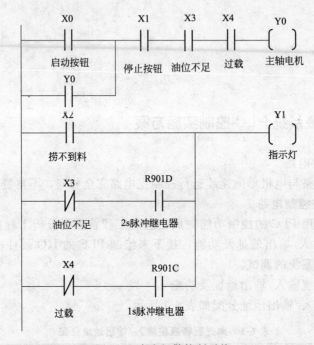

图 6-4　声光报警控制系统

6.5　声光报警系统 PLC 控制程序调试软件操作流程

声光报警系统 PLC 调试软件操作流程如下。

① 输入程序。

② 程序编译（程序转换）：Ctrl+F1。

③ 传入 PLC：Ctrl+F12。

④ 运行程序。

⑤ 监控程序。

⑥ 调试程序。

a. 首先保证所有的故障信号均处于复位状态。

b. 按下启动按钮启动主电机，Y0 通电。

c. 给定捞不到料的信号 X2=1，电机状态不改变，指示灯 Y1 以 2s 为周期闪烁，蜂鸣器不响。

d. 给定油位不足的信号 X3=0，主电机停止运行，同时指示灯以 2s 为周期闪烁，蜂鸣器以 2s 为周期叫响。

e. 给定过载信号 X4=0，主电机停止运行，同时指示灯以 1s 为周期闪烁，蜂鸣器以 1s 为周期叫响。

f. 按下停止按钮 X2，Y0 断电，主电机停止旋转。

g. 如果捞不到料、油位不足以及过载三种故障同时发生，进行过载故障指示，即主电机停止运行，同时指示灯以 1s 为周期闪烁，蜂鸣器以 1s 为周期叫响。

h. 如果油位不足以及过载故障同时发生，进行过载故障指示，即主电机停止运行，同时指示灯以 1s 为周期闪烁，蜂鸣器以 1s 为周期叫响。

i. 如果捞不到料以及过载故障同时发生，进行过载故障指示，即主电机停止运行，同时指示灯以 1s 为周期闪烁，蜂鸣器以 1s 为周期叫响。

j. 如果捞不到料以及油位不足故障同时发生，进行油位不足故障指示，即主电机停止运行，同时指示灯以 2s 为周期闪烁，蜂鸣器以 2s 为周期叫响。

k. 实现加工系统的声光报警功能。

【实用资料】

6.6 松下特殊内部继电器一览表

特殊内部继电器是在特定的条件下 ON/OFF 的继电器。ON/OFF 状态不被输出到外部。不能利用编程工具或指令写入。继电器编号及相应的作用见表 6-2～表 6-12。

表 6-2　WR900（以字单位指定，其中（＊）在系统中使用）

继电器编号	名称及作用	适用对象
R9000	自诊断错误标志	
R9001	瞬时停电检出标志	PLC：FP5，FP10
R9002	输出单元保险丝熔断检出标志 MEWNET-TR 通信异常标志 I/O 异常标志	PLC：FP5，FP10　PLC：FP3，FP10S，FP10SH　PLC：FP2，FP2SH
R9003	智能单元异常标志	PLC：FP10，FP10S，FP10SH，FP2，FP2SH，FP3，FP5
R9004	I/O 校验异常标志	PLC：FP0，FP10，FP10S，FP10SH，FP2，FP2SH，FP3，FP5，FPΣ，FP-e
R9005	后备电池异常标志（当前型）	PLC：FP1，FP10，FP10S，FP10SH，FP2，FP2SH，FP3，FP5，FP-M，FPΣ，FP-e
R9006	后备电池异常标志（保持型）	PLC：FP1，FP10，FP10S，FP10SH，FP2，FP2SH，FP3，FP5，FP-M，FPΣ，FP-e
R9007	运算错误标志（保持型）（ER 标志）	
R9008	错误运算标志（最新型）（ER 标志）	
R9009	进位标志（CY 标志）	
R900A	＞标志	
R900B	＝标志	
R900C	＜标志	
R900D	辅助定时器触点	
R900E（＊）	编程口通信异常标志	PLC：FP0，FP1，FP10SH，FP2SH，FP-M，FPΣ，FP-e
R900F	固定扫描异常标志	

表 6-3　WR901（以字单位指定，其中（＊）在系统中使用）

继电器编号	名称及作用	适用对象
R9010	常闭继电器	
R9011	常开继电器	
R9012	扫描脉冲继电器	
R9013	初始脉冲继电器(ON)	
R9014	初始脉冲继电器(OFF)	
R9015	步进程序初始脉冲继电器(ON)	
R9016	未使用	
R9017	未使用	
R9018	0.01s 时钟脉冲继电器	
R9019	0.02s 时钟脉冲继电器	
R901A	0.1s 时钟脉冲继电器	
R901B	0.2s 时钟脉冲继电器	
R901C	1s 时钟脉冲继电器	
R901D	2s 时钟脉冲继电器	
R901E	1 分时钟脉冲继电器	
R901F	未使用	

表 6-4　WR902（以字单位指定，其中（＊）在系统中使用）

继电器编号	名称及作用	适用对象
R9020	RUN 模式标志	
R9021(＊)	测试运行中标志	PLC：FP10,FP10S,FP10SH,FP2,FP2SH,FP3,FP5
R9022(＊)	断点暂停标志	PLC：FP10,FP10S,FP10SH,FP2,FP2SH,FP3,FP5
R9023(＊)	断点允许标志	PLC：FP10,FP10S,FP10SH,FP2,FP2SH,FP3,FP5
R9024(＊)	测试运行时输出刷新标志	PLC：FP10,FP10S,FP10SH,FP2,FP2SH,FP3,FP5
R9025(＊)	1 条指令执行标志	PLC：FP10,FP10S,FP10SH,FP2,FP2SH,FP3,FP5
R9026(＊)	有信息标志	
R9027(＊)	遥控(Remote)标志	PLC：FP0, FP1, FP-M, FP10, FP10S, FP10SH, FP2, FP2SH,FP3,FP5
R9028(＊)	断点解除标志	PLC：FP10,FP10S,FP10SH,FP2,FP2SH,FP3,FP5
R9029(＊)	强制中标志	
R902A(＊)	外部中断允许标志	PLC：FP0, FP1, FP10, FP10S, FP10SH, FP3, FP5, FP-M,FP2SH
R902A	中断处理中标志	PLC：FP2,FPΣ,FP-e
R902B	中断异常标志	
R902C(＊)	采样点标志	PLC：FP10,FP10S,FP10SH,FP2,FP2SH,FP3,FP5
R902D(＊)	采样过程结束标志	PLC：FP10,FP10S,FP10SH,FP2,FP2SH,FP3,FP5
R902E(＊)	采样触发器标志	PLC：FP10,FP10S,FP10SH,FP2,FP2SH,FP3,FP5
R902F(＊)	采样允许标志	PLC：FP10,FP10S,FP10SH,FP2,FP2SH,FP3,FP5

表 6-5　**WR903**（以字单位指定）

继电器编号	名称及作用	适用对象
R9030	SEND/RECV 指令允许执行标志	PLC：FP10，FP10S，FP10SH，FP2，FP2SH，FP3，FP5
R9031	SEND/RECV 指令执行结束标志	PLC：FP10，FP10S，FP10SH，FP2，FP2SH，FP3，FP5
R9032	COM 口选择标志	PLC：FP0，FP1，FP10SH，FP2，FP2SH，FP-M，FPΣ
R9033	打印指令执行标志	
R9034	RUN 中程序编辑标志	PLC：FP0，FP10，FP10S，FP10SH，FP2，FP2SH，FP3，FP5，FPΣ，FP-e
R9035	RMRD/RMWT 指令允许执行标志 S-LINK I/0 通信异常标志	PLC：FP10，FP10S，FP10SH，FP2，FP2SH，FP3，FP5 PLC：FP0
R9036	RMRD/RMWT 指令执行结束标志 S-LINK 通信状态标志 I/O 链接异常标志	PLC：FP10，FP10S，FP10SH，FP2，FP2SH，FP3，FP5 PLC：FP0 PLC：FP1，FP-M
R9037	COM 口传输错误标志	PLC：FP0，FP1，FP10SH，FP2，FP2SH，FP-M，FPΣ，FP-e
R9038	COM 口接收完成标志	PLC：FP0，FP1，FP10SH，FP2，FP2SH，FP-M，FPΣ，FP-e
R9039	COM 口发送完成标志	PLC：FP0，FP1，FP10SH，FP2，FP2SH，FP-M，FPΣ，FP-e
R903A	高速计数器控制中标志 高速计数器 ch0 控制中标志	PLC：FP1，FP-M PLC：FP0，FPΣ，FP-e
R903B	高速计数器凸轮位置控制中标志 高速计数器 ch1 控制中标志	PLC：FP1，FP-M PLC：FP0，FPΣ，FP-e
R903C	高速计数器 ch2 控制中标志	PLC：FP0，FPΣ，FP-e
R903D	高速计数器 ch3 控制中标志	PLC：FP0，FPΣ，FP-e
R903E	未使用	
R903F	未使用	

表 6-6　**WR904**（以字单位指定）

继电器编号	名称及作用	适用对象
R9040	未使用	
R9041	COM1 端口 PC-link 标志→对象 PLC：FPΣ	
R9042	COM2 端口动作模式标志→对象 PLC：FPΣ	
R9043	未使用	
R9044	未使用	
R9045	未使用	
R9046	未使用	
R9047	COM2 口传输错误标志	PLC：FPΣ
R9048	COM2 口接收完成标志	PLC：FPΣ
R9049	COM2 口发送完成标志	PLC：FPΣ
R904A	未使用	
R904B	未使用	
R904C	未使用	
R904D	未使用	
R904E	圆弧插补指令正在执行标志	PLC：FPΣ
R904F	圆弧插补数据改写确认标志	PLC：FPΣ

表 6-7　WR905（以字单位指定）

继电器编号	名称及作用	适用对象
R9050	MEWNET-W/P 链接传输异常标志[W/P link1/W0]	PLC：FP10,FP10S,FP10SH,FP2,FP2SH,FP3,FP5,FPΣ
R9051	MEWNET-W/P 链接传输异常标志[W/P link2]	PLC：FP10,FP10S,FP10SH,FP2,FP2SH,FP3,FP5
R9052	MEWNET-W/P 链接传输异常标志	PLC：FP10,FP10S,FP10SH,FP2,FP2SH,FP3,FP5
R9053	MEWNET-W/P 链接传输异常标志［W/P link4］	PLC：FP10,FP10S,FP10SH,FP2,FP2SH
R9054	MEWNET-W/P 链接传输异常标志	PLC：FP10,FP10S,FP10SH,FP2,FP2SH
R9055	MEWNET-H 链接传输异常标志[H link1]	PLC：FP10,FP10S,FP10SH,FP3,FP5
R9056	MEWNET-H 链接传输异常标志[H link2]	PLC：FP10,FP10S,FP10SH,FP3,FP5
R9057	MEWNET-H 链接传输异常标志[H link3]	PLC：FP10,FP10S,FP10SH,FP3,FP5
R9058	远程 I/O 传输异常标志(master1)	PLC：FP10,FP10S,FP10SH,FP2,FP2SH,FP3,FP5
R9059	远程 I/O 传输异常标志(master2)	PLC：FP10,FP10S,FP10SH,FP2,FP2SH,FP3,FP5
R905A	远程 I/O 传输异常标志(master3)	PLC：FP10,FP10S,FP10SH,FP2,FP2SH,FP3,FP5
R905B	远程 I/O 传输异常标志(master4)	PLC：FP10,FP10S,FP10SH,FP2,FP2SH,FP3,FP5
R905C	未使用	
R905D	未使用	
R905E	未使用	
R905F	未使用	

表 6-8　WR906（以字单位指定）

继电器编号	名称及作用	适用对象
R9060	MEWNET-W/W0/P PC link 传输保证继电器，[PC link0(W/P)用],单元 No. 1	PLC：FP10, FP10S, FP10SH, FP2, FP2SH, FP3, FP5,FPΣ
R9061	MEWNET-W/W0/P PC link 传输保证继电器，[PC link0(W/P)用],单元 No. 2	PLC：FP10, FP10S, FP10SH, FP2, FP2SH, FP3, FP5,FPΣ
R9062	MEWNET-W/W0/P PC link 传输保证继电器，[PC link0(W/P)用],单元 No. 3	PLC：FP10, FP10S, FP10SH, FP2, FP2SH, FP3, FP5,FPΣ
R9063	MEWNET-W/W0/P PC link 传输保证继电器，[PC link0(W/P)用],单元 No. 4	PLC：FP10, FP10S, FP10SH, FP2, FP2SH, FP3, FP5,FPΣ
R9064	MEWNET-W/W0/P PC link 传输保证继电器，[PC link0(W/P)用],单元 No. 5	PLC：FP10, FP10S, FP10SH, FP2, FP2SH, FP3, FP5,FPΣ
R9065	MEWNET-W/W0/P PC link 传输保证继电器，[PC link0(W/P)用],单元 No. 6	PLC：FP10, FP10S, FP10SH, FP2, FP2SH, FP3, FP5,FPΣ
R9066	MEWNET-W/W0/P PC link 传输保证继电器，[PC link0(W/P)用],单元 No. 7	PLC：FP10, FP10S, FP10SH, FP2, FP2SH, FP3, FP5,FPΣ
R9067	MEWNET-W/W0/P PC link 传输保证继电器，[PC link0(W/P)用],单元 No. 8	PLC：FP10, FP10S, FP10SH, FP2, FP2SH, FP3, FP5,FPΣ
R9068	MEWNET-W/W0/P PC link 传输保证继电器，[PC link0(W/P)用],单元 No. 9	PLC：FP10, FP10S, FP10SH, FP2, FP2SH, FP3, FP5,FPΣ
R9069	MEWNET-W/W0/P PC link 传输保证继电器，[PC link0(W/P)用],单元 No. 10	PLC：FP10, FP10S, FP10SH, FP2, FP2SH, FP3, FP5,FPΣ
R906A	MEWNET-W/W0/P PC link 传输保证继电器，[PC link0(W/P)用],单元 No. 11	PLC：FP10, FP10S, FP10SH, FP2, FP2SH, FP3, FP5,FPΣ
R906B	MEWNET-W/W0/P PC link 传输保证继电器[PC link0(W/P)用],单元 No. 12	PLC：FP10, FP10S, FP10SH, FP2, FP2SH, FP3, FP5,FPΣ

继电器编号	名称及作用	适用对象
R906C	MEWNET-W/W0/P PC link 传输保证继电器，[PC link0(W/P)用]，单元 No.13	PLC：FP10，FP10S，FP10SH，FP2，FP2SH，FP3，FP5，FPΣ
R906D	MEWNET-W/W0/P PC link 传输保证继电器，[PC link0(W/P)用]，单元 No.14	PLC：FP10，FP10S，FP10SH，FP2，FP2SH，FP3，FP5，FPΣ
R906E	MEWNET-W/W0/P PC link 传输保证继电器，[PC link0(W/P)用]，单元 No.15	PLC：FP10，FP10S，FP10SH，FP2，FP2SH，FP3，FP5，FPΣ
R906F	MEWNET-W/W0/P PC link 传输保证继电器，[PC link0(W/P)用]，单元 No.16	PLC：FP10，FP10S，FP10SH，FP2，FP2SH，FP3，FP5，FPΣ

表 6-9　WR907（以字单位指定）

继电器编号	名称及作用	适用对象
R9070	MEWNET-W/W0/P PC link 动作模式继电器，[PC link0(W/P)用]，单元 No.1	PLC：FP10，FP10S，FP10SH，FP2，FP2SH，FP3，FP5，FPΣ
R9071	MEWNET-W/W0/P PC link 动作模式继电器，[PC link0(W/P)用]，单元 No.2	PLC：FP10，FP10S，FP10SH，FP2，FP2SH，FP3，FP5，FPΣ
R9072	MEWNET-W/W0/P PC link 动作模式继电器，[PC link0(W/P)用]，单元 No.3	PLC：FP10，FP10S，FP10SH，FP2，FP2SH，FP3，FP5，FPΣ
R9073	MEWNET-W/W0/P PC link 动作模式继电器，[PC link0(W/P)用]，单元 No.4	PLC：FP10，FP10S，FP10SH，FP2，FP2SH，FP3，FP5，FPΣ
R9074	MEWNET-W/W0/P PC link 动作模式继电器，[PC link0(W/P)用]，单元 No.5	PLC：FP10，FP10S，FP10SH，FP2，FP2SH，FP3，FP5，FPΣ
R9075	MEWNET-W/W0/P PC link 动作模式继电器，[PC link0(W/P)用]，单元 No.6	PLC：FP10，FP10S，FP10SH，FP2，FP2SH，FP3，FP5，FPΣ
R9076	MEWNET-W/W0/P PC link 动作模式继电器，[PC link0(W/P)用]，单元 No.7	PLC：FP10，FP10S，FP10SH，FP2，FP2SH，FP3，FP5，FPΣ
R9077	MEWNET-W/W0/P PC link 动作模式继电器，[PC link0(W/P)用]，单元 No.8	PLC：FP10，FP10S，FP10SH，FP2，FP2SH，FP3，FP5，FPΣ
R9078	MEWNET-W/W0/P PC link 动作模式继电器，[PC link0(W/P)用]，单元 No.9	PLC：FP10，FP10S，FP10SH，FP2，FP2SH，FP3，FP5，FPΣ
R9079	MEWNET-W/W0/P PC link 动作模式继电器，[PC link0(W/P)用]，单元 No.10	PLC：FP10，FP10S，FP10SH，FP2，FP2SH，FP3，FP5，FPΣ
R907A	MEWNET-W/W0/P PC link 动作模式继电器，[PC link0(W/P)用]，单元 No.11	PLC：FP10，FP10S，FP10SH，FP2，FP2SH，FP3，FP5，FPΣ
R907B	MEWNET-W/W0/P PC link 动作模式继电器，[PC link0(W/P)用]，单元 No.12	PLC：FP10，FP10S，FP10SH，FP2，FP2SH，FP3，FP5，FPΣ
R907C	MEWNET-W/W0/P PC link 动作模式继电器，[PC link0(W/P)用]，单元 No.13	PLC：FP10，FP10S，FP10SH，FP2，FP2SH，FP3，FP5，FPΣ
R907D	MEWNET-W/W0/P PC link 动作模式继电器，[PC link0(W/P)用]，单元 No.14	PLC：FP10，FP10S，FP10SH，FP2，FP2SH，FP3，FP5，FPΣ
R907E	MEWNET-W/W0/P PC link 动作模式继电器，[PC link0(W/P)用]，单元 No.15	PLC：FP10，FP10S，FP10SH，FP2，FP2SH，FP3，FP5，FPΣ
R907F	MEWNET-W/W0/P PC link 动作模式继电器，[PC link0(W/P)用]，单元 No.16	PLC：FP10，FP10S，FP10SH，FP2，FP2SH，FP3，FP5，FPΣ

表 6-10 WR908（以字单位指定）

继电器编号	名称及作用	适用对象
R9080	MEWNET-W/P PC link 传输保证继电器，［PC link1(W/P)用］，单元 No. 1	PLC：FP10,FP10S,FP10SH,FP2,FP2SH,FP3,FP5
R9081	MEWNET-W/P PC link 传输保证继电器，［PC link1(W/P)用］，单元 No. 2	PLC：FP10,FP10S,FP10SH,FP2,FP2SH,FP3,FP5
R9082	MEWNET-W/P PC link 传输保证继电器，［PC link1(W/P)用］，单元 No. 3	PLC：FP10,FP10S,FP10SH,FP2,FP2SH,FP3,FP5
R9083	MEWNET-W/P PC link 传输保证继电器，［PC link1(W/P)用］，单元 No. 4	PLC：FP10,FP10S,FP10SH,FP2,FP2SH,FP3,FP5
R0081	MEWNET-W/P PC link 传输保证继电器，［PC link1(W/P)用］，单元 No. 5	PLC：FP10,FP10S,FP10SH,FP2,FP2SH,FP3,FP5
R9085	MEWNET-W/P PC link 传输保证继电器，［PC link1(W/P)用］，单元 No. 6	PLC：FP10,FP10S,FP10SH,FP2,FP2SH,FP3,FP5
R9086	MEWNET-W/P PC link 传输保证继电器，［PC link1(W/P)用］，单元 No. 7	PLC：FP10,FP10S,FP10SH,FP2,FP2SH,FP3,FP5
R9087	MEWNET-W/P PC link 传输保证继电器，［PC link1(W/P)用］，单元 No. 8	PLC：FP10,FP10S,FP10SH,FP2,FP2SH,FP3,FP5
R9088	MEWNET-W/P PC link 传输保证继电器，［PC link1(W/P)用］，单元 No. 9	PLC：FP10,FP10S,FP10SH,FP2,FP2SH,FP3,FP5
R9089	MEWNET-W/P PC link 传输保证继电器，［PC link1(W/P)用］，单元 No. 10	PLC：FP10,FP10S,FP10SH,FP2,FP2SH,FP3,FP5
R908A	MEWNET-W/P PC link 传输保证继电器，［PC link1(W/P)用］，单元 No. 11	PLC：FP10,FP10S,FP10SH,FP2,FP2SH,FP3,FP5
R908B	MEWNET-W/P PC link 传输保证继电器，［PC link1(W/P)用］，单元 No. 12	PLC：FP10,FP10S,FP10SH,FP2,FP2SH,FP3,FP5
R908C	MEWNET-W/P PC link 传输保证继电器，［PC link1(W/P)用］，单元 No. 13	PLC：FP10,FP10S,FP10SH,FP2,FP2SH,FP3,FP5
R908D	MEWNET-W/P PC link 传输保证继电器，［PC link1(W/P)用］，单元 No. 14	PLC：FP10,FP10S,FP10SH,FP2,FP2SH,FP3,FP5
R908E	MEWNET-W/P PC link 传输保证继电器，［PC link1(W/P)用］，单元 No. 15	PLC：FP10,FP10S,FP10SH,FP2,FP2SH,FP3,FP5
R908F	MEWNET-W/P PC link 传输保证继电器，［PC link1(W/P)用］，单元 No. 16	PLC：FP10,FP10S,FP10SH,FP2,FP2SH,FP3,FP5

表 6-11 WR909（以字单位指定）

继电器编号	名称及作用	适用对象
R9090	MEWNET-W/P PC link 动作模式继电器，［PC link1(W/P)用］，单元 No. 1	PLC：FP10,FP10S,FP10SH,FP2,FP2SH,FP3,FP5
R9091	MEWNET-W/P PC link 动作模式继电器，［PC link1(W/P)用］，单元 No. 2	PLC：FP10,FP10S,FP10SH,FP2,FP2SH,FP3,FP5
R9092	MEWNET-W/P PC link 动作模式继电器，［PC link1(W/P)用］，单元 No. 3	PLC：FP10,FP10S,FP10SH,FP2,FP2SH,FP3,FP5
R9093	MEWNET-W/P PC link 动作模式继电器，［PC link1(W/P)用］，单元 No. 4	PLC：FP10,FP10S,FP10SH,FP2,FP2SH,FP3,FP5
R9094	MEWNET-W/P PC link 动作模式继电器，［PC link1(W/P)用］，单元 No. 5	PLC：FP10,FP10S,FP10SH,FP2,FP2SH,FP3,FP5
R9095	MEWNET-W/P PC link 动作模式继电器，［PC link1(W/P)用］，单元 No. 6	PLC：FP10,FP10S,FP10SH,FP2,FP2SH,FP3,FP5
R9096	MEWNET-W/P PC link 动作模式继电器，［PC link1(W/P)用］，单元 No. 7	PLC：FP10,FP10S,FP10SH,FP2,FP2SH,FP3,FP5

续表

继电器编号	名称及作用	适用对象
R9097	MEWNET-W/P PC link 动作模式继电器，[PC link1(W/P)用]，单元 No. 8	PLC：FP10，FP10S，FP10SH，FP2，FP2SH，FP3，FP5
R9098	MEWNET-W/P PC link 动作模式继电器，[PC link1(W/P)用]，单元 No. 9	PLC：FP10，FP10S，FP10SH，FP2，FP2SH，FP3，FP5
R9099	MEWNET-W/P PC link 动作模式继电器，[PC link1(W/P)用]，单元 No. 10	PLC：FP10，FP10S，FP10SH，FP2，FP2SH，FP3，FP5
R909A	MEWNET-W/P PC link 动作模式继电器，[PC link1(W/P)用]，单元 No. 11	PLC：FP10，FP10S，FP10SH，FP2，FP2SH，FP3，FP5
R909B	MEWNET-W/P PC link 动作模式继电器，[PC link1(W/P)用]，单元 No. 12	PLC：FP10，FP10S，FP10SH，FP2，FP2SH，FP3，FP5
R909C	MEWNET-W/P PC link 动作模式继电器，[PC link1(W/P)用]，单元 No. 13	PLC：FP10，FP10S，FP10SH，FP2，FP2SH，FP3，FP5
R909D	MEWNET-W/P PC link 动作模式继电器，[PC link1(W/P)用]，单元 No. 14	PLC：FP10，FP10S，FP10SH，FP2，FP2SH，FP3，FP5
R909E	MEWNET-W/P PC link 动作模式继电器，[PC link1(W/P)用]，单元 No. 15	PLC：FP10，FP10S，FP10SH，FP2，FP2SH，FP3，FP5
R909F	MEWNET-W/P PC link 动作模式继电器，[PC link1(W/P)用]，单元 No. 16	PLC：FP10，FP10S，FP10SH，FP2，FP2SH，FP3，FP5

表 6-12　WR910（以字单位指定）

继电器编号	名称及作用	适用对象
R9100	IC 存储卡安装标志	PLC：FP10SH，FP2SH
R9101	IC 存储卡电池信息 1	PLC：FP10SH，FP2SH
R9102	IC 存储卡电池信息 2	PLC：FP10SH，FP2SH
R9103	IC 存储卡保护开关	PLC：FP10SH，FP2SH
R9104	IC 存储卡存储禁止开关	PLC：FP10SH，FP2SH

自测与练习

① 实现报警优先级捞不到料，油位不足，过载。

② R9010，R9011，R901C，R901D 的作用是什么，请自己编程使用这四个特殊内部继电器，并完成一定的功能或具有一定的实际应用意义（请参考实用资料）。

项目实训与考核

1. 资讯（声光报警 PLC 控制系统）

项目任务：完成声光报警 PLC 控制。

（1）如何实现声光报警控制？

（2）输入输出符号表

序号	符号	地址	注释	备注
1				
2				
3				
4				
5				
6				
7				
8				

2. 决策（声光报警 PLC 控制系统）

（1）采用的控制方案：

（2）输入输出设备点数：

3. 计划（声光报警 PLC 控制系统）

填写项目实施计划表

实施步骤	内容	进度	负责人	完成情况
1				
2				
3				
4				

4. 实施（声光报警 PLC 控制系统）

（1）绘制主电路

（2）绘制 PLC 输入输出接线图

X1	X2	X3	X4				
Y1	Y2	Y3	Y4				

（3）写出梯形图

5. 检查（声光报警 PLC 控制系统）

遇到的问题或故障	解决方案	效果	结论及收获	解决人员

6. 评分（声光报警 PLC 控制系统）

评分内容	分值	评分标准	扣分	得分
新知识	30	组与指令不理解扣 1~10 分		
		组或指令不理解扣 1~10 分		
		堆栈指令不理解扣 1~10 分		
软件使用	10	不能正常操作软件扣 1~10 分		
硬件接线	20	输入输出接线图绘制不正确扣 1~5 分		
		接线图设计缺少必要的保护扣 1~10 分		
		线路连接工艺差扣 1~5 分		
功能实现	40	不能声报警扣 10 分		
		不能光报警扣 10 分		
		声光报警频率不正确扣 5 分		
		声报警条件不符扣 5 分		
		光报警条件不符扣 5 分		
		优先级别不正确扣 5 分		

项目 7 电机顺序启停 PLC 控制

【项目任务】
◇ 完成电机顺序启停控制。

【项目知识目标】
◇ 掌握顺序启动及顺序停止的实现方法。

【项目能力目标】
◇ 具有实现多台电机顺序启停控制功能的能力。

【项目知识点】
◇ 顺序启停的应用场合及实现方法。

【项目资讯】

以往的项目，都是使电机单独启停控制，而在工业应用领域很多场合，都需要两台、三台甚至更多台电机或其他负载的启停有着相应的联锁要求，比如铣床在加工时，就要求只有主轴电机启动后，才允许进给电机工作，完成相应的加工；再比如自动滚齿机，要求一定要顶尖夹紧后，才允许落刀，加工结束后，也必须抬刀后，才运行顶尖松开，否则就很容易造成打刀的故障，非常危险，同时经济损失也很大。因此，在这样的加工领域都会要求负载的顺序启停。

任务一：两台电机顺序启停控制

控制要求如下。

① 每台电机都设有单独控制自身的启停按钮。

② 启动顺序：只有第一台电机启动运行，才允许第二台电机启动，即第一台电机未启动时，按下第二台电机的启动按钮，第二台电机不会启动。

③ 停止顺序：只有第二台电机停止运行，才允许第一台电机停止，即第二台电机未停止时，按下第一台电机的停止按钮，第一台电机也不会停止。

④ 过载保护：第一台电机过载，两台电机都停止。第二台电机过载，只有第二台电机停止。

⑤ 指示功能：异常现象及过载的报警。

任务二：三台电机顺序启停控制

控制要求如下。

① 每台电机都设有单独控制自身的启停按钮。

② 启动顺序：M1→M2→M3。

③ 停止顺序：M3→M2→M1。

④ 过载保护：第一台电机过载，三台电机都停止。第二台电机过载，第二台电机和第三台电机停止。第三台电机过载，只要第三台电机停止。

⑤ 指示功能：异常现象及过载的报警。

【项目决策】

电机顺序启停：所谓的顺序启停控制，即被控电机的启动和停止，都有相应的要求，比如我们的任务中所说，启动的顺序是必须第一台电机启动后，才允许第二台电机启动，也就是说，如果第一台电机没有启动，即使给定第二台电机启动信号，第二台电机也不会启动。同样的道理，停止的顺序是必须第二台电机停止后，才允许第一台电机停止，也就是说，如果第二台电机没有停止，即使给定第一台电机的停止信号，第一台电机也不会停止。

要实现电机顺序启停控制功能，通常有以下两种方式。

方式一是启动的控制是自动进行，即给定第一台电机的启动信号后，自动的间隔一定的时间，按照顺序要求，启动其他的电机；给定停止信号后，也同样自动的间隔一定的时间，按照顺序要求，启动其他的电机。这样的控制方式，需要用定时器或计数器指令实现，我们将在后面的项目中完成。

方式二是手动进行启动控制，即每台电机都有自己相应的启动按钮和停止按钮，但电机启停控制，却一定要按照控制要求的顺序进行，同样如任务中所规定，当按下第一台电机的启动按钮时，可以使第一台电机启动，而第二台电机的启动，则必须是第一台电机启动后，再按第二台电机的启动按钮，第二台电机才启动；即如果第一台电机没有启动，即使按下第二台电机启动按钮，第二台电机也不会启动。这就是所谓的顺序启动。顺序停止也是同样的道理，按下第二台电机的停止按钮，第二台电机停止，而第一台电机的停止，则必须是第二台电机停止后，按下第一台电机的停止按钮，第一台电机才停止；即如果第二台电机没有停止，即使按下第一台电机停止按钮，第一台电机也不会停止。

只要是连续运行工作方式，就必须要有过载保护的功能，一般来说，如果要求后停止的电机一旦发生过载，则该电机停止，同时要求比该电机先停的电机，也应该停止，就像任务中控制要求所描述的功能一样，请读者自行讨论并思考其中的道理。

如果控制的是两台电机的顺序启停，则其主电路中应该有两台电机，而每台电机的主电路，则与电机的连续运行控制的主电路是一样的，完成该项目步骤与以往相同：

① 设计主电路；

② 确定输入输出设备；

③ 设计 PLC 输入输出接线图；

④ 进行 PLC 程序设计；

⑤ 进行系统的调试。

在该项目中，首先学习"顺序启停"控制功能的实现方法，然后就可以轻松地完成该项目了。下面首先来学习新知识。

【项目相关知识】

7.1 "顺序启停"功能的实现

如项目分析中所述，顺序控制的核心就是使电机可以按照相应的顺序进行启动和停止的控制。

（1）顺序启动的实现

第一台电机的启动控制没有额外的要求，只要按下启动按钮即可，所以该控制同以往相同，只要用启动按钮的常开触点，控制相应的接触器线圈即可；而第二台电机的启动则有约束条件，即必须第一台电机启动后，再按下相应的启动按钮，才完成启动功能，因此，第二台电机的启动信号是第一台电机运行信号（Y0）"与"第二台电机的启动按钮，即两个信号的串联组成第二台电机的启动信号，具体的程序如图 7-1 所示。

从上面的梯形图中可以看出：

① 第一台电机的启动，只要按下电机1启动按钮X0即可实现，而电机2的启动则必须是在电机1（Y0）启动以后，此时 Y0 的常开触点闭合，然后再按下电机2的启动按钮X1，此时 Y0 的常开触点也闭合，则第二台电机（Y1）启动。

② 如果第一台电机没有启动，则 Y0 的常开触点断开，此时即使按下电机2的启动按钮X1，第二台电机（Y1）也无法启动，从而实现两台电机的顺序启动；

③ 如果多台电机顺序启动，控制的方法与此相同，只要在启动信号后面串联相应的约束条件，就能实现顺序启动的控制功能。

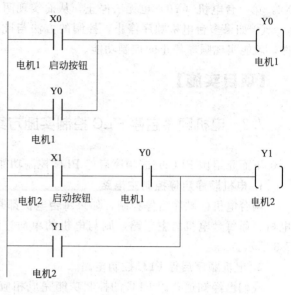

图 7-1　顺序启动控制

（2）顺序停止的实现

第二台电机的停止控制没有额外的要求，只要按下停止按钮即可，所以该控制同以往相同，只要用停止按钮的常开触点（停止按钮外部接的是常闭触点），控制相应的接触器线圈即可；而第一台电机的停止则有约束条件，即必须第二台电机停止后，再按下相应的停止按钮，才完成停止功能，因此，第一台电机的停止信号是第二台电机运行信号（Y0）"或"第二台电机的停止按钮，即两个信号的并联组成第二台电机的停止信号，具体的程序如图 7-2 所示。

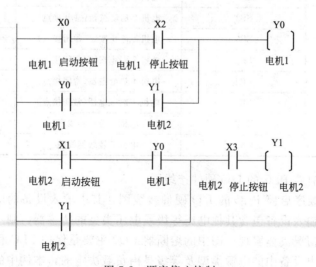

图 7-2　顺序停止控制

从上面的梯形图中可以看出：

① 第二台电机的停止，只要按下电机2停止按钮X3即可实现，而电机1的停止则必须是在电机2（Y1）停止以后，此时 Y1 的常开触点断开，然后再按下电机1的停止按钮X2，此时 X2 的常开触点也断开，则第一台电机（Y0）停止。

② 如果第二台电机没有停止，则 Y1 的常开触点接通，此时即使按下电机1的停止按钮

X2，第一台电机（Y0）也无法停止，从而实现两台电机的顺序停止；

③ 如果多台电机顺序停止，控制的方法与此相同，只要与停止信号并联相应的约束条件，就能实现顺序停止的控制功能。

【项目实施】

7.2 电机顺序启停 PLC 控制实施方案

下面介绍用 PLC 完成顺序启停 PLC 控制功能的具体实施方案。

1. 电机顺序启停控制主电路

两台电机的顺序启停控制，如果每台电机都是单向连续运行，则其主电路中应该有两台电机，而每台电机的主电路，则与电机的单向连续运行控制的主电路是一样的，具体如图 7-3 所示。

2. 电机顺序启停 PLC 控制电路

我们已经知道，用 PLC 的控制功能完成相应的工程，首先要分析工程控制要求，熟悉工作过程，然后确定输入/输出地址及功能，接下来绘制 PLC 的 I/O 硬件接线图，编写 PLC 控制程序，最后进行系统的调试。

（1）电机顺序启停 PLC 控制输入/输出地址及功能

电机顺序启停控制输入/输出地址分配如表 7-1 所示。

表 7-1 电机顺序启停控制输入/输出地址分配

设备	符号	功能	地址
输入设备	SB1	电机1启动按钮（常开接点）	X0
	SB2	电机2启动按钮（常开接点）	X1
	SB3	电机1停止按钮（常闭接点）	X2
	SB4	电机2停止按钮（常闭接点）	X3
	FR1	电机1热继电器（常闭接点）	X4
	FR2	电机2热继电器（常闭接点）	X5
输出设备	KM1	电机1接触器线圈	Y0
	KM2	电机2接触器线圈	Y1

（2）电机顺序启停 PLC 的 I/O 硬件接线图

图 7-4 是电机顺序启停 PLC 的 I/O 硬件接线图，其中输入设备的电源采用 24V 直流，如果其他项目中的输入设备包含其他电压等级或电压类型的传感器，则不能简单地采用 24V 直流，需根据实际情况具体实现。图中的熔断器 FU2 主要是保护 PLC 和输出设备，一般情况下不可省略。输出设备中的电源类型及等级是由负载决定的，本例中的接触器采用额定电压为交流 110V 的交流接触器，所以，电源电压采用交流 110V。

下面看一下任务一，实现两台电机顺序启停控制的具体控制要求如下。

① 每台电机都设有单独控制自身的启停按钮。

② 启动顺序：只有第一台电机启动运行，才允许第二台电机启动，即第一台电机未启动时，按下第二台电机的启动按钮，第二台电机不会启动。

③ 停止顺序：只有第二台电机停止运行，才允许第一台电机停止，即第二台电机未停

止时，按下第一台电机的停止按钮，第一台电机也不会停止。

④ 过载保护：第一台电机过载，两台电机都停止。第二台电机过载，只要第二台电机停止。

⑤ 指示功能：异常现象及过载的报警。

顺序启停控制如图 7-5 所示。

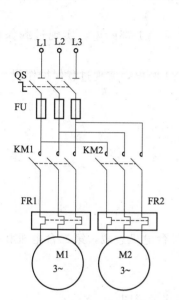

图 7-3　电机顺序启停控制主电路

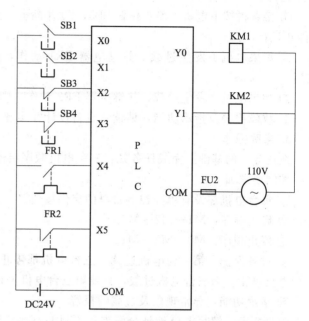

图 7-4　电机顺序启停 PLC 的 I/O 硬件接线图

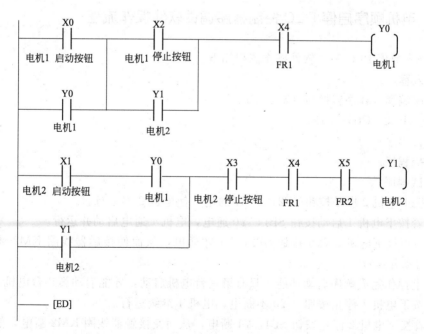

图 7-5　顺序启停控制

说明如下。

① 只有先按下电机 1 启动按钮 SB1，Y0 通电，从而使接触器线圈 KM1 通电，使电机 1

通电启动并运行。

② 接着再按下电机 2 启动按钮 SB2，Y1 才通电，从而使接触器线圈 KM2 通电，使电机 2 通电启动并运行。

③ 只要先按下电机 2 停止按钮 SB4，Y1 断电，从而使接触器线圈 KM2 断电，使电机 2 停止运行。

④ 接着再按下电机 1 停止按钮 SB3，Y0 才断电，从而使接触器线圈 KM1 断电，使电机 1 停止运行。

⑤ 如果电机 1 发生过载，热继电器 FR1 动作，则 Y0 和 Y1 都断电，实现过载保护作用。

⑥ 如果电机 2 发生过载，热继电器 FR2 动作，则只有 Y1 断电，实现过载保护作用。

⑦ 故障报警及指示功能，请读者自行设计并实现。

3. 实践操作

在任务一的基础上完成任务二：三台电机顺序启停控制。

控制要求如下。

① 每台电机都设有单独控制自身的启停按钮。

② 启动顺序：M1→M2→M3。

③ 停止顺序：M3→M2→M1。

④ 过载保护：第一台电机过载，三台电机都停止。第二台电机过载，第二台电机和第三台电机停止。第三台电机过载，只要第三台电机停止。

⑤ 指示功能：异常现象及过载的报警。

项目要求：填写 I/O 地址分配表，绘制 I/O 接线图，编写梯形图。

7.3 电机顺序启停 PLC 控制程序调试软件操作流程

电机顺序启停 PLC 调试软件操作流程如下。

① 输入程序。

② 程序编译（程序转换）：Ctrl+F1。

③ 传入 PLC：Ctrl+F12。

④ 运行程序。

⑤ 监控程序。

⑥ 调试程序。

a. 先按下电机 2 启动按钮 SB2，Y1 不通电，使电机 2 不运行。

b. 接着按下电机 1 启动按钮 SB1，Y0 通电，电机 1 通电启动并运行。

c. 最后再按下电机 2 启动按钮 SB2，Y1 才通电，从而使接触器线圈 KM2 通电，使电机 2 通电启动并运行。

d. 以上操作完成顺序启动功能，只有第一台电机启动，才能启动第二台电机。

e. 先按下电机 1 停止按钮，Y0 不断电，电机 1 继续运行。

f. 接着按下电机 2 停止按钮 SB4，Y1 断电，从而使接触器线圈 KM2 断电，使电机 2 停止运行。

g. 最后再按下电机 1 停止按钮 SB3，Y0 才断电，从而使接触器线圈 KM1 断电，使电机 1 停止运行。

h. 以上操作完成顺序停止功能，只有第二台电机停止，才能停止第一台电机。

i. 给出电机1过载信号，热继电器 FR1 动作，则 Y0 和 Y1 都断电，实现过载保护作用。

j. 再次重新启动电机1和电机2，然后给出电机2过载信号，热继电器 FR2 动作，则只有 Y1 断电，实现过载保护作用。

k. 故障报警及指示功能，请读者自行设计实现并调试。

l. 实现两台电机顺序启停控制。

【实用资料】

7.4　步进电机简介

步进电机是用以将脉冲信号转换成角位移或线位移的控制电机。它用专用的驱动电源，提供一系列有规律的电脉冲信号。其角位移与脉冲数成正比，电机转速与脉冲频率成正比，而且转速和转向与各相绕组的通电方式有关。

（1）步进电机原理

图 7-6 是三相反应式步进电机的剖面示意图。

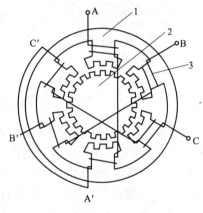

如图 7-6 所示，电机的定子上有 6 个均布的磁极，其夹角是 60°。各磁极上套有线圈，连成 A、B、C 三相绕组。转子上均布 40 个小齿，每个齿的齿距为 $\theta_E = 360°/40 = 9°$。每个定子磁极也有小齿，但各相有三分之一齿距（3°）的错位。若 A 相磁极齿和转子齿对齐，则 B 相向前错位错三分之一齿距，C 相向后错位三分之一齿距。若 B 相、C 相磁极齿和转子齿对齐，其他两相情况也类似。而且，哪个相磁极齿和转子齿对齐，哪个相磁阻就最小。

图 7-6　三相反应式步进
电机的剖面示意图
1—定子；2—转子；3—定子绕组

这样，当 A 相对齐，给 B 相通电，B 相绕组产生定子磁场，其磁力线穿越 B 相磁极，力图使转子转动，直到转过 3°，使 B 磁极齿与转子齿对齐。然后，如停止对 B 相绕组通电，而改为 C 相绕组通电。同理，转子按顺时针方向再转过 3°。依次类推，当三相绕组按 A→B→C→A 顺序循环通电时，转子会按顺时针方向，以每个通电脉冲转动 3°转动。若改变通电顺序，按 A→C→B→A 顺序循环通电，则转子就按逆时针方向转动。

这样通电称为单三拍方式，步距角 θ_b 为 3°。也可采用双三拍方式，即 AB→BC→CA→AB 顺序循环通电。还可以采用单、双六拍运行，即按 A→AB→B→BC→C→CA→A 顺序循环通电。六拍运行的步距角将减小一半。步距角可按下式计算，即

$$\theta_b = 360°/NE_r$$

式中　E_r——转子齿数；

　　　　N——运行拍数，$N = km$，m 为步进电机的绕组相数，$k = 1$ 或 2。k 取决于绕组的通电方式。

（2）步进电机种类

除了反应式步进电机，还有永磁式和感应子式（又叫混合式）反应式步进电机。除了图 7-6 所示的结构，还有其他结构。铁芯有单段式、多段式定子；磁路有径向、轴向；绕组相

数有三相、四相、五相等。

反应式步进电机结构简单，步距角较小，可做到角度仅为1°，甚至更小，精度容易保证，启动和运行频率高，但效率较低，动态性能差，断电后无定位力矩。

而永磁式步进电机出现在20世纪80年代初。它力量大，动态性能好；但步距角大。

混合式步进电机综合了反应式、永磁式步进电机两者的优点，图7-7所示为永磁感应式步进电机基本结构。

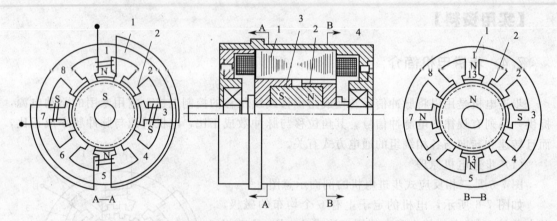

图7-7　永磁感应式步进电机基本结构

1—定子；2—转子；3—永磁铁；4—绕组

它的定、转子铁芯结构与反应式步进电机相似。转子由左右两段铁芯组成，两段铁芯轴向错开半个齿距，中间嵌入永磁铁。这样，在永磁铁S端的铁芯呈S极，永磁铁N端的铁芯呈N极。当定子绕组激励时，S极的转子铁芯小齿与定子N极1、5小齿相对，而与定子S极3、7小槽相对；在转子N极的右段铁芯则正相反。

当1、3、5、7绕组断电，2、4、6、8绕组通电时，定子2、6呈N极，4、8呈S极。这时，S极的转子铁芯小齿与定子2、6小齿相对，而与定子4、8小槽相对，转子顺时针转动了1/4齿距的角度；同样，N极的转子铁芯段也同方向转动了1/4齿距的角度。

永磁感应子式步进电机兼有永磁式步进电机与反应式步进电机两者的优点，电机步距角小，精度高，工作频率高，且功耗小，效率高。

（3）步进电机特性

定子相励磁时，步进电机产生一静转矩（即电磁转矩），对永磁式步进电机，转子被推到和定子磁场一致的位置方向；对反应式或永磁感应子式步进电机，转子转到磁路磁阻最小的位置方向。这个转矩大小按一定周期变化。图7-8所示为反应式步进电机的矩角特性曲线。图中A为转子极对数。

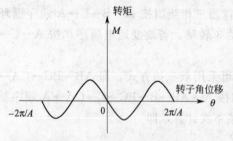

图7-8　反应式步进电机的矩角特性曲线

这条曲线表示了在单脉冲及通电电流不变的情况下，步进电机静转矩与转子角位移之间的关系。永磁式步进电机的矩角特性基本上是正弦的，反应式步进电机的矩角特性基本上是非正弦的。

矩角特性对电机的运行十分重要。这是步进电机的基本特性。它表示若有一足够大的外转矩，使转子偏离起始点足够远，这时静转矩降低，转子将不再能回到最初的起始点，而移到新的平衡位置。

步进电机从第一个脉冲信号的通电状态转换到第二个脉冲信号的通电状态，矩角特性曲线也由原来的曲线转变到新的特性曲线。随着控制频率的增加，电机的电磁转矩将降低。在负载惯量一定时，控制频率与负载转矩间的关系称为矩频特性，它包括启动矩频特性和运行矩频特性。

步进电机矩角特性中的转矩越大，带负载转矩和加速负载转矩的能力就越大。然而，这将使转子转动惯量增加，定子绕组电流增大。电流大会使定子热损耗增加。

步进电机的这些特性在选用时是必须考虑的。

（4）步进电机细分

以上介绍的步距角，其实不一定是电机实际工作时的真正步距角。真正的步距角还与驱动器有关，可通过驱动器对其"细分"。电机出厂时给出了一个步距角的值，如 86BYG250A 型电机给出的值为 $0.9°/1.8°$（表示半步工作时为 $0.9°$、整步工作时为 $1.8°$），这个步距角可以称为电机固有步距角。但对其细分后的步距角要小些。表 7-2 所示为 86BYG250A 电机固有步距角与真正步距角的对应关系。

表 7-2　电机固有步距角与真正步距角的对应关系

电机固有步距角	所用驱动器类型及工作状态	电机运行时的真正步距角	电机固有步距角	所用驱动器类型及工作状态	电机运行时的真正步距角
$0.9°/1.8°$	驱动器工作在半步状态	$0.9°$	$0.9°/1.8°$	细分驱动器工作在 20 细分状态	$0.09°$
$0.9°/1.8°$	细分驱动器工作在 5 细分状态	$0.36°$	$0.9°/1.8°$	细分驱动器工作在 40 细分状态	$0.045°$
$0.9°/1.8°$	细分驱动器工作在 10 细分状态	$0.18°$			

从表 7-2 可以看出：步进电机通过细分驱动器的驱动，其步距角变小了。如驱动器工作在 10 细分状态时，其步距角只为电机固有步距角的十分之一。也就是说：当驱动器工作在不细分的整步状态时，控制系统每发一个步进脉冲，电机转动 $1.8°$；而用细分驱动器工作在 10 细分状态时，电机只转动了 $0.18°$。细分功能完全是由驱动器靠精确控制电机的相电流所产生的，与电机无关。细分后的主要优点是：可消除电机的低频振荡；可提高电机的输出转矩，尤其是对三相反应式电机，其力矩比不细分时提高约 $30\%\sim40\%$；可提高电机的分辨率，减小了步距角、提高了步距的均匀度。

（5）步进电机选用

主要考虑步距角、静转矩及电流三大要素。

① 步距角的选择。考虑细分后应等于或小于每个脉冲当量对应的电机转角。

② 静力矩的选择。选择的依据是电机负载，而负载可分为惯性负载和摩擦负载两种。直接启动时两种负载均要考虑，加速启动时主要考虑惯性负载，恒速运行只要考虑摩擦负载。一般情况下，静力矩应为摩擦负载的 $2\sim3$ 倍。

③ 电流的选择。可根据矩频特性曲线，选择电机的电流。

④ 力矩与功率换算。步进电机一般在较大范围内调速使用，其功率是变化的，一般只用力矩来衡量，力矩与功率换算如下：

$$P=\Omega \cdot M$$
$$\Omega=2\pi n/60$$
$$P=2\pi nM/60$$

式中，P 为功率，W，Ω 为每秒角速度，rad，n 为每分钟转速，M 为力矩，N·m。
$$P=2\pi fM/400（半步工作）$$

式中，f 为每秒脉冲数（简称 PPS）。

（6）选用与使用步进电机注意事项

根据使用者的经验，选用与使用步进电机有以下注意事项。

① 步进电机应用于低速场合，每分钟转速不应超过 1000 转，此时电机工作效率高，噪声低。

② 步进电机最好不使用整步状态，整步状态时振动大。

③ 由于历史原因，只有标称为 12V 电压的电机使用 12V 外，其他电机的电压不是驱动电压。实际可根据驱动器选择驱动电压（建议：57BYG 采用直流 24～36V，86BYG 采用直流 50V，110BYG 采用高于直流 80V），当然 12V 的电压除 12V 恒压驱动外也可以采用其他驱动电源，不过要考虑温升。

④ 转动惯量大的负载应选择大机座号电机。

⑤ 电机用在高速或大惯量负载时，一般不在工作速度启动，而采用逐渐升频提速，以避免电机失步、减少噪声，同时可提高定位精度。

⑥ 高精度时，应通过机械减速、提高电机速度。

⑦ 电机不应在振动区内工作，否则可改变电压、电流或增加阻尼。

⑧ 电机在 600PPS（0.9°）以下工作，应采用小电流、大电感、低电压驱动。

⑨ 应先选电机，后选驱动。

（7）直线式步进电机

直线式步进电机有反应式和索耶式两类。索耶式直线步进电机如图 7-9 所示。

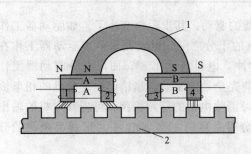

图 7-9　索耶式直线步进电机

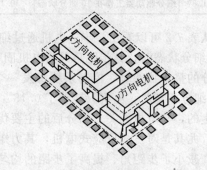

图 7-10　平面电机

如图所示，它由静止部分 2（称为反应板）和移动部分 1（称为动子）组成。反应板由软磁材料制成，在它上面均匀地开有齿和槽。电机的动子由永久磁铁和两个带线圈的磁极 A 和 B 组成。动子是由气垫支撑，以消除在移动时的机械摩擦，使电机运行平稳并提高定位精度。这种电机的最高移动速度可达 1.5m/s，加速度可达 2g，定位精度可达 20 多微米。

由两台索耶式直线步进电机相互垂直组装就构成平面电机，如图 7-10 所示。给 X 方向和 Y 方向两台电机以不同组合的控制电流，就可以使电机在平面内做任意几何轨迹的运动。大型自动绘图机就是把计算机和平面电机组合在一起的新型设备。平面电机也可用于激光剪裁系统，其控制精度和分辨力可达几十微米。

（8）内装转子位置传感器的步进电机

传统的步进电机是开环工作的。但为了可靠，新型步进电机有的也内装位置传感器。有此传感器，再通过闭环控制，在其运转过程中，可对转速及转量进行监控。如发生连续过载时，还会报警。即使在剧烈的负载变化或急速加速的情况下也不会失步。图 7-11 所示为该步进电机工作原理框图。

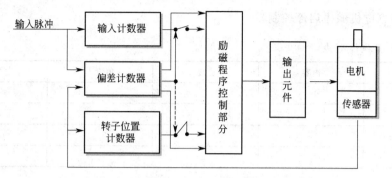

图 7-11　内装转子位置传感器的步进电机

① 分别用置位复位指令及保持指令完成两台电机顺序启停控制功能。
② 分别用置位复位指令及保持指令完成三台电机顺序启停控制功能。

1. 资讯（电机顺序启停控制）

项目任务：完成电机顺序启停控制控制

（1）如何实现电机顺序启停控制，常用的方法有哪些？

（2）输入输出符号表

序号	符号	地址	注释	备注
1				
2				
3				
4				
5				
6				
7				
8				

2. 决策（电机顺序启停控制）

采用的控制方案：

输入输出设备点数：

3. 计划（电机顺序启停控制）

填写项目实施计划表

实施步骤	内容	进度	负责人	完成情况
1				
2				
3				
4				

4. 实施（电机顺序启停控制）

（1）绘制主电路

（2）绘制 PLC 输入输出接线图

X1	X2	X3	X4				
Y1	Y2	Y3	Y4				

（3）写出梯形图

5. 检查（电机顺序启停控制）

遇到的问题或故障	解决方案	效果	结论及收获	解决人员

6. 评分（电机顺序启停控制）

评分内容	分值	评分标准	扣分	得分
新知识	10	不了解顺序启停的应用场合扣 1～10 分		
软件使用	10	软件操作有误扣 1～10 分		
硬件接线	20	输入输出接线图绘制不正确扣 1～5 分		
		接线图设计缺少必要的保护扣 1～10 分		
		线路连接工艺差扣 1～5 分		
功能实现	60	电机不能启动扣 10 分		
		电机不是顺序启动扣 10 分		
		电机不能停止扣 10 分		
		电机不是顺序停止扣 10 分		
		过载时不能按要求停止扣 10 分		
		过载时没有报警扣 10 分		

项目 8　优先抢答器 PLC 控制

【项目任务】
◇ 完成优先抢答器 PLC 控制。

【项目知识目标】
◇ 掌握优先抢答功能的实现方法。

【项目能力目标】
◇ 具有实现多路优先抢答器 PLC 控制功能实现的能力。

【项目知识点】
◇ 优先抢答的概念及实现方法。

【项目资讯】
优先抢答器功能在实际生活中非常普遍，除了大家在电视中看到的抢答节目中使用外，在工业控制中，优先控制功能也很常见。

任务一：三路优先抢答器的实现

控制要求：

① 共有三组人员参加抢答，每组都有自己的抢答按钮和指示灯；

② 实现三路优先抢答，最先抢答的组，其对应指示灯亮；

③ 主持人控制一个停止按钮，按下停止按钮，所有指示灯灭，可以开始下次抢答。

任务二：四路优先抢答器的实现

控制要求：

① 共有四组人员参加抢答，每组都有自己的抢答按钮和指示灯；

② 实现四路优先抢答，最先抢答的组，其对应指示灯亮；

③ 主持人控制一个启动按钮，一个停止按钮，只有主持人按下启动按钮，抢答才有效，否则各组的指示灯都不亮，主持人按下停止按钮，所有指示灯灭。

【项目决策】
抢答器的实现无非是要解决两个问题：一是答，二是抢。

① 答：即如果该组按下相应的启动按钮，对应的指示灯亮并保持，该功能跟以前的项目中典型的启－保－停控制程序是完全一致的，可以用输出指令、保持指令、置位复位指令实现。

② 抢：抢答器控制系统的特点就是其随机性，很可能几个组都想回答问题，都按下相应的按钮，但按钮的触点动作一定是有先有后的，此时就要体现"优先"的功能，哪组的按钮最先动作，则该组的灯亮，其他组即使按下按钮，其对应的指示灯也不再点亮，也就是说，只要有一组先抢答成功，本次抢答状态就锁定不再变化。我们只要能够实现优先的功能即可以实现优先抢答器的功能了。

要实现优先抢答器功能，项目步骤如下：

① 确定输入输出设备；

② 设计 PLC 硬件接线图；

③ 进行 PLC 设计；

④ 进行系统的调试。

在该项目中，首先学习"优先抢答"控制功能的实现方法，然后就可以轻松地完成第八个工程项目了。下面首先来学习新知识。

【项目相关知识】

8.1 "优先抢答"功能的实现

如项目分析中所述，优先抢答中的"答"就是以前所学的连续运行控制，而"抢"就是优先功能的实现，在项目 6 声光报警系统中，已经应用过"互锁"功能实现优先控制了。而在优先抢答器控制中的优先级是同等的，也就是说，每个组的优先级都是相同的，所以只要把各组的指示灯都进行互锁即可，具体的控制程序如图 8-1 所示。图中只给出两组指示灯的控制程序，第三组的指示灯控制请读者自己思考完成。

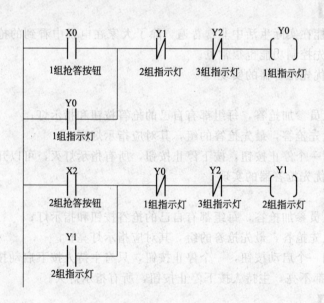

图 8-1　抢答器梯形图

【项目实施】

8.2　三路优先抢答器 PLC 控制

用 PLC 完成三路优先抢答器控制功能的具体实施方案如下。

1. 三路优先抢答器控制电路

我们已经知道，用 PLC 的控制功能完成相应的工程首先要分析工程控制要求，熟悉工作过程，然后确定输入/输出地址及功能，接下来绘制 PLC 的 I/O 硬件接线图，编写 PLC 控制程序，最后进行系统的调试。

（1）三路优先抢答器控制输入/输出地址及功能

三路优先抢答器控制输入/输出地址分配如表 8-1 所示。

表 8-1　三路优先抢答器控制输入/输出地址分配

	符号	功能	地址
输入设备	SB1	1 组抢答按钮(常开接点)	X0
	SB2	2 组抢答按钮(常开接点)	X1
	SB3	3 组抢答按钮(常开接点)	X2
	SB4	主持人停止按钮(常开接点)	X3
输出设备	HL1	1 组指示灯	Y0
	HL2	2 组指示灯	Y1
	HL3	3 组指示灯	Y2

（2）三路优先抢答器 PLC 控制的 I/O 硬件接线图

图 8-2 是三路优先抢答器 PLC 控制的 I/O 硬件接线图，其中输入设备的电源采用 24V 直流，如果其他项目中的输入设备包含其他电压等级或电压类型的传感器，则不能简单地采用 24V 直流，需根据实际情况具体实现。图中的熔断器 FU2 主要是保护 PLC 和输出设备，一般情况下不可省略。输出设备中的电源类型及等级是由负载决定的，本例中的指示灯采用额定电压为交流 24V 的彩色白炽灯，所以，电源电压采用交流 24V。如果指示灯采用 LED 发光二极管，则必须要根据所采用的 LED 的型号和性能决定是否必须加限流电阻，电源的类型及等级也必须根据实际的系统确定。

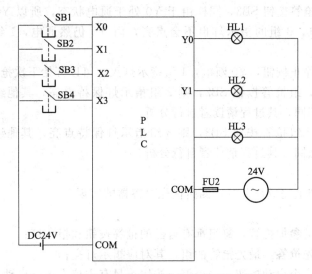

图 8-2　三路优先抢答器 PLC 控制的 I/O 硬件接线图

（3）三路优先抢答器控制 PLC 的程序设计

下再来看任务一，三路优先抢答器控制的具体控制要求：

① 共有三组人员参加抢答，每组都有自己的抢答按钮和指示灯；

② 实现三路优先抢答，最先抢答的组，其对应指示灯亮；

③ 主持人控制一个停止按钮，按下停止按钮，所有指示灯灭，可以开始下次抢答。

说明如下。

① 程序如图 8-3 所示，按下 1 组抢答按钮 SB1，Y0 通电，1 组指示灯 HL1 点亮并保持。

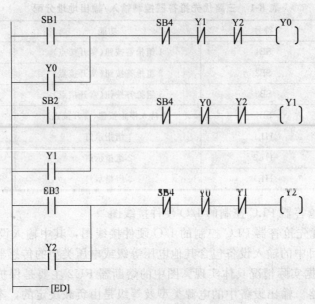

图 8-3　三路优先抢答器控制

② 此时按下 2 组抢答按钮 SB2，但由于 Y0 处于通电状态，所以 Y0 的常闭触点断开，因此 Y1 无法通电，2 组的指示灯不会点亮，而 Y0 仍然通电，1 组指示灯 HL1 保持点亮。

③ 再按下 3 组抢答按钮 SB3，同样由于 Y0 处于通电状态，所以 Y0 的常闭触点断开，因此 Y2 也无法通电，3 组的指示灯也不会点亮，而 Y0 仍然通电，1 组指示灯 HL1 保持点亮。

④ 主持人按下停止按钮，Y0 断电，1 组指示灯灭。可以开始下次抢答。

⑤ 如果先按下 2 组抢答按钮 SB2，则 2 组指示灯保持点亮，其他组的按钮不被响应，其过程与上述基本相同，其过程请读者自行分析。

⑥ 如果先按下 3 组抢答按钮 SB3，则 3 组指示灯保持点亮，其他组的按钮不被响应，其过程与上述基本相同，其过程请读者自行分析。

2. 实践操作

在任务一的基础上完成任务二：四路优先抢答器的实现。

控制要求：

① 共有四组人员参加抢答，每组都有自己的抢答按钮和指示灯；

② 实现四路优先抢答，最先抢答的组，其对应指示灯亮；

③ 主持人控制一个启动按钮，一个停止按钮，只有主持人按下启动按钮，抢答才有效，否则各组的指示灯都不亮，主持人按下停止按钮，所有指示灯灭。

项目要求：填写 I/O 地址分配表，绘制 I/O 接线图，编写梯形图。

8.3　三路优先抢答器 PLC 控制程序调试软件操作流程

三路优先抢答器控制 PLC 程序调试软件操作流程如下。

① 输入程序。

② 程序编译（程序转换）：Ctrl+F1。

③ 传入 PLC：Ctrl+F12。

④ 运行程序。

⑤ 监控程序。

⑥ 调试程序。

第一次抢答，假定第一组的成员最先按下抢答按钮：

a. 按下 1 组抢答按钮 SB1，Y0 通电，1 组指示灯 HL1 点亮并保持；

b. 再按下 2 组抢答按钮 SB2，Y0 仍然通电，1 组指示灯 HL1 保持点亮；

c. 最后按下 3 组抢答按钮 SB2，Y0 仍然通电，1 组指示灯 HL1 保持点亮；

d. 主持人按下停止按钮，Y0 断电，1 组指示灯灭。

开始第二次抢答，这次假定第二组成员最先按下抢答按钮：

a. 按下 2 组抢答按钮 SB2，Y1 通电，2 组指示灯 HL2 点亮并保持；

b. 再按下 1 组抢答按钮 SB1，Y1 仍然通电，2 组指示灯 HL2 保持点亮；

c. 最后按下 3 组抢答按钮 SB3，Y1 仍然通电，2 组指示灯 HL2 保持点亮；

d. 主持人按下停止按钮，Y1 断电，2 组指示灯灭。

开始第三次抢答，这次假定第三组成员最先按下抢答按钮：

a. 按下 3 组抢答按钮 SB3，Y2 通电，3 组指示灯 HL3 点亮并保持；

b. 再按下 1 组抢答按钮 SB2，Y2 仍然通电，3 组指示灯 HL3 保持点亮；

c. 最后按下 2 组抢答按钮 SB2，Y2 仍然通电，3 组指示灯 HL3 保持点亮；

d. 主持人按下停止按钮，Y2 断电，3 组指示灯灭；

e. 实现三路优先抢答功能。

【实用资料】

8.4　伺服电机简介

1. 伺服电机概述

伺服电机又称为执行电机。其功能是将电信号转换成转轴的角位移或角速度。分交流、直流两类。主要用辅助运动控制。

直流伺服电动机具有良好的线性调节特性及快速的时间响应。20 世纪 70 年代以来，直流伺服电动机应用非常广泛。近年来，交流伺服技术进步很快，已用得越来越多。但在有些方面还是直流伺服较适用，比如：需要高度平滑的运转，特别是在低速时；需要高速度（>5000r/min）；需要特别的速度稳定性；较恒定的力矩；需要直流电源输入的场合。但它在缺点方面也很明显，如有刷电机要维护更换电刷（无刷电机目前功率一般较小，性能不如有刷电机）；一般不用于高精度位置控制，用于速度和力矩控制较合适。

交流伺服电动机作用原理与交流感应电动机相同。定子上有两个相空间位移 90°电角度的励磁绕组 W_f 和控制绕组 W_c。励磁绕组 W_f 接一恒定交流电压，利用施加到控制绕组 W_c 上的交流电压或相位的变化，达到控制电动机运行的目的。

交流伺服电动机常用的转子结构有笼式和非磁性杯形。笼式转子与感应电动机的笼式转子结构相似，但较细长，其励磁电流小，功耗低，体积小，机械强度高。广泛应用于交流控制系统。非磁性杯形转子是用非磁性金属如铝、紫铜等制成。这种转子惯量小，运行平稳，噪声小，灵敏度高，主要用于一些要求运行平滑的系统。交流伺服电机分为同步和异步型 AC 伺服系统两种。永磁转子的同步伺服电动机由于永磁材料不断提高，价格不断下降，控制又比异步电机简单，容易实现高性能的缘故，所以永磁同步电机的 AC 伺服系统应用更为广泛。伺服电动机实际上是一个闭环运动控制系统。除了电动机，还有驱动器。驱动器是电力电子电路，它接收脉冲或电压信号，生成驱动伺服电动机的工作电源，使伺服电动机转动。同时接收来自电动机的反馈信号。

电动机除了动力部分，接受驱动器电源作用而转动，同时，还有反馈器件，可间接把位置、速度、转矩等信号回馈给驱动器。

目前常用的位置和速度检测反馈器件有光电式和电磁式两种。例如光电编码器、磁编码器、旋转变压器（BR）以及多转式绝对值编码器。后面两种，可作多种检测功能应用，既可检测系统位置和转子速度，又可检测转子磁极位置。它坚固耐用，不怕振动，耐高温，但存在信号处理电路复杂的缺点。伺服电动机是一个闭环运动控制系统，功能、性能都比较高，可用于速度控制、转矩控制、位置控制及其组合。

2. 伺服电机特点

应用比较广泛的交流伺服电动机特点如下。

① 运行稳定。交流伺服电动机与一般异步电动机相比，具有更大的转子电阻，它的机械特性的斜率都是负值。转速随转矩的增加而均匀下降，因此，可在 n 为 $0 \sim n_0$（空载转速）稳定运行。这样的机械特性决定了电机的效率较低。

② 可控性好。两相交流伺服电动机机械特性的斜率为负值，在单相供电时，转矩和转速符号相反，因此，当单相励磁时，电机不会发生自转现象，即控制信号一旦消失，电机立即停转。

③ 快速响应。控制绕组接到控制信号后，能快速启动，信号消失后，又立即自行制动、停转。一般用机械的和电的两个时间常数来表征。时间常数小，快速响应良好。要求电动机具有高堵转转矩、小的转子惯量及电感和电阻比值。

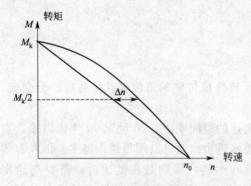

图 8-4 交流伺服电动机
机械特性的非线性度

④ 灵敏度高。电机具有小的启动电压。启动电压指的是额定励磁电压下，加于控制绕组以使电机开始连续转动的最小电压。启动电压越小，则灵敏度越高，系统的不灵敏区越小。一般启动电压应小于额定电压的 $3\% \sim 4\%$。

⑤ 机械特性和调节特性的非线性度指标严格。机械特性的非线性度 K_m 是指在额定励磁电压下，对任意控制电压时的实际机械特性与线性机械特性在转矩 M 等于 $M_k/2$ 时的转速差 Δn（图 8-4 所示为交流伺服电动机机械特性的非线性度）与空载转速 n_0 之比的百分数，即要求小于 $10\% \sim 15\%$；与空载转速之比的百分数，即 $K_m = \Delta n / n_0 \times 100\%$，$K_m$ 要求小于 $10\% \sim 15\%$。

自测与练习

① 分别用置位复位指令及保持指令完成三路优先抢答器控制功能。

② 分别用置位复位指令及保持指令完成四路优先抢答器控制功能。

项目实训与考核

1. 资讯（优先抢答器）

项目任务：完成优先抢答器控制

（1）如何实现优先抢答器？

（2）输入输出符号表

序号	符号	地址	注释	备注
1				
2				
3				
4				
5				
6				
7				
8				

2. 决策（优先抢答器）

采用的控制方案：

输入输出设备点数：

3. 计划（优先抢答器）

填写项目实施计划表

实施步骤	内容	进度	负责人	完成情况
1				
2				
3				
4				

4. 实施（优先抢答器）

（1）绘制主电路

（2）绘制 PLC 输入输出接线图

X1	X2	X3	X4			
Y1	Y2	Y3	Y4			

（3）写出梯形图

5. 检查（优先抢答器）

遇到的问题或故障	解决方案	效果	结论及收获	解决人员

6. 评分（优先抢答器）

评分内容	分值	评分标准	扣分	得分
新知识	10	优先抢答器的概念没有理解扣 1~10 分		
软件使用	10	软件操作有误扣 1~10 分		
硬件接线	30	输入输出接线图绘制不正确扣 1~10 分		
		接线图设计缺少必要的保护扣 1~10 分		
		线路连接工艺差扣 1~10 分		
功能实现	50	指示灯不点亮扣 10 分		
		同时有两组或者两组以上的指示灯点亮扣 10 分		
		没有停止功能扣 10 分		
		没有启动功能扣 10 分		
		优先功能不正确扣 10 分		

项目9　电机减压启动控制

【项目任务】

◇ 完成电机减压启动控制。

【项目知识目标】

◇ 掌握常用减压启动控制功能的实现方法。

◇ 掌握定时器指令在减压启动控制中的应用。

【项目能力目标】

◇ 掌握电机减压启动PLC控制方案实现的能力。

◇ 具有熟练应用定时器指令的能力。

◇ 掌握定时器指令的输入方法。

【项目知识点】

◇ 定时器指令的类型、含义、寻址方式及应用方法。

【项目资讯】

在前面的项目中，我们对电机的控制都是采用全压直接启动的方式，在工业场合，对于较大容量的笼型异步电动机（大于10kW）因启动电流较大，一般都采用减压启动方式来启动，常用的减压启动有定子串电阻（或电抗）、星形-三角形换接、自耦变压器及延边三角形启动等启动方法。在该项目中，要求使用定子串电阻和星形-三角形换接的方法实现减压启动。

任务一：单向连续运行定子串电阻减压启动控制。

任务二：单向连续运行星形-三角形换接减压启动控制。

【项目决策】

1. 定子串电阻减压启动控制

定子串电阻减压启动控制：是电机启动时在三相定子电路中串接电阻，使电机定子绕组电压降低，启动结束后再将电阻短接，电机在额定电压下正常运行。这种启动方式由于不受电机接线形式的限制，设备简单，因而在中小型生产机械中应用较广。机床中也常用这种串电阻减压方式限制点动及制动时的电流。启动电阻一般采用由电阻丝绕制的板式电阻或铸铁电阻，电阻功率大，能够通过较大电流，但能量损耗较大，为了节省能量可采用电抗器代替电阻，但其价格较贵，成本较高。

如果电机是单向连续运行，则电机的控制需要使用两个接触器，一个在启动时接通，通过定时功能，当启动过程结束后，将其断电；同时启动全压运行的接触器，使电机进入正常全压运行状态。因此只要使用PLC的定时器指令就可以实现该功能。

2. 星形-三角形换接减压启动控制线路

正常运行时定子绕组接成三角形，而且三相绕组六个抽头均引出的笼型异步电动机，常采用星形-三角形减压启动方法来达到限制启动电流的目的。

启动时，定子绕组首先接成星形，待转速上升到接近额定转速时，将定子绕组的接线由星形接成三角形，电机便进入全电压正常运行状态。因功率在4kW以上的三相笼型异步电动机均为三角形接法，故都可以采用星形-三角形启动方法。三相笼型异步电动机采用星形-三角形减压启动时，定子绕组星形连接状态下启动电压为三角形连接直接启动转矩的 $1/\sqrt{3}$。启动转矩为三角形连接直接启动转矩的 1/3，启动电流也为三角形连接直接启动电流的 1/3。与其他减压启动相比，星形-三角形减压启动投资少、线路简单，操作方便，但启动转矩较小。这种方法适用于空载或轻载状态，因为机床多为轻载和空载启动，因而这种启动方法应用较普遍。

如果电机是单向连续运行，则电机的控制需要使用三个接触器，一个接触器负责电机总的电源控制，即在电机的启动与运行过程中，该接触器始终处于通电的状态；一个接触器负责将电机绕组接成星形，因此该接触器是在启动时接通，当启动过程结束就断电，启动过程同样用时间控制。最后一个接触器负责将电机绕组接成三角形，因此该接触器是在电机启动过程结束后接通，负责电机全压运行。与减压启动相同，只要使用 PLC 的定时器指令就可以实现该功能。

要实现单向连续运行电机的减压启动控制，只要在电机的连续运行控制程序的基础上加上定时器功能即可，完成该项目步骤与以往相同：

① 设计主电路；
② 确定输入输出设备；
③ 设计 PLC 输入输出接线图；
④ 进行 PLC 程序设计；
⑤ 进行系统的调试。

在该项目中，首先学习"定时器"指令的相关知识，然后就可以轻松地完成第九个工程项目了。下面首先来学习新知识。

【项目相关知识】

9.1　定时器指令

1. 指令功能

TML：以 1ms 为最小时间单位，设置延时接通的定时器。
TMR：以 10ms 为最小时间单位，设置延时接通的定时器。
TMX：以 100ms 为最小时间单位，设置延时接通的定时器。
TMY：以 1000ms 为最小时间单位，设置延时接通的定时器。
定时器的指令格式如图 9-1 所示。

图 9-1　定时器指令格式

定时器的工作原理为：定时器为减计时型。当程序进入运行状态后，输入触点接通瞬间定时器开始工作，先将设定值寄存器 SV 的内容装入过程值寄存器 EV 中，然后开始计时。直至 EV 中内容减为 0 时，该定时器各对应触点动作，即常开触点闭合、常闭触点断开。而当输入触点断开时，定时器复位，对应触点复位，且 EV 清零，但 SV 不变。若在定时器未达到设定时间时断开其输入触点，则定时器停止计时，其过程值寄存器被清零，且定时器对应触点不动作，直至输入触点再接通，重新开始定时。

简单来说，当定时器的执行条件成立时，定时器以 L、R、X、Y 所规定的时间单位对预置值作减计时，预置值减为 0 时，定时器触点动作。其对应的常开触点闭合，常闭触点断开。

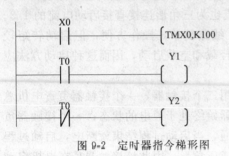

图 9-2　定时器指令梯形图

2. 梯形图

如图 9-2 所示。

说明：当 X0 接通时，定时器开始计时，10s 后，定时时间到，定时器对应的常开触点 T0 接通，定时器对应的常闭触点 T0 断开，使输出继电器 Y1 导通为 ON，输出继电器 Y2 断开为 OFF；当 X0 断开时，定时器复位，对应的常开触点 T0 断开，输出继电器 Y1 断开为 OFF，输出继电器 Y2 导通为 ON。

3. 时序图

如图 9-3 所示。

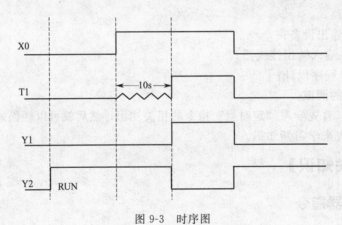

图 9-3　时序图

4. 注意事项

① TM 指令是减法计时型预置定时器，参数有两个，一个是时间单位，即定时时钟，可分为 3 种，R=0.01s，X=0.1s，Y=1.0s；另一个是预置值，只能用十进制，编程格式为 K 加上十进制数，因此，取值范围可表示为 K1～K32767。这样，定时时间就可以根据上述两个参数直接计算出来，即定时时间 = 时间单位×预置值。也正是由于这个原因，TM R1 K1000、TM X1 K100、TM Y1 K10 这三条指令的延时时间是相同的，都是 10s，差别仅在于定时的时间精度不同。精度的选择要根据实际工程的精度要求而适当的确定。

② 定时器的预置值和经过值会自动存入相同编号的专用寄存器 SV 和 EV 中，因此可通过查看同一编号的 SV 和 EV 内容来监控该定时器的工作情况。采用不同的定时时钟会影响精度，也就是说，过程值 EV 的变化过程不同。

③ 同输出继电器的概念一样，定时器也包括线圈和触点两个部分，采用相同编号，因此，在同一个程序中，相同编号的定时器只能使用一次，而该定时器的触点可以通过常开或常闭触点的形式被多次引用。

④ 在 FP1-C24 中，初始定义有 100 个定时器，编号为 T0～T99，通过系统寄存器 No.5 可重新设置定时器的个数。

⑤ 在实际的 PLC 程序中，定时器的使用是非常灵活的，如将若干个定时器串联或是将

定时器和计数器级联使用可扩大定时范围，或将两个定时器互锁使用可构成方波发生器，还可以在程序中利用高级指令 F0（MV）直接在 SV 寄存器中写入预置值，从而实现可变定时时间控制。

5. 应用举例

按下启动按钮，电机运行并自锁，电机运行 5s 后，自动停止运行。梯形图如图 9-4所示。

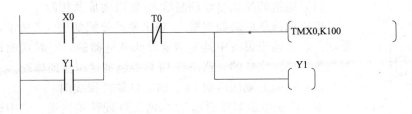

图 9-4　电机延时停止梯形图

6. 定时器指令的输入

定时器指令的输入可以通过功能区键栏完成，如果要输入图 9-5 所示的程序，具体的操作步骤如表 9-1 所示。

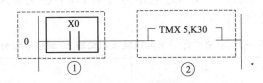

图 9-5　定时器指令梯形图

表 9-1　定时器指令操作步骤

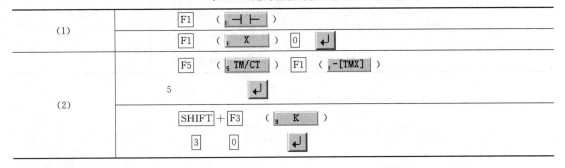

【项目实施】

9.2　电机减压启动 PLC 控制实施方案

常用的减压启动有定子串电阻（或电抗）、星形-三角形换接等启动方法。下面将传统的继-接方式控制电机减压启动用 PLC 控制功能实现。

9.2.1　定子串电阻减压启动 PLC 控制

1. 电机定子串电阻减压启动 PLC 控制主电路

PLC 完成电机减压启动控制功能是对控制电路的改造，而其主电路是与传统的继-接方式实现电机的减压启动控制的主电路相同的，如图 9-6 所示。从图 9-6 中可以看出：合通电源开关 QS，此时如果按下启动按钮，则 KM1 通电吸合并自锁，电动机串电阻 R 启动，同时开始延时，经一段时间后（通常 3s 或可以现场调试确定启动时间），KM2 通电动作，将主回路电阻 R 短接，电动机在全压下进入稳定正常运转。

2. 电机定子串电阻减压启动 PLC 控制电路

（1）电机的减压启动控制输入/输出地址及功能

电机的减压启动控制输入/输出地址分配如表 9-2 所示，这里尤其要注意的是输出设备中是不需要时间继电器的，定时功能是依靠定时器指令功能来完成的，这正是 PLC 控制的优越性的体现。

（2）电机的减压启动 PLC 的 I/O 硬件接线图

图 9-7 是电机减压启动 PLC 的 I/O 硬件接线图，其中输入设备的电源采用 24V 直流，如果其他项目中的输入设备包含其他电压等级或电压类型的传感器，则不能简单地采用 24V 直流，需根据实际情况具体实现。图中的熔断器 FU2 主要是保护 PLC 和输出设备，一般情况下不可省略。输出设备中的电源类型及等级是由负载决定的，本例中的接触器采用额定电压为交流 110V 的交流接触器，所以，电源电压采用交流 110V。

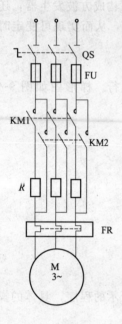

图 9-6 主电路

表 9-2 电机的定子串电阻减压启动输入/输出地址分配

设备	符号	功能	地址
输入设备	SB1	正向启动按钮（常开接点）	X0
	SB2	停止按钮（常闭接点）	X1
	FR	热继电器（常闭接点）	X2
输出设备	KM1	减压启动接触器（线圈）	Y0
	KM2	全压运行接触器（线圈）	Y1

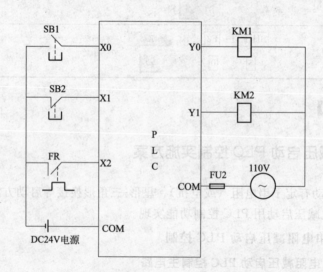

图 9-7 电机减压启动 PLC 的 I/O 硬件接线图

（3）电机的定子串电阻减压启动控制 PLC 的程序设计

梯形图如图 9-8 所示。

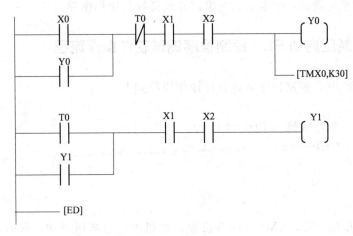

图 9-8　梯形图

说明如下。

① 按下启动按钮 SB1，则 X0 接通，Y0 通电，电机串电阻减压启动，同时定时器 T0 线圈通电，定时器开始计时。

② 计时 3s 时间到，定时器接点动作，定时器常闭接点断开，使 Y0 断电，启动过程结束，定时器常开接点接通，Y1 通电，最终使电机全压运行。

③ 按下停止按钮 SB2，SB2 常闭接点断开，则 X1 断开，X1 常开接点断开，Y0 或 Y1 断电，从而使接触器线圈断电，接触器线圈断电使得接触器本身的触点的复位，常开主触点断开，最终使电机断电并停止。

④ 如果发生过载，热继电器动作，常闭接点断开，则 X2 断开，X2 常开接点断开，Y0 或 Y1 断电，从而使接触器线圈断电，接触器线圈断电使得接触器本身的触点的复位，常开主触点断开，最终使电机断电并停止，实现过载保护作用。

3. 实践操作

在任务一的基础上完成任务二：单向连续运行星形-三角形换接减压启动控制。

9.2.2　电机星形-三角形换接减压启动 PLC 控制

首先绘制 PLC 控制主电路电气原理图。图 9-9 为星形-三角形减压启动常采用的控制线路，线路工作原理如下：合上总开关 QS，按下启动按钮，要求 KM3 通电先吸合，先将电机绕组接成星形，同时使 KM1 也通电吸合并自锁，电动机 M 接成星形减压启动，随着电动机转速的升高，启动电流下降，延时一段时间后，使 KM3 断电释放，KM2 通电吸合，电动机 M 接成三角形正常运行。

接下来的工作请读者自行分析完成。

① 绘制 I/O 硬件接线图。

② 根据主电路电气原理图和 I/O 硬件接线图安装电器元件并配线。

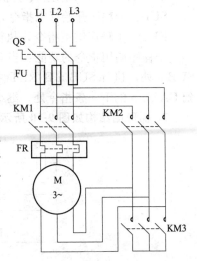

图 9-9　星形-三角形
减压启动

③ 根据原理图复查配线的正确性。

④ 完成 PLC 的程序设计。

⑤ 分组进行系统调试，要求 2 人一组，养成良好的协作精神。

9.3　电机减压启动 PLC 控制程序调试软件操作流程

电机减压启动 PLC 控制程序调试软件操作流程如下。

① 输入程序。

② 程序编译（程序转换）：Ctrl＋F1。

③ 传入 PLC：Ctrl｜F12。

④ 运行程序。

⑤ 监控程序。

⑥ 调试程序。

a. 按下启动按钮 SB1，KM1 通电并自锁，电机串电阻减压启动，同时定时器 T0 线圈通电，定时器开始计时。

b. 计时 3s 时间到，KM1 断电，启动过程结束，同时 KM2 通电，使电机全压运行。

c. 按下停止按钮 SB2，KM1 或 KM2 断电，电机断电并停止。

d. 启动电机，然后给定电机过载信号，则 KM1 或 KM2 断电，电机断电并停止，实现过载保护作用。

e. 电机单向连续运行串电阻减压启动控制功能。

【实用资料】

9.4　子程序调用指令 CALL、SUB、RET

1. 指令功能

CALL：子程序调用指令，执行指定的子程序。

SUB：子程序开始标志指令，用于定义子程序。

RET：子程序结束指令，执行完毕返回到主程序。

子程序调用指令的功能：当 CALL n 指令的执行条件成立时，程序转至子程序启始指令 SUB n 处，执行 SUB n 到 RET 之间的第 n 号子程序。遇到 RET 指令，子程序结束并返回到 CALL n 的下一条指令处，继续执行主程序。

2. 梯形图结构如图 9-10 所示

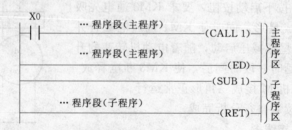

图 9-10　子程序结构图

功能说明：当 X0 接通时，程序从主程序转到编号为 1 的子程序的起始地址 SUB 1 处，开始执行子程序；当执行到 RET 处时，子程序执行完毕，返回到主程序调用处，从 CALL 1 指令的下一条指令继续执行随后的主程序。

当 X0 断开时，不调用子程序，继续执行主程序。

3. 语句表

```
ST      X0
CALL    1
…
ED
SUB     1
…
RET
…
```

4. 注意事项

① CALL 指令可用在主程序区、中断程序区和子程序区。两个或多个相同标号的 CALL 指令可用于同一程序。

② 可用子程序的个数为 16 个，即子程序编号范围为 SUB0～SUB15，且两个子程序的编号不能相同。

③ 子程序必须编写在主程序的 ED 指令后面，由子程序入口标志 SUB 开始，最后是 RET 指令，缺一不可。

④ 子程序调用指令 CALL 可以在主程序、子程序或中断程序中使用，可见，子程序可以嵌套调用，但最多不超过 5 层。

⑤ 当控制触点为 OFF 时，子程序不执行。这时，子程序内的指令状态如表 9-3 所示。

表 9-3 子程序内各指令状态

指令或寄存器	状态变化
OT、KP、SET、RST	保持控制触点断开前对应各继电器的状态
TM、F137(STMR)	不执行
CT、F118(UDC)；SR、F119(LRSR)	保持控制触点断开前经过值，但停止工作
其他指令	不执行

5. 应用举例

（1）工件加工图

如图 9-11 所示。

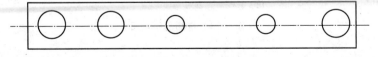

图 9-11 工件加工图

钻孔机械手完成加工孔距不等的、直径不同的五个孔，其中孔位置的控制是由传感器检测定位。

（2）具体的加工过程及控制要求

① 按下启动按钮（X0），钻孔机械手右行（Y0），到达第一个孔，传感器 B1 发出信号，

钻孔机械手停止，伸出手臂（Y1），伸到位（B6），钻头旋转（Y2）并进给（Y3），进给的同时计数 5 个（B7），钻孔加工结束，钻头停止旋转并快速退回，退回到位（B8），一个加工过程结束。

② 钻孔机械手继续右行，到达第二个孔，传感器 BV2 发出信号，钻孔机械手停止，伸出手臂，伸到位，钻头旋转并进给，进给的同时计数 5 个，钻孔加工结束，钻头停止旋转并快速退回，退回到位，第二个加工过程结束。

③ 换刀电磁阀通电更换钻头（Y4），换刀结束，钻孔机械手右行，到达第三个孔，传感器 BV3 发出信号，钻孔机械手停止，伸出手臂，伸到位，钻头旋转并进给，进给的同时计数 5 个，钻孔加工结束，钻头停止旋转并快速退回，退回到位，第三个加工过程结束。

④ 钻孔机械手继续右行，到达第四个孔，传感器 BV4 发出信号，钻孔机械手停止，伸出手臂，伸到位，钻头旋转并进给，进给的同时计数 5 个，钻孔加工结束，钻头停止旋转并快速退回，退回到位，第四个加工过程结束。

⑤ 换刀电磁阀通电更换钻头（Y4），换刀结束，钻孔机械手右行，到达第五个孔，传感器 BV5 发出信号，钻孔机械手停止，伸出手臂，伸到位，钻头旋转并进给，进给的同时计数 5 个，钻孔加工结束，钻头停止旋转并快速退回，退回到位，第五个加工过程结束。

自测与练习

（1）通断电延时控制

要求：根据时序图 9-12 设计梯形图。

图 9-12　自测与练习 1

（2）脉冲信号发生器

要求：根据时序图 9-13 设计梯形图。

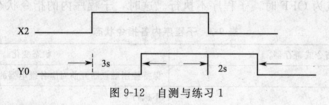

图 9-13　自测与练习 2

项目实训与考核

1. 资讯（电机减压启动控制）

项目任务：完成电机减压启动控制

（1）常用的电机减压启动控制方法有哪些？如何实现电机减压启动控制？

（2）输入输出符号表

序号	符号	地址	注释	备注
1				
2				
3				
4				
5				
6				
7				
8				

2. 决策（电机减压启动控制）

采用的控制方案：

输入输出设备点数：

3. 计划（电机减压启动控制）

填写项目实施计划表

实施步骤	内容	进度	负责人	完成情况
1				
2				
3				
4				

4. 实施（电机减压启动控制）

（1）绘制主电路

（2）绘制 PLC 输入输出接线图

X1	X2	X3	X4				
Y1	Y2	Y3	Y4				

（3）写出梯形图

5. 检查（电机减压启动控制）

遇到的问题或故障	解决方案	效果	结论及收获	解决人员

6. 评分（电机减压启动控制）

评分内容	分值	评分标准	扣分	得分
新知识	30	电机定子串电阻减压启动没有理解扣 1～10 分		
		电机星形-三角形启动没有理解扣 1～10 分		
		定时器功能没有理解扣 1～10 分		
软件使用	10	定时器输入不正确扣 1～10 分		
硬件接线	30	输入输出接线图绘制不正确扣 1～10 分		
		接线图设计缺少必要的保护扣 1～10 分		
		线路连接工艺差扣 1～10 分		
功能实现	30	电机不能运行扣 5 分		
		电机不能减压启动；10 分		
		定时器使用不正确；10 分		
		没有过载保护功能扣 5 分		

项目 10　电机制动 PLC 控制

【项目任务】
◇ 完成电机制动 PLC 控制。

【项目知识目标】
◇ 掌握常用电机制动控制功能的实现方法。

【项目能力目标】
◇ 掌握电机减压启动 PLC 控制方案实现的能力。

【项目知识点】
◇ 掌握速度继电器的基本知识。
◇ 掌握电机常用制动启动方法。

【项目资讯】

在前面的项目中，我们控制电机的停止都是使用自由停止的方式，而对于三相异步电动机来说，从其定子切除电源到完全停止旋转，由于惯性的关系，总要经过一段时间，这往往不能适应某些生产机械工艺的要求。如果要求电动机能迅速停车，就必须采用制动控制。如万能铣床、卧式镗床、组合机床等，无论是从提高生产效率，还是从安全及准确停止等方面考虑，都要求电动机能迅速停车，要求对电动机进行制动控制。制动方法一般有两大类：机械制动和电气制动。机械制动是用机械装置来强迫电动机迅速停车；电气制动实质上是在电动机停车时，产生一个与原来旋转方向相反的制动转矩，迫使电动机转速迅速下降。在该项目中我们采用电气制动控制线路，它包括反接制动和能耗制动，所以就使用这两种方法实现电机的制动，制动控制一般采用时间原则和速度原则，其中速度原则依靠速度继电器来实现。

任务一：电机单向连续运行反接制动 PLC 控制。

任务二：电机可逆运行反接制动 PLC 控制。

任务三：电机单向连续运行能耗制动时间原则 PLC 控制。

任务四：电机单向运行能耗制动速度原则 PLC 控制。

任务五：电机可逆运行能耗制动时间原则 PLC 控制。

【项目决策】

要实现单向连续运行电机制动功能，只要在电机的单向连续运行控制的基础上增加制动功能即可，如果采用时间原则，就在程序中使用定时器功能即可，如果使用速度原则，硬件系统则必须增加速度继电器，完成该项目步骤与以往相同：

① 设计主电路；

② 确定输入输出设备；

③ 设计 PLC 输入输出接线图；

④ 进行 PLC 程序设计；

⑤ 进行系统的调试。

在该项目中，首先学习"速度继电器"的结构及原理，然后了解反接制动和能耗制动的原理，接下来就可以轻松地完成第十个工程项目了。下面首先来学习新知识。

【项目相关知识】

10.1　速度继电器

速度继电器是当转速达到规定值时动作的继电器。它常用于电机反接制动的控制电路中,当反接制动的转速下降到接近零时自动及时地切断电源。

速度继电器的结构原理如图 10-1 所示:它主要由转子、定子和触头等部分组成。转子为永磁铁,固定在轴上;定子的结构与笼型异步电动机的转子相似,由硅钢片叠成,并装有鼠笼型绕组。定子与轴同心且能独自偏摆,与转子间有气隙。速度继电器的轴与电动机的轴相连接。当电动机旋转时,速度继电器的转子跟着电动机一起旋转,永久磁铁产生旋转磁场,定子上的笼型绕组切割磁力线而产生感生电动势和电流,载流导体与旋转磁场相互作用而产生转矩使定子跟随转子的转动方向摆动,定子带动摆杆 8。转子转速越高,定子摆动的角度越大。当定子摆动的角度大到一定程度时,摆杆 8 通过推杆 6 拨动触头,使继电器相应的触点动作。当转子的速度下降到一定值时,摆杆 8 在返回杠杆的作用下恢复到原来位置。调节弹簧的松紧程度可使速度继电器的触头在电机不同速度时切换。速度继电器图形文字符号如图 10-2 所示。

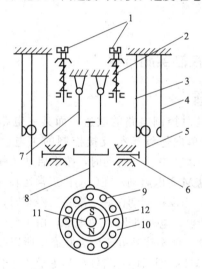

图 10-1　速度继电器的结构

1—调节螺钉;2—反力弹簧;3—常闭触头;4—常开触头;

5—动触头;6—推杆;7—返回杠杆;8—摆杆;

9—笼型导条;10—圆环;11—转轴;12—永磁转子

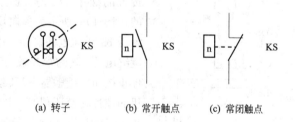

(a) 转子　　(b) 常开触点　　(c) 常闭触点

图 10-2　速度继电器图形文字符号

10.2　电机制动 PLC 控制

如项目分析中所述,常用的电气制动方法有反接制动和能耗制动。按时间原则控制的能耗制动,一般适用于负载转速比较稳定的生产机械上。对于那些能够通过传动系统来实现负载速度变换或者加工零件经常变动的生产机械来说,采用速度原则控制的能耗制动则较为合适。

1. 反接制动控制原理

反接制动是利用改变电动机电源的相序,使定子绕组产生相反方向的旋转磁场,因而产生制动转矩的一种制动方法。

由于反接制动时，转子与旋转磁场的相对速度接近于两倍的同步转速，所以定子绕组中流过的反接制动电流相当于全电压直接启动时电流的两倍，因此反接制动特点是制动迅速，效果好，冲击大，通常仅适用于10kW以下的小容量电动机。为了减小冲击电流，通常要求在电动机主电路中串接一定的电阻以限制反接制动电流。这个电阻称为反接制动电阻。反接制动电阻的接线方法有对称和不对称两种接法，显然采用对称电阻接法可以在限制制动转矩的同时，也限制了制动电流，而采用不对称制动电阻的接法，只是限制了制动转矩，未加制动电阻的那一相，仍具有较大的电流。反接制动的另一要求是在电动机转速接近于零时，及时切断反相序电源，以防止反向再启动。

反接制动的关键在于电动机电源相序的改变，且当转速接近于零时，能自动将电源切除。为此采用了速度继电器来检测电动机的速度变化。在120～3000r/min范围内速度继电器触头动作，当转速低于100r/min时，其触头恢复原位。

2. 能耗制动控制线路

所谓能耗制动，就是在电动机脱离三相交流电源之后，定子绕组上加一个直流电压，即通入直流电流，利用转子感应电流与静止磁场的作用以达到制动的目的。根据能耗制动时间控制原则，可用时间继电器进行控制，也可以根据能耗制动速度原则，用速度继电器进行控制。

【项目实施】

10.3　电机单向连续运行反接制动 PLC 控制实施方案

1. 电动机单向连续运行反接制动 PLC 控制主电路

PLC 完成电机单向连续运行反接制动控制功能是对控制电路的改造，而其主电路是与传统的继-接方式实现电机的单向连续运行反接控制的主电路相同的，图 10-3 所示为单向反接制动主电路。启动时，按下启动按钮，接触器 KM1 通电并自锁，电动机 M 通电启动。在电动机正常运转时，速度继电器 KS 的常开触头闭合，为反接制动作好了准备。停车时，按下停止按钮，接触器 KM1 线圈断电，电动机 M 脱离电源，由于此时电动机的惯性转速还很高，KS 的常开触头依然处于闭合状态，所以按下停止按钮时，反接制动接触器 KM2 线圈通电并自锁，其主触头闭合，使电动机定子绕组得到与正常运转相序相反的三相交流电源，电动机进入反接制动状态，转速迅速下降，当电动机转速接近于零时，速度继电器常开触头复位，接触器线圈电路被切断，反接制动结束。

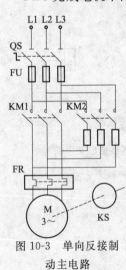

图 10-3　单向反接制动主电路

2. 电机单向连续运行反接制动 PLC 控制电路

（1）电机单向连续运行反接制动控制输入/输出地址及功能

电机单向反接制动控制输入/输出地址分配如表 10-1 所示。

表 10-1　电机单向反接制动输入/输出地址分配

设　备	符　号	功　能	地　址
输入设备	SB1	启动按钮（常开接点）	X0
	SB2	停止按钮（常闭接点）	X1
	KS	速度继电器（常开接点）	X2
	FR	热继电器（常闭接点）	X3
输出设备	KM1	运行接触器（线圈）	Y0
	KM2	反接制动接触器（线圈）	Y1

（2）电机单向连续运行反接制动 PLC 的 I/O 硬件接线图

图 10-4 是电机单向反接制动 PLC 的 I/O 硬件接线图，其中输入设备的电源采用 24V 直流，如果其他项目中的输入设备包含其他电压等级或电压类型的传感器，则不能简单地采用 24V 直流，需根据实际情况具体实现。图中的熔断器 FU2 主要是保护 PLC 和输出设备，一般情况下不可省略。输出设备中的电源类型及等级是由负载决定的，本例中的接触器采用额定电压为交流 110V 的交流接触器，所以，电源电压采用交流 110V。

（3）电机单向连续运行反接制动 PLC 的程序设计

梯形图如图 10-5 所示。

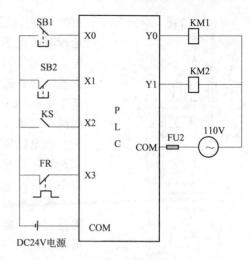

图 10-4　电机单向反接制动 PLC 控制的 I/O 硬件接线图

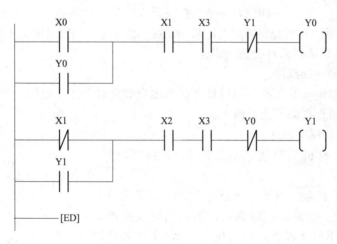

图 10-5　电机单向反接制动梯形图

说明如下。

① 按下启动按钮 SB1，则 X0 接通，Y0 通电，电机启动并运行，当电机转子速度大于 120r/min，KS 常开触点闭合，使 X2 常开接点接通，为反接制动做准备。

② 按下停止按钮 SB2，SB2 常闭接点断开，则 X1 断开，X1 常闭接点接通，Y1 通电，电机串电阻反接制动，电机转速迅速下降，当电机转子速度小于 100r/min，KS 常开触点断开，使 X2 常开接点断开，Y1 断电，制动结束，电机自由停止。

③ 如果发生过载，热继电器动作，常闭接点断开，则 X3 断开，X3 常开接点断开，Y0 或 Y1 断电，从而使接触器线圈断电，接触器线圈断电使得接触器本身的触点的复位，常开主触点断开，最终使电机断电并停止，实现过载保护作用。

3. 实践操作

（1）在任务一的基础上完成任务二：电机可逆运行反接制动 PLC 控制

首先绘制 PLC 控制主电路电气原理图。图 10-6 为电机可逆运行反接制动主电路。在电机依靠正转接触器 KM1 闭合而得到正序三相交流电源开始运转时，当电机转子速度达到

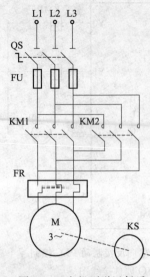

图 10-6　电机可逆运行反接制动主电路

120r/min 以后，速度继电器中的正向触点 KS1 动作，为正向运行时的反接制动做好准备；当按下停止按钮时，KM1 线圈断电，反向接触器 KM2 线圈便通电，定子绕组得到反序的三相交流电源，进入正向运行反接制动状态。当电机转子惯性速度低于 100r/min 逐渐接近于零时，正向触点 KS-1 复位，使 KM2 线圈的电源被切断，正向反接制动过程便告结束。

在电机依靠反转接触器 KM2 闭合而得到反序三相交流电源开始运转时，当电机转子速度达到 120r/min 以后，速度继电器中的反向触点 KS2 动作，为反向运行时的反接制动做好准备，当按下停止按钮时，KM2 线圈断电，正向接触器 KM1 线圈便通电，定子绕组得到反序的三相交流电源，进入反向运行反接制动状态。当电动机转子惯性速度低于 100r/min 逐渐接近于零时，反向触点 KS-1 复位，使 KM1 线圈的电源被切断，反向反接制动过程便告结束。

通过上述分析可以看出，这种线路中的两个接触器具有两个作用，一是电机在原方向运行时接通，二是电机反方向运行时，如果停车制动时接通。这种控制方式当电机制动时，由于主电路没有限流电阻，冲击电流大。

接下来的工作请读者自行分析完成。

① 绘制 I/O 硬件接线图。

② 根据主电路电气原理图和 I/O 硬件接线图安装电器元件并配线。

③ 根据原理图复查配线的正确性。

④ 完成 PLC 的程序设计。

（2）任务三：电机单向连续运行能耗制动时间原则 PLC 控制

首先绘制 PLC 控制主电路电气原理图。图 10-7 为单向能耗制动时间原则主电路。在电机正常运行的时候接触器 KM1 通电，若按下停止按钮，电动机由于 KM1 断电释放而脱离三相交流电源，而直流电源则由于接触器 KM2 线圈通电 KM2 主触头闭合而加入定子绕组，此时电动机进入能耗制动状态同时开始延时，延时时间到（应当保证时间到时电机转子的惯性速度接近于零），KM2 接触器线圈断电。电机能耗制动过程结束。

接下来的工作请读者自行分析完成。

① 绘制 I/O 硬件接线图。

② 根据主电路电气原理图和 I/O 硬件接线图安装电器元件并配线。

③ 根据原理图复查配线的正确性。

④ 完成 PLC 的程序设计。

（3）任务四：电机单向运行能耗制动速度原则 PLC 控制

首先绘制 PLC 控制主电路电气原理图。图 10-8 为单向能耗制动速度原则主电路。该线路与图 10-7 控制的主电路基本相同，这里仅是在电机轴伸端安装了速度继电器 KS，这样一

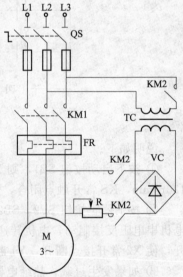

图 10-7　单向能耗制动时间原则主电路

来，该线路中的电机在刚刚脱离三相交流电源时，由于电机转子的惯性速度仍然很高，速度继电器 KS 的常开触头仍然处于闭合状态，所以接触器 KM2 线圈能够依靠停止按钮的按下通电自锁。于是，两相定子绕组获得直流电源，电机进入能耗制动。当电机转子的惯性速度接近于零时，KS 常开触头复位，接触器 KM2 线圈断电而释放，能耗制动结束。

接下来的工作请读者自行分析完成。

① 绘制 I/O 硬件接线图。

② 根据主电路电气原理图和 I/O 硬件接线图安装电器元件并配线。

③ 根据原理图复查配线的正确性。

④ 完成 PLC 的程序设计。

（4）任务五：电机可逆运行能耗制动时间原则 PLC 控制

首先绘制 PLC 控制主电路电气原理图。图 10-9 为电动机按时间原则控制可逆运行的能耗制动控制的主电路。电机正向运行时，KM1 通电，电机反向运行时，KM2 通电，电机制动时，KM3 通电。在其正常的正向运转过程中，需要停止时，可按下停止按钮，KM1 断电，KM3 线圈通电并自锁，KM3 常开主触头闭合，使直流电压加至定子绕组，电动机进行正向能耗制动并开始延时，延时时间到（应该保证电动机正向转速迅速下降，并接近于零时），断开接触器 KM3 线圈电源。电动机正向能耗制动结束。反向起动与反向能耗制动其过程与上述正向情况相同，请读者自行分析。

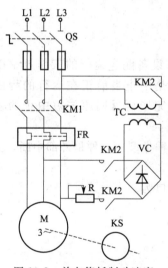

图 10-8　单向能耗制动速度
原则主电路

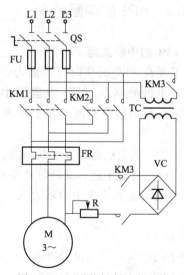

图 10-9　可逆能耗制动主电路

接下来的工作请读者自行分析完成：

① 绘制 I/O 硬件接线图。

② 根据主电路电气原理图和 I/O 硬件接线图安装电器元件并配线。

③ 根据原理图复查配线的正确性。

④ 完成 PLC 的程序设计。

10.4　电机单向连续运行反接制动 PLC 控制程序调试软件操作流程

电机单向连续运行反接制动 PLC 调试软件操作流程如下。

① 输入程序。

② 程序编译（程序转换）：Ctrl＋F1。

③ 传入 PLC：Ctrl＋F12。

④ 运行程序。

⑤ 监控程序。

⑥ 调试程序。

a. 按下启动按钮 SB1，KM1 通电，电机启动并运行，当电机转子速度大于 120r/min，KS 常开触点闭合，为反接制动做准备。

b. 按下停止按钮 SB2，KM1 断电，同时 KM2 通电，电机串电阻反接制动，电机转速迅速下降，当电机转子速度小于 100r/min，KS 常开触点断开，Y1 断电，制动结束，电机自由停止。

c. 再次启动电机并给定过载信号，热继电器动作，KM1 或 KM2 断电，实现过载保护作用。

d. 实现电机单向连续运行反接制动控制功能。

【实用资料】

10.5　FP1 的中断指令

1. FP1 的中断类型

为了提高 PLC 的实时控制能力，提高 PLC 与外部设备配合运行的工作效率以及 PLC 处理突发事件的能力，FP1 设置了中断功能。中断就是中止当前正在运行的程序，去执行为要求立即响应信号而编制的中断服务程序，执行完毕再返回原先被中止的程序并继续运行。

FP1-C24 以上机型均有中断功能，其中断功能有两种类型：一种是外部中断，又叫硬件中断；一种是定时中断，又叫软件中断。

① 外部中断共有 8 个中断源 X0～X7，对应中断入口为

X0-INT0	X4-INT4
X1-INT1	X5-INT5
X2-INT2	X6-INT6
X3-INT3	X7-INT7

其优先级别为 INT0 最高，INT7 最低。FP1 规定中断信号的持续时间应≥2ms。

② 内部定时中断是通过软件编程来设定每间隔一定的时间去响应一次中断服务程序，定时中断的中断入口为 INT24。

2. 中断的实现

① 对于内部定时中断，是通过编程来实现的，定时中断的时间，由中断命令控制字设定。

② 对于外部中断，应先设定系统寄存器 No.403 的值，然后再设定中断控制字，并按中断程序的书写格式编写程序。

此外，与普通微机不同，PLC 的中断是非嵌套的，也就是说，在执行低级中断时，若有高级中断到来，并不立即响应高级中断，而是在执行完当前中断后，才响应高级中断。

3. 注意事项

① 使用外部中断之前，首先设置系统寄存器 No. 403。

② ICTL 指令应和 DF 指令配合使用。

③ 中断子程序应放在主程序结束指令 ED 之后。

④ INT 和 IRET 指令必须成对使用。

⑤ 中断子程序中不能使用定时器指令 TM。

⑥ 中断子程序的执行时间不受扫描周期的限制。

⑦ 中断子程序中可以使用子程序调用指令。

4. 中断指令：INT、ICTL、IRET

ICTL：中断控制指令，用于设定中断的类型及参数。

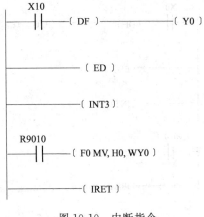

图 10-10　中断指令

INT：中断程序开始标志。

IRET：中断程序结束标志。

5. 梯形图

如图 10-10 所示。

6. 中断控制字的设置

ICTL 是中断控制字指令，有两个操作数 S1 和 S2。它可以是常数 H，也可以是某个寄存器的数据。其中 S1 设置中断类型，S2 设置中断参数。中断使用时，必须设置中断类型及相应的参数 S1、S2，其中 S1 取 H0、H100、H2。

① S1＝H0，表示启用外部中断。

S2 表示启用哪个输入点作为外部中断：1＝使能，0＝屏蔽。

S2 是一个 16 位操作数。

高 8 位为 0	X7	X6	X5	X4	X3	X2	X1	X0

② S1＝H100；清除外部中断源。

S2 决定清除哪位中断源；1＝保持有效，0＝清除，如图 10-11 所示，X0 复位。

③ S1＝H2；设置定时中断

S2；定时时间单位 10ms，范围为 K0～K3000，即 0～30s。

S2＝0；表示清除定时中断。如图 10-12 所示。

图 10-11　中断控制字的设置　　　　图 10-12　设置定时中断

7. 读程序

① 每隔 1s，DT0＋1＝DT0，如图 10-13 所示。

② 中断频率与被测量频率的关系，如图 10-14 所示。

③ X2 接通 1 次，DT0＋1，如图 10-15 所示。

④ WY0 以 1s 速度加 1，如图 10-16 所示。

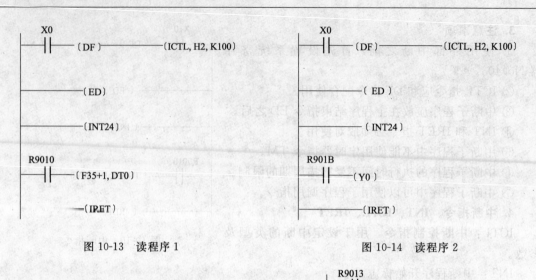

图 10-13 读程序 1

图 10-14 读程序 2

图 10-15 读程序 3

图 10-16 读程序 4

自测与练习

电机可逆运行能耗制动速度原则 PLC 控制的项目要求如下。

① 绘制 PLC 控制主电路电气原理图。

② 绘制 I/O 硬件接线图。

③ 根据主电路电气原理图和 I/O 硬件接线图安装电器元件并配线。

④ 根据原理图复查配线的正确性。

⑤ 完成 PLC 的程序设计。

提示：电机可逆运行能耗制动如果采用速度原则，就是在电机可逆运行能耗制动时间原则的基础上，采用速度继电器取代定时器，同样能达到制动目的。

项目实训与考核

1. 资讯（电机制动控制）

项目任务：完成电机制动 PLC 控制

(1) 常用的电机制动方式有哪些？这些方法是如何实现电机制动控制的？

_____

(2) 输入输出符号表

序号	符号	地址	注释	备注
1				
2				
3				
4				
5				
6				
7				
8				

2. 决策（电机制动控制）

(1) 采用的控制方案：

_____

(2) 输入输出设备点数：

_____

3. 计划（电机制动控制）

填写项目实施计划表

实施步骤	内容	进度	负责人	完成情况
1				
2				
3				
4				

4. 实施（电机制动控制）

（1）绘制主电路

（2）绘制 PLC 输入输出接线图

X1	X2	X3	X4				
Y1	Y2	Y3	Y4				

（3）写出梯形图

5. 检查（电机制动控制）

遇到的问题或故障	解决方案	效果	结论及收获	解决人员

6. 评价（电机制动控制）

评分内容	分值	评分标准	扣分	得分
新知识	30	电机制动原理没有理解扣 1～10 分		
		电机常用制动方法没有掌握扣 1～10 分		
		速度继电器工作原理及使用没有掌握扣 1～10 分		
软件使用	10	软件操作有误扣 1～10 分		
硬件接线	20	输入输出接线图绘制不正确扣 1～5 分		
		接线图设计缺少必要的保护扣 1～10 分		
		线路连接工艺差扣 1～5 分		
功能实现	40	电机不能运行扣 5 分		
		电机不能停止扣 5 分		
		电机不能制动扣 10 分		
		速度继电器使用不正确扣 10 分		
		没有过载保护功能扣 10 分		

项目 11　车库门控制系统

【项目任务】

◇ 完成车库门开启与关闭的 PLC 控制。

【项目知识目标】

◇ 掌握 PLC 基本功能指令的综合应用。

【项目能力目标】

◇ 具有独立完成较为复杂工程的能力。

【项目知识点】

◇ 熟悉车库门控制系统的功能与输入输出设备的确定。

◇ 掌握手动与自动控制功能切换问题的处理方法。

◇ 掌握车库门自动功能的实现方法。

【项目资讯】

车库门在日常生活中非常常见，我们的项目就是要实现对车库门自动开启和关闭，当然为了维修或特殊需要，还要设置手动开启和关闭车库门的功能。为了安全起见，该系统还设有必要的声光指示，当车库门正在开启和关闭的动态过程中发出警示。具体的控制功能如下。

① 初始状态：当车库门处于关好状态时，该状态称为系统初始状态。

② 自动开关门控制

a. 自动开关门必须从系统初始状态开始，自动过程不受手动开关门按钮影响。

b. 当有车来时，启动自动开门；直到开门到位，自动开门过程结束。

c. 门开到位后，车驶入车库，当车停好后，5s 后，开始自动关门，直到车库门关好，关门结束。

③ 手动开关门控制：在非自动开关门控制时，可以使用手动开、关门点动按钮控制车库门的开启与关闭。

④ 急停控制：在任意时刻，只要按下急停按钮，正转运行的开门电机或关门电机均停止，需要手动开门或关门，使车库门系统回复到初始状态。

⑤ 指示灯控制

a. 只要车库门处于关好状态，绿色指示灯亮；红色指示灯灭。

b. 只要车库门处于未关好状态，绿色指示灯灭；红色指示灯以 0.5Hz 的频率闪烁。

⑥ 车库门处于正在开启或关闭的状态时，蜂鸣器（BEE）以 0.5Hz 的频率间断鸣响，提示车库门正处于开启或关闭过程中。

我们的任务是：实现上述车库门系统的控制功能。

【项目决策】

根据上述车库门系统的控制功能，首先要熟悉该车库门控制系统的硬件系统组成，即了解该系统中采用的输入设备有哪些？车库门开关到位采用何种检测手段？车来检测及车停到位使用的是什么传感器等；了解该系统中采用的输出设备有哪些？具体的功能是什么？当确定了输入输出设备之后，接着就是解决手动与自动控制功能切换问题的处理及车库门自动功能的实现。

完成该项目步骤与以往相同：

① 设计主电路；

② 确定输入输出设备；

③ 设计 PLC 输入输出接线图；

④ 进行 PLC 程序设计；

⑤ 进行系统的调试。

在该项目中，首先通过分析系统控制功能，确定系统所需的输入输出设备，然后就可以轻松的完成第十一个工程项目了。下面首先来研究该项目的硬件系统。

【项目相关知识】

11.1　车库门控制系统输入输出设备的分析与确定

下面逐一分析车库门控制系统的功能，从中分析所需的输入及输出设备。

1. 初始状态：车库门处于关好状态

检测车库门是否关好可以使用多种检测方法，该项目采用最简单的方法，限位开关。当关门到位时，碰到限位开关，使其触点处于动作状态，发出车库门关好的信号。

2. 自动开关门控制

① 自动开关门必须从初始状态开始，自动过程不受手动开关门按钮影响。

② 当有车来时，启动自动开门；直到开门到位，自动开门过程结束结束。

车来检测采用光电式传感器，并将光电传感器上的输出选择为 LIGHT ON（受光ON），即当有车来时，输出高电平，相当于触点接通；当没有车时，输出低电平，相当于触点断开；开门到位与关门到位一样，采用限位开关实现到位检测。

③ 门开到位后，车驶入车库，当车停好后，5s 后，开始自动关门，直到车库门关好，关门结束。

车停到位与车来检测相同，采用光电式传感器，并将光电传感器上的输出选择为"LIGHT ON（受光ON）"，当有车停到位时，输出高电平，相当于触点接通；当车没有停到位时，输出低电平，相当于触点断开。

3. 手动开关门控制

在非自动开关门控制时，可以使用手动开、关门点动按钮控制车库门的开启与关闭。

该处使用两个不同颜色的点动按钮，而车库门电机是可以双向运行的，可以通过两个接触器实现其正反转的切换。

4. 急停控制

在任意时刻，只要按下急停 SB3 按钮，均停止门电机，需要手动回复到初始状态。

该处使用一个红色的点动按钮，外接常闭触点。

5. 指示灯控制

① 只要车库门处于关好状态，绿色指示灯亮；红色指示灯灭。

② 只要车库门处于未关好状态，绿色指示灯灭；红色指示灯以 0.5Hz 的频率闪烁。

这里的指示灯要使用两个指示灯，实际的车库门系统要根据具体的要求进行选取指示灯的类型及电压等级等。

6. 车库门的状态

车库门处于正在开启或关闭的状态时，蜂鸣器（BEE）以 0.5Hz 的频率间断鸣响，提示车库门正处于开启或关闭过程中。

这里的蜂鸣器也要根据实际的车库门系统具体的情况和要求选择相应功率的蜂鸣器或喇叭。该项目是 PLC 指令实现电机制动控制功能。

【项目实施】

11.2　车库门系统 PLC 控制实施方案

车库门的控制，其实就是对车库门电机的控制，车库门的开启与关闭，就是依靠车库门电机的正反转来实现的，下面是该项目具体实施方案。

1. 车库门控制系统主电路

车库门的开启与关闭，就是依靠车库门电机的正反转来实现的，所以车库门的控制，就是通过 PLC 完成电机正反转连续运行控制功能，因此其主电路是与电机正反转连续运行控制的主电路完全相同。如图 11-1 所示。

2. 车库门系统控制电路

我们已经知道，用 PLC 的控制功能完成相应的工程首先要分析工程控制要求，熟悉工作过程，然后确定输入/输出地址及功能，接下来绘制 PLC 的 I/O 硬件接线图，编写 PLC 控制程序，最后进行系统的调试。

（1）车库门控制系统输入/输出地址及功能

如项目分析中所确定的输入及输出设备，给出其确定的符号和地址，车库门控制系统输入/输出地址分配如表 11-1 所示。

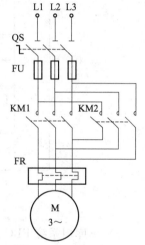

图 11-1　车库门系统主电路

表 11-1　车库门控制系统输入/输出地址分配

设备	符号	功能	地址
输入设备	SB1	手动开门按钮（常开接点）	X0
	SB2	手动关门按钮（常开接点）	X1
	B1	车来检测开关（常开接点）	X2
	B2	车停到位开关（常开接点）	X3
	SQ1	开门到位开关（常开接点）	X4
	SQ2	关门到位开关（常开接点）	X5
	SB3	急停按钮（常闭接点）	X6
	FR	热继电器（常闭接点）	X7
输出设备	KM1	开门驱动（电机正转）	Y0
	KM2	关门驱动（电机反转）	Y1
	HL1	门关好指示（绿色）	Y2
	HL2	门未关指示（红色）	Y3
	BEE	蜂鸣器	Y4

（2）车库门控制系统 PLC 的 I/O 硬件接线图

图 11-2 是车库门控制系统 PLC 的 I/O 硬件接线图，其中输入设备的电源采用 24V 直流，两个光电传感器属于三线制，其中信号线接 PLC 对于输入端口，电源线正极接 24V 电源正极，电源线负极接电源负极。如果项目中的输入设备采用其他电压等级或电压类型的传

感器，则不能简单地采用 24V 直流，需根据实际情况具体实现。图中的熔断器 FU2 主要是保护 PLC 和输出设备，一般情况下不可省略。输出设备中的电源类型及等级是由负载决定的，这里不再给出具体的电源类型及电压等级。

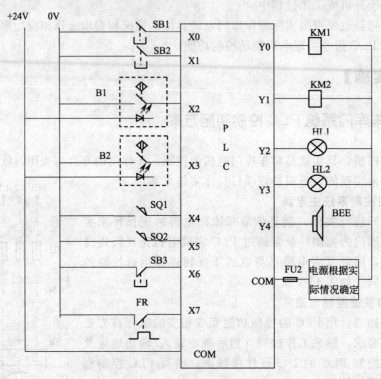

图 11-2　车库门系统 PLC I/O 接线图

（3）车库门系统 PLC 控制的程序设计

根据该系统的控制功能，程序设计可以安装下列几部分进行设计：手动开关门控制；自动开关门状态处理；自动开门控制；自动关门控制；开关门驱动；开关门指；蜂鸣器。

下面分段进行程序设计。

（1）手动开关门控制

手动关门程序见图 11-3。

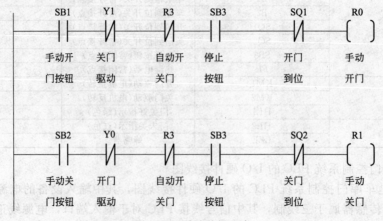

图 11-3　手动关门程序

（2）自动开关门状态处理

自动关门程序见图 11-4。

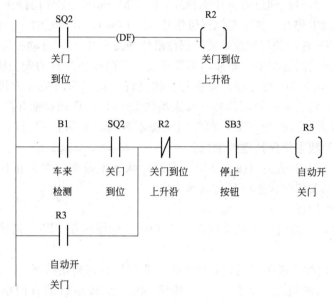

图 11-4　自动关门程序

其他的部分请读者自行分析并设计完成。

11.3　车库门系统 PLC 控制程序调试软件操作流程

车库门系统 PLC 控制程序调试软件操作流程如下。

① 输入程序。

② 程序编译（程序转换）：Ctrl+F1。

③ 传入 PLC：Ctrl+F12。

④ 运行程序。

⑤ 监控程序。

⑥ 调试程序.。

在没有车来检测信号之前，首先测试手动开关门的功能，值得注意的是手动开关门的控制实际上是对车库门电机的点动控制。

① 按下手动开门按钮 SB1，KM1 通电，车库门开启。

② 松开手动开门按钮 SB1，KM1 断电，车库门停止开启。

③ 再次按下手动开门按钮 SB1 一直不松开，KM1 一直通电，车库门一直开启，直到碰到开门到位限位开关 SQ1，KM1 自动断电，车库门开门结束，完成车库门开门限位的功能。

④ 按下手动关门按钮 SB2，KM2 通电，车库门关闭。

⑤ 松开手动关门按钮 SB2，KM2 断电，车库门停止关闭。

⑥ 再次按下手动关门按钮 SB2 一直不松开，KM2 一直通电，车库门一直关闭，直到碰到关门到位限位开关 SQ2，KM2 自动断电，车库门关门结束，完成车库门关门限位的功能。

接下来测试自动开门和关门的过程。

① 自动开关门必须从系统初始状态开始，所以首先保证车库门处于关好的状态，就关

门到位的限位开关处于动作状态，即关门到位限位开关 SQ2＝1。

② 给出车来信号，即车来检测 B1＝1，则 KM1 通电，车库门自动开启。

③ 开门到位时，即开门到位限位开关 SQ1＝1，KM1 断电，车库门停止，自动开门结束。

④ 将车驶入车库并停好，给出车停到位信号，即 B2＝1，开始延时 5s，时间到启动 KM2，开始自动关门，直到车库门关门到位，关门到位限位开关 SQ2＝1，自动关门过程结束。

然后测试自动开关门过程中，车库门不受手动开关门按钮控制的安全模式功能。

① 重新启动自动开关门的过程，即重复上述过程，在车库门关好的状态下（关门到位限位开关 SQ2＝1），给出车来检测信号（车来检测 B1＝1），启动自动开门。

② 此时按下手动开门按钮 SB1，车库门状态不改变，如果正在自动开门就保持开门，如果处于自动关门的状态就保持继续关门。

③ 同样，此时按下手动关门按钮 SB2，车库门状态不改变，如果正在自动开门就保持开门，如果处于自动关门的状态就保持继续关门。

接下来测试急停功能

① 重新启动自动开关门，在任意时刻，只要按下急停按钮 SB3，正转运行的开门电机或关门电机均停止。

② 按下手动开门按钮或关门按钮，使车库门系统回复到初始状态。

③ 在手动开关门的过程中，按下急停按钮 SB3，正转运行的开门电机或关门电机均停止。

接着测试指示灯控制功能。

① 只要车库门处于关好状态，绿色指示灯亮；红色指示灯灭。

② 只要车库门处于未关好状态，绿色指示灯灭；红色指示灯以 0.5Hz 的频率闪烁。

最后测试蜂鸣器功能。

① 车库门处于正在开启或关闭的状态时，蜂鸣器（BEE）以 0.5Hz 的频率间断鸣响，提示车库门正处于开启或关闭过程中。

② 实现车库门系统控制功能。

【实用资料】

11.4 主控继电器指令 MC、MCE

1. 指令功能

MC：主控继电器开始指令。

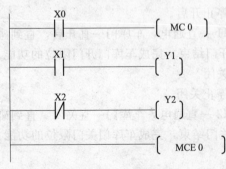

图 11-5 主控指令

MCE：主控继电器结束指令。

功能：用于在程序中将某一段程序单独界定出来。当 MC 前面的控制触点闭合时，执行 MC 至 MCE 间的指令；当该触点断开时，不执行 MC 至 MCE 间的指令。

2. 梯形图结构

如图 11-5 所示。

说明：当控制触点 X0 接通时，执行 MC0 到 MCE0 之间的程序，这时，从上图中的梯形图可以看出，效果等同于右侧的简化梯形图。否则，不执行 MC0 到 MCE0 之间的程序。

值得注意的是，当主控继电器控制触点断开时，在 MC 至 MCE 之间的程序，遵循扫描但不执行的规则，可编程控制器仍然扫描这段程序，不能简单地认为可编程控制器跳过了这段程序。而且，在该程序段中不同的指令状态变化情况也有所不同，具体情况参见表 11-2。

表 11-2　主控指令之间程序执行情况

指令或寄存器	状态变化
OT(Y、R 等)	全部 OFF 状态
KP、SET、RST	保持控制触点断开前对应各继电器的状态
TM、F137(STMR)	复位，即停止工作
CT、F118(UDC)	保持控制触点断开前经过值，但停止工作
SR、F119(LRSR)	保持控制触点断开前经过值，但停止工作
其他指令	扫描但是不执行

3. 语句表

ST	X0
MC	0
ST	X1
OT	Y1
ST/	X2
OT	Y2
MCE	0

4. 注意事项

① MC 和 MCE 在程序中应成对出现，每对编号相同，编号范围为 0～31 的整数。而且，同一编号在一个程序中只能出现一次。

② MC 和 MCE 的顺序不能颠倒。

③ MC 指令不能直接从母线开始，即必须有控制触点。

④ 在一对主控继电器指令（MC、MCE）之间可以嵌套另一对主控继电器指令。

⑤ 在主控指令对之间应用 DF、DF/指令时：当主控指令对为 OFF 状态时，微分指令储存并保持其在 MC 指令触发信号断开之前的状态（ON 或 OFF）。如果 MC 和微分指令为同一触发信号，则输出不动作。若需要输出动作，应将微分指令放在 MC、MCE 指令之外。

⑥ MC 指令不能直接从左母线开始。程序中，MC 指令之前一定要有一接点输入。

自测与练习

请读者自己设计一个车库门控制系统：

① 详细描述该车库门系统的功能，要尽可能的人性化功能设计；

② 填写 I/O 设备及地址分配表；

③ 绘制 I/O 接线图；

④ 编写 PLC 程序；

⑤ 进行系统调试。

1. 资讯（车库门控制系统）

项目任务：完成车库门系统控制

（1）如何实现车库门控制系统？请描述控制功能

_____

（2）输入输出符号表

序号	符号	地址	注释	备注
1				
2				
3				
4				
5				
6				
7				
8				

2. 决策（车库门控制系统）

（1）采用的控制方案：

_____

（2）输入输出设备点数：

_____

3. 计划（车库门控制系统）

填写项目实施计划表

实施步骤	内容	进度	负责人	完成情况
1				
2				
3				
4				

4. 实施（车库门控制系统）

（1）绘制主电路

（2）绘制 PLC 输入输出接线图

X1	X2	X3	X4				
Y1	Y2	Y3	Y4				

（3）写出梯形图

5. 检查（车库门控制系统）

遇到的问题或故障	解决方案	效果	结论及收获	解决人员

6. 评价（车库门控制系统）

评分内容	分值	评分标准	扣分	得分
新知识	10	PLC 基本指令掌握差扣 1~5 分		
		PLC 基本指令的综合应用掌握较差扣 1~5 分		
软件使用	10	软件操作有误扣 1~10 分		
硬件接线	20	输入输出接线图绘制不正确扣 1~5 分		
		接线图设计缺少必要的保护扣 1~10 分		
		线路连接工艺差扣 1~5 分		
功能实现	60	不能自动开门扣 10 分		
		电机自动关门扣 10 分		
		不能手动开门扣 10 分		
		不能手动关门扣 10 分		
		自动状态下可以手动扣 10 分		
		指示功能没有实现扣 10 分		

项目 12　圆盘计数 PLC 控制

【项目任务】
◇ 完成圆盘旋转并实现计数功能。

【项目知识目标】
◇ 掌握减计数指令的应用方法。

【项目能力目标】
◇ 掌握用计数指令实现圆盘计数控制的实现方法。

【项目知识点】
◇ 减计数指令格式、原理、使用方法。

【项目资讯】

在工业领域有这样的典型任务，控制一个旋转部件的旋转角度或转数，比如一根主轴旋转了 10 圈以后，要停止一段时间或进行指示、计数显示等功能，项目 12 就是要完成这样的一个任务。

任务一：圆盘单向旋转计数功能的实现

按下启动按钮，圆盘开始旋转，圆盘每转动一周发出一个计时脉冲，当圆盘发出 5 个脉冲后，圆盘停止旋转，延时 2s，重新启动圆盘，如此重复。任意时刻按下停止按钮，圆盘立即停止，计数器复位，蜂鸣器叫响 2s 的时间，再次按下启动按钮启动圆盘旋转时，重新开始计数。

任务二：圆盘双向旋转计数功能的实现

按下正向启动按钮，圆盘开始顺时针旋转，圆盘每转动一周发出一个计时脉冲，当圆盘发出 5 个脉冲后，圆盘停止旋转，延时 2s，圆盘开始反向运行，即圆盘逆时针旋转，计数 10 个后，圆盘停止旋转，延时 5s，再次启动圆盘开始顺时针旋转，如此重复。任意时刻按下停止按钮，圆盘立即停止，计数器不复位，再次启动圆盘时，接着计数。

【项目决策】

该项目有四个关键技术点：一是圆盘旋转时的计数，二是控制圆盘的旋转与停止，三是圆盘停止时间的控制，四是圆盘的重新启动，即循环的实现。

要实现圆盘旋转计数功能，只要解决上述四个技术点就可以了，针对圆盘旋转时的计数，使用 PLC 的计数器指令完成圆盘旋转时的计数；对于圆盘的旋转和停止的控制，其实就是对圆盘电机的单向或双向的连续运行控制；圆盘停止时间的控制我们当然采用定时器功能即可，而循环的实现也很简单，只要再增加一个圆盘启动信号就可以了。

完成该项目步骤与以往相同：

① 设计主电路；

② 确定输入输出设备；

③ 设计 PLC 输入输出接线图；

④ 进行 PLC 程序设计；

⑤ 进行系统的调试。

在该项目中，首先学习"计数器"指令的相关知识，然后就可以轻松地完成第十二个工程项目了。下面首先来学习新知识。

【项目相关知识】

12.1　计数器指令

1. 指令功能

CT 指令是一个减计数型的预置计数器。其工作原理为：程序一进入"运行"方式，计数器就自动进入初始状态，此时 SV 的值被自动装入 EV，当计数器的计数输入端 CP 检测到一个脉冲上升沿时，预置值被减 1，当预置值被减为 0 时，计数器接通，其相应的常开触点闭合，常闭触点断开。计数器的另一输入端为复位输入端 R，当 R 端接收到一个脉冲上升沿时计数器复位，计数器复位，其常开触点断开，常闭触点闭合；当 R 端接收到脉冲下降沿时，将预置值数据再次从 SV 传送到 EV 中，计数器开始工作。

2. 梯形图

如图 12-1 所示。

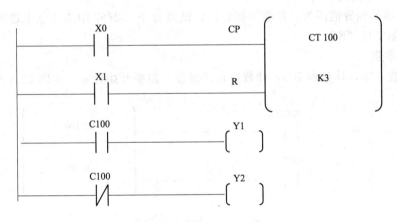

图 12-1　计数器指令梯形图

说明：程序开始运行时，计数器对应的常闭触点 C100 接通，使输出继电器 Y2 导通为 ON，当复位输入端 X1 断开时，计数器进入计数状态。当检测到 X0 的上升沿 3 次时，计数器对应的常开触点 C100 接通，常闭触点 C100 断开，使输出继电器 Y1 导通为 ON，输出继电器 Y2 断开为 OFF；当 X1 接通时，计数器复位清零，对应的常开触点 C100 断开，输出继电器 Y1 断开为 OFF，输出继电器 Y2 导通为 ON。

3. 时序图

如图 12-2 所示。

4. 注意事项

① FP1-C24 中，共有 44 个计数器，编号为 C100～C143。此编号可用系统寄存器 No.5 重新设置。设置时注意 TM 和 CT 的编号要前后错开。

② 计数器与定时器有密切的关系，编号也是连续的。定时器本质上就是计数器，只不

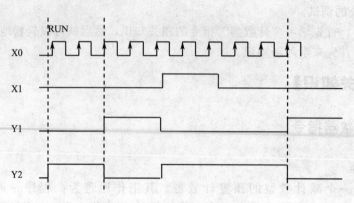

图 12-2　计数器指令时序图

过是对固定间隔的时钟脉冲进行计数，因此两者有许多性质是类似的。

③ 与定时器一样，每个计数器都有对应相同编号的 16 位专用寄存器 SV 和 EV，以存储预置值和经过值。

④ 同一程序中相同编号的计数器只能使用一次，而对应的常开和常闭触点可使用次数没有限制。

⑤ 计数器有两个输入端，即计数脉冲输入端 CP 和复位端 R，分别由两个输入触点控制，R 端比 CP 端优先权高。

⑥ 计数器的预置值即为计数器的初始值，该值为 0～32767 中的任意十进制数，书写时前面一定要加字母"K"。

5. 应用举例

每秒计数一次，计数到 100，计数器自动复位，重新开始计数。如图 12-3 所示。

图 12-3　计数器指令举例

6. 计数器指令的输入

计数器指令的输入可以通过功能区键栏完成，如果要输入图 12-4 所示的程序具体的操作步骤如图 12-5 所示。

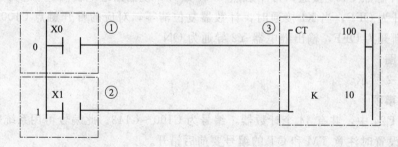

图 12-4　计数器指令

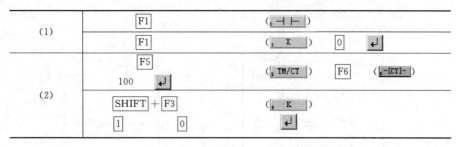

图 12-5　计数器指令输入步骤

【项目实施】

12.2　圆盘单向旋转计数 PLC 控制实施方案

圆盘旋转计数具体实施方案如下。

1. 圆盘旋转计数控制主电路

圆盘旋转是依靠电机的旋转带动相应的传动机构实现，所以圆盘旋转的控制，就是通过 PLC 完成电机单向或正反转连续运行控制功能，因此其主电路是与电机单向运行或正反转连续运行控制的主电路完全相同，这里不再赘述，请读者参考电机单向连续运行或电机正反转连续运行的主电路。

2. 圆盘旋转计数控制电路

我们已经知道，用 PLC 的控制功能完成相应的工程首先要分析工程控制要求，熟悉工作过程，然后确定输入/输出地址及功能，接下来绘制 PLC 的 I/O 硬件接线图，编写 PLC 控制程序，最后进行系统的调试。

（1）圆盘旋转计数控制输入/输出地址及功能

首先完成圆盘单向旋转计数功能，其输入/输出地址分配如表 12-1 所示。

表 12-1　圆盘单向旋转计数控制输入/输出地址分配

设备	符号	功能	地址
输入设备	SB1	圆盘启动按钮（常开接点）	X0
	SB2	停止按钮（常开接点）	X1
	B1	计数光电开关（常闭接点）	X2
	FR	热继电器（常闭接点）	X7
输出设备	KM1	接触器线圈（圆盘旋转）	Y0
	BEE	蜂鸣器	Y1

（2）圆盘旋转计数 PLC 控制的 I/O 硬件接线图

图 12-6 是圆盘旋转计数 PLC 控制的 I/O 硬件接线图，其中输入设备的电源采用 24V 直流，光电传感器属于三线制，其中信号线接 PLC，对于输入端口，电源线正极接 24V 电源正极，电源线负极接电源负极。如果项目中的输入设备包含其他电压等级或电压类型的传感器，则不能简单地采用 24V 直流，需根据实际情况具体实现。图中的熔断器 FU2 主要是保护 PLC 和输出设备，一般情况下不可省略。输出设备中的电源类型及等级是由负载决定的，这里不再给出具体的电源类型及电压等级。

（3）梯形图

圆盘单向旋转计数控制 PLC 的程序设计梯形图如图 12-7 所示。

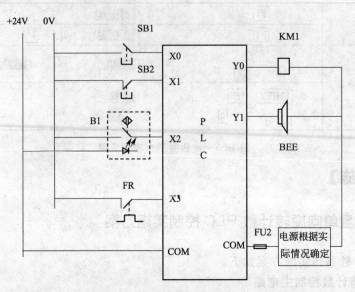

图 12-6　圆盘单向旋转计数 PLC 控制的 I/O 硬件接线图

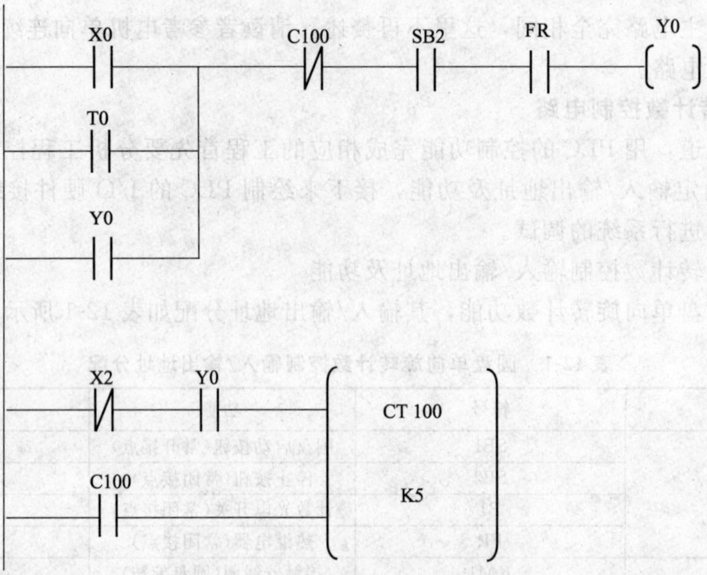

图 12-7　圆盘计数程序梯形图

我们再来看看控制要求：按下启动按钮，圆盘开始旋转，圆盘每转动一周发出一个计时脉冲，当圆盘发出 5 个脉冲后，圆盘停止旋转，延时两秒，重新启动圆盘，如此重复。任意时刻按下停止按钮，圆盘立即停止，计数器复位，蜂鸣器叫响 2s 的时间，再次按下启动按钮启动圆盘旋转时，重新开始计数。

圆盘停止时间的控制部分及蜂鸣器的控制请读者自行分析并设计完成。

说明如下。

① 按下启动按钮 SB1，使 X0 常开触点接通，Y0 通电，从而使接触器线圈 KM 通电，使圆盘电机通电启动并运行并带动圆盘旋转。

② 圆盘旋转后，每转一周，计数光电开关 B1 断开一次，使 X2 的常闭触点接通一次，

计数器 CT100 计数一次（Y0＝1，X2＝1）；

③ 计数器每计数一次，其对应的经过值 EV100 减 1，直到圆盘旋转 5 周，B1 发出 5 个脉冲，X2 的常闭触点接通 5 次，计数器 5 次，则计数器触点动作，串联在线圈 Y0 前面的 CT100 常闭触点断开，使圆盘停止运行，计数器复位。

④ 同时应该启动定时器，延时 2s，延时时间到通过并联在启动按钮两端的常开触点 T0，重新启动圆盘旋转。

⑤ 按下停止按钮 SB2，使 X1 的常开触点断开，则 Y0 断电，从而使接触器线圈断电，接触器线圈断电使得接触器本身的触点复位，常开主触点断开，最终使圆盘电机断电并停止。

⑥ 如果发生过载，热继电器 FR 动作，则 Y0 断电，从而使接触器线圈断电，接触器线圈断电使得接触器本身的触点的复位，常开主触点断开，最终使圆盘电机断电并停止，实现过载保护作用。

⑦ 其他的功能请读者自行分析并设计完成。

3. 实践操作

在任务一的基础上完成任务二：圆盘双向旋转计数功能的实现

按下正向启动按钮，圆盘开始顺时针旋转，圆盘每转动一周发出一个计时脉冲，当圆盘发出 5 个脉冲后，圆盘停止旋转，延时 2s，圆盘开始反向运行，即圆盘逆时针旋转，计数 10 个后，圆盘停止旋转，延时 5s，再次启动圆盘开始顺时针旋转，如此重复。任意时刻按下停止按钮，圆盘立即停止，计数器不复位，再次启动圆盘时，接着计数。

项目要求如下。

① 绘制 PLC 控制主电路电气原理图。

② 绘制 I/O 硬件接线图。

③ 根据主电路电气原理图和 I/O 硬件接线图安装电器元件并配线。

④ 根据原理图复查配线的正确性。

⑤ 完成 PLC 的程序设计。

12.3 圆盘单向旋转计数 PLC 程序调试软件操作流程

圆盘单向旋转计数 PLC 程序调试软件操作流程如下。

① 输入程序。

② 程序编译（程序转换）：Ctrl＋F1。

③ 传入 PLC：Ctrl＋F12。

④ 运行程序。

⑤ 监控程序。

⑥ 调试程序。

a. 按下启动按钮 SB1，接触器线圈 KM 通电，圆盘开始旋转。

b. 圆盘旋转后，每转一周，计数光电开关 B1 断开一次，计数器 CT100 计数一次；

c. 圆盘旋转 5 周，接触器线圈 KM 断电，圆盘电机断电并停止。

d. 延时两秒后，圆盘重新开始旋转，重复上述过程。

e. 圆盘旋转时，按下停止按钮 SB2，接触器线圈 KM 断电，圆盘电机断电并停止旋转，计数器复位，蜂鸣器叫响 2 秒的时间。

f. 再次按下启动按钮启动圆盘旋转时，重新开始计数。

g. 圆盘旋转时，给出过载信号，接触器线圈 KM 断电，圆盘电机断电并停止旋转，计数器复位，蜂鸣器叫响 2s 的时间，实现过载保护作用。

h. 实现圆盘单向旋转计数控制功能。

【实用资料】

12.4 跳转指令 JP、LBL

1. 指令功能

JP：跳转指令。

LBL：跳转标记指令。

当预制触发信号接通时，跳转到与 JP 指令编号相同的 LBL 指令处，不执行 JP 和 LBL 之间的程序，转而执行 LBL 指令之后的程序（见图 12-8）。与主控指令不同，遵循不扫描不执行的原则，在执行跳转指令时，JP 和 LBL 之间的指令略过，所以可使整个程序的扫描周期变短。

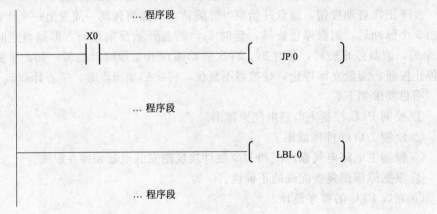

... 程序段

X0

JP 0

... 程序段

LBL 0

... 程序段

图 12-8 跳转指令梯形图

2. 梯形图结构

说明：在 JP1 指令的前面、JP0 与 LBL0 中间以及 LBL0 的后面都可能有其他的指令程序段，如图所示。当控制触点 X0 断开时，跳转指令不起作用，JP1 与 LBL0 中间的指令正常执行，与没有跳转指令一样；当控制触点 X0 接通时，执行跳转指令，跳过 JP0 与 LBL0 中间的程序段，直接执行 LBL0 的后面的程序段。

3. 语句表

...

ST	X0
JP	0
...	
LBL	0

4. 注意事项

① 可以使用多个编号相同的 JP 指令，即允许设置多个跳向一处的跳转点，编号可以是 0～63 的任意整数，但不能出现相同编号的 LBL 指令，否则程序将无法确定将要跳转的位置。

② LBL 指令应该放在同序号的 JP 指令的后面，当然，放在前面也可以，不过这时扫描不会终止，而且可能发生瓶颈错误，详细内容请参见手册。

③ JP 指令不能直接从母线开始，即前面必须有触发信号。

④ 在一对跳转指令之间可以嵌套另一对跳转指令。

⑤ 不能从结束指令 ED 以前的程序跳转到 ED 以后的程序中去；不能在子程序或中断程序与主程序之间跳转；不能在步进区和非步进区进行跳转。

⑥ JP 指令跳过位于 JP 和编号相同的 LBL 指令间的所有指令时，跳转指令执行的时间不计入扫描时间。

⑦ 在执行 JP 指令期间，TM、CT 和 SR 指令的运行说明如下。

当 LBL 指令位于 JP 指令之后。

TM 指令：不执行定时器指令，如果该指令每次扫描都没有执行，则不能保证准确的时间。

CT 指令：即使计数输入接通，也不执行计数操作。经过值保持不变。

SR 指令：即使移位输入接通，也不执行移位操作。特殊寄存器的内容保持不变。

当 LBL 指令位于 JP 指令之前。

TM 指令：由于定时器指令每次扫描都执行多次，故不能保证正确的时间。

CT 指令：在扫描期间，如果计数输入的状态不改变，则计数操作照常运行。

SR 指令：在扫描期间，如果位移输入的状态没有变化，则位移操作照常运行。

在 JP 和 LBL 指令间使用 DF 或 DF/指令，说明如下：当 JP 的触发信号"ON"时，触发 JP 和 LBL 间的 DF 或 DF/指令无效。

⑧ 如果 JP 和 DF 或 DF/指令使用同一触发信号，将不会有输出。若需要输出，应将 DF 或 FD/指令放在 JP 和 LBL 指令对外面。

⑨ 应该注意的问题是：若 LBL 指令的地址放在 JP 指令地址之前，扫描不会中止，会发生运行瓶颈错误。以下几种情况，程序不能执行：

a. JP 指令触发信号被遗漏；

b. 存在两个或多个相同编号的 LBL 指令；

c. 遗漏 JP 和 LBL 指令对中的一个指令；

d. 从主程序区跳转到 ED 指令之后的一个地址；

e. 从步进程序区之外跳转到步进程序区；

f. 从子程序或中断程序区条转到子程序或中断程序区之外。

自测与练习

① 按下启动按钮，圆盘开始旋转，圆盘每转动一周发出一个计时脉冲，当圆盘计时发出 3 个脉冲后，圆盘停止旋转，延时 2s，重新启动圆盘，如此重复。

② 停止功能：设置正常停止和急停两种功能。

③ 正常停止：按下正常停止按钮圆盘不立即停止，必须计数到 3 个脉冲，才自动停止，不再延时自动启动；

④ 急停：任意时刻按下停止按钮，圆盘立即停止，计数器清零，再次启动圆盘时，重新开始计数。

项目要求：填写 I/O 地址分配表，绘制 I/O 接线图，编写梯形图。

项目实训与考核

1. 资讯（圆盘计数 PLC 控制）

项目任务：完成工作台自动往复运行控制

(1) 如何实现工作台自动往复运行？

(2) 输入输出符号表

序号	符号	地址	注释	备注
1				
2				
3				
4				
5				
6				
7				
8				

2. 决策（圆盘计数 PLC 控制）

(1) 采用的控制方案：

(2) 输入输出设备点数：

3. 计划（圆盘计数 PLC 控制）

填写项目实施计划表

实施步骤	内容	进度	负责人	完成情况
1				
2				
3				
4				

4. 实施（圆盘计数 PLC 控制）

（1）绘制主电路

（2）绘制 PLC 输入输出接线图

X1	X2	X3	X4				
Y1	Y2	Y3	Y4				

（3）写出梯形图

5. 检查（圆盘计数 PLC 控制）

遇到的问题或故障	解决方案	效果	结论及收获	解决人员

6. 评价（圆盘计数 PLC 控制）

评分内容	分值	评分标准		扣分	得分
新知识	10	没有掌握计数器指令扣 1～10 分			
软件使用	10	计数器指令输入有误扣 1～10 分			
硬件接线	20	输入输出接线图绘制不正确扣 1～5 分			
		接线图设计缺少必要的保护扣 1～10 分			
		线路连接工艺差 1～5 分			
功能实现	60	单向圆盘计数	圆盘不能运行扣 5 分		
			圆盘不能停止扣 5 分		
			计数器不能计数扣 5 分		
			要求的圈数达到之后圆盘不能停止扣 5 分		
			要求的间隔时间过后不能再次启动扣 5 分		
			蜂鸣器不能叫响扣 5 分		
		双向圆盘计数	圆盘不能运行和停止扣 5 分		
			计数器不能计数扣 5 分		
			要求的圈数达到之后圆盘不能停止扣 5 分		
			不能实现自动双向切换扣 5 分		
			要求的间隔时间过后不能再次启动扣 5 分		
			蜂鸣器不能叫响扣 5 分		

项目 13　物料传送系统 PLC 控制

【项目任务】
◇ 完成物料传送系统控制。

【项目知识目标】
◇ 掌握加/减计数器指令的应用。

【项目能力目标】
◇ 具有应用计数器指令和加/减计数器指令两种方法完成物料传送系统控制的能力。

【项目知识点】
◇ 加/减计数器指令的格式、用法、应用场合。
◇ 加/减计数器指令的输入方法。

【项目资讯】

物料传送在工业领域非常普遍，通过皮带将物料从一个工作站输送到另外的工作站进行再加工、包装、检验等处理，在物料传送的同时还具有计数、显示、报警等附加功能。

本项目的任务是：完成物料传送系统的控制功能，具体的控制功能如下。

系统具有待机和工作两个状态。

待机状态：系统一通电，启动按钮没有按下之前，物料指示灯以 2Hz 的速度闪烁，此为待机状态。

工作状态下的待料状态：当按下启动按钮后，物料指示灯停止闪烁，进入工作状态，但此时传送带不动，等待来料信号，此为工作状态下的待料状态。

工作状态下的物料传送：当工作站 1 的来料检测的光电开关接收到一个来料信号时，启动传送带，进行物料传送。

工作状态下的送料计数：当传送带上物料到达工作站 2 时，物料到达检测的光电开关接收到一个物料到达信号，累计计数一次，同时指示灯在物料通过期间点亮。

工作状态下的无料处理：如果在 10s 内工作站 1 没有物料出现在传送带上的话，传送带暂停运行，当工作站 1 的来料检测的光电开关再次收到一个来料信号时，传送带继续工作，计数也延续。

工作状态结束返回待机状态：当工作站 2 的物料到达检测光电开关接收到 5 个来料信号时传送带停止运行，计数器复位，系统返回待机状态。

在任何时候，只要按下停止按钮，系统立即停止工作，计数器复位，系统进入待机状态。

【项目决策】

根据上述物料检测系统的控制功能，首先要熟悉该物料检测系统的硬件系统组成结构，即了解该系统中采用的输入设备有哪些？了解该系统中采用的输出设备有哪些？具体的功能是什么？该系统的硬件结构示意图如图 13-1 所示。

其中该系统有两个工作站，上面的是工作站 1，最下面的是工作站 2，项目任务就是要把物料从工作站 1 传送到工作站 2。图 13-1 中，中间的部分表示用于物料传送的皮带，简称

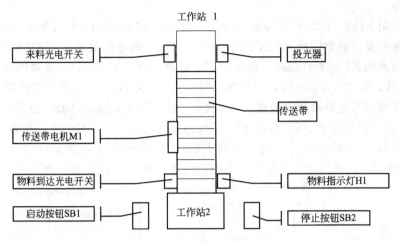

图 13-1　物料传送系统框图

传送带，传送带是依靠传送带电机带动运行，实现物料的传送。

工作站 1 设有一个对射型光电开关，负责来料的检测，选择（DARK ON）工作方式，当没有物料时，光电开关输出高电平，相当于触点接通；当来料时，输出低电平，相当于触点断开；因此该光电开关的功能相当于常闭触点。

工作站 2 设有一个反射型光电开关，负责物料到达的检测，选择（LIGHT ON）工作方式当没有物料到达时，光电开关输出低电平，相当于触点断开；当物料到达时，输出高电平，相当于触点接通；因此该光电开关的功能相当于常开触点。

当了解了硬件系统的结构和主要的输入输出设备之后，接着就可以着手完成该项目了，其步骤与以往相同：

① 设计主电路；

② 确定输入输出设备；

③ 设计 PLC 输入输出接线图；

④ 进行 PLC 程序设计；

⑤ 进行系统的调试。

在该项目中所使用的指令和编程方法前面都已经学过，在这里只是一个综合的应用而已，其中关于计数功能的实现，除了使用减计数器指令外，也可以使用松下提供的加/减计数指令，所以首先学习"加/减计数"指令的使用方法，然后就可以轻松地完成第十三个工程项目了。下面首先来学习新知识。

【项目相关知识】

13.1　加/减计数器指令 F118 UDC

1. 指令功能

F118（UDC）指令：实现加/减计数的功能。当加/减触发信号输入为 OFF 时，在计数触发信号的上升沿到来时作减 1 计数。当加/减触发信号输入为 ON 时，在计数触发信号台的上升沿到来时作加 1 计数。当复位触发信号到来时（OFF→ON）计数器复位（计数器经过值区变为零）。当复位触发信号由 ON→OFF 时，预置区中的值传送给经过值区。

2. 梯形图

说明：使用 F118（UDC）指令编程时，一定要有加/减控制、计数输入和复位触发三个信号。当检测到复位触发信号 X2 的下降沿时，DT0 中的数据被传送到 DT1 中，计数器开始计数；当检测到 X2 的上升沿时，即复位信号有效，DT1 被清 0，计数器停止计数。X0 为加/减控制信号，当 X0 为 ON 时，进行加计数，当 X0 为 OFF 时，进行减计数。X1 为计数输入信号，检测到其上升沿时，根据 X0 的状态，执行加 1 或减 1 计数。这里，DT0 相当于CT 指令中的预置值寄存器 SV，DT1 相当于经过值寄存器 EV。本例中，如果 X0 接通，进行加计数。当 DT1 中的结果为 5 时（计数 5 次），特殊内部寄存器 R900B 接通，Y2 有输出。F118 一般要与比较指令配合使用，根据功能进行编程。如图 13-2 所示。

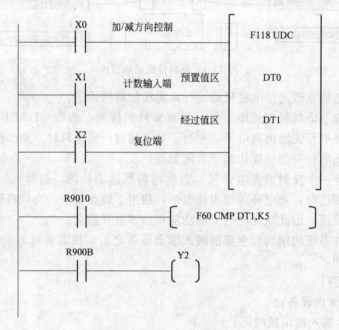

图 13-2　加减计数指令梯形图

3. 注意事项

① 使用 F118（UDC）指令编程时，一定要有加/减、计数和复位触发三个信号。

② 加/减触发信号：当触发信号未接通时，进行减计数。当触发信号接通时，进行加计数。

③ 计数触发信号：在该触发信号上升沿到来时，做加或减 1 计数。

④ 复位触发信号：当该触发信号上升沿被检出时（OFF→ON），计数器经过值区 D 变为 0。当该触发信号下降沿被检出时（ON→OFF），S 中的值传送到 D。

⑤ 预置值范围：K-32 768 ～ K32 767。

4. 软件操作方法：加减计数指令的输入

若要输入图 13-3 所示的 F110UDC 指令，步骤如下：

① 首先输入常开触点 X0；

② 然后按下功能键 F6，显示下图；

③ 在 NO. 栏中输入 118，单击 OK；

④ 再输入常开触点 X1；

⑤ 再输入常开触点 X2。

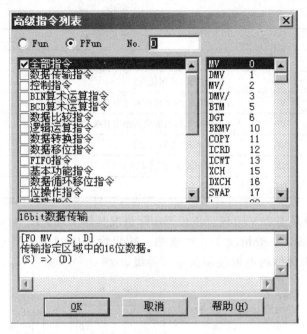

图 13-3　加减计数指令输入

5. 实践操作

DT0 中的数值控制：DT0 中的值每秒加 1，从 0 加到 50，然后每秒减 1，从 50 减到 0。

【项目实施】

13.2　物料传送系统 PLC 控制实施方案

用 PLC 完成物料传送系统控制的具体实施方案如下。

1. 物料传送系统主电路

物料传送系统的控制，其实就是对传送皮带的控制，而皮带的运行是依靠电机的运行带动相应的机械机构实现，所以物料传送系统的控制，就是通过 PLC 完成电机连续运行控制功能，因此其主电路是与电机连续运行控制的主电路完全相同，这里不再赘述，请读者自己绘制主电路。

2. 物料传送系统控制电路

我们已经知道，用 PLC 的控制功能完成相应的工程首先要分析工程控制要求，熟悉工作过程，然后确定输入/输出地址及功能，接下来绘制 PLC 的 I/O 硬件接线图，编写 PLC 控制程序，最后进行系统的调试。

(1) 物料传送系统 PLC 控制输入/输出地址及功能。

物料传送系统控制 PLC 输入/输出地址分配如表 13-1 所示。

(2) 物料传送系统控制 PLC 的 I/O 硬件接线图。

图 13-4 是物料传送系统 PLC 控制的 I/O 硬件接线图，其中输入设备的电源采用 24V 直流，两个光电传感器属于三线制，其中信号线接 PLC 对于输入端口，电源线正极接 24V 电源正极，电源线负极接电源负极。如果项目中的输入设备采用其他电压等级或电压类型的传

表 13-1　物料传送系统控制 PLC 输入/输出地址分配

设　备	符　号	功　能	地　址
输入设备	SB1	启动按钮（常开接点）	X0
	SB2	停止按钮（常闭接点）	X1
	B1	工作站 1 的来料检测光电开关（常闭接点）	X2
	B2	工作站 2 的到达检测光电开关（常开接点）	X3
	FR	热继电器（常闭接点）	X4
输出设备	KM	接触器线圈（传送带电机）	Y0
	HL	物料指示灯	Y1

感器，则不能简单地采用 24V 直流，需根据实际情况具体实现。图中的熔断器 FU2 主要是保护 PLC 和输出设备，一般情况下不可省略。输出设备中的电源类型及等级是由负载决定的，这里不再给出具体的电源类型及电压等级。

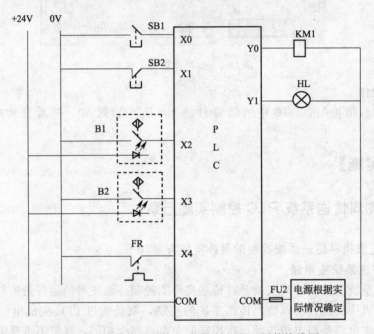

图 13-4　物料传送系统 PLC 控制的 I/O 硬件接线图

（3）物料传送系统控制 PLC 的程序设计

下面再来看一下系统的控制要求。

待机状态：系统一通电，启动按钮没有按下之前，物料指示灯以 2Hz 的速度闪烁，此为待机状态。

工作状态下的待料状态：当按下启动按钮后，物料指示灯停止闪烁，进入工作状态，但此时传送带不动，等待来料信号，此为工作状态下的待料状态。

工作状态下的物料传送：当工作站 1 的来料检测的光电开关接收到一个来料信号时，启动传送带，进行物料传送。

工作状态下的送料计数：当传送带上物料到达工作站 2 时，物料到达检测的光电开关接收到一个物料到达信号，累计计数一次，同时指示灯在物料通过期间点亮。

工作状态下的无料处理：如果在 10s 内工作站 1 没有物料出现在传送带上的话，传送带暂停运行，当工作站 1 的来料检测的光电开关再次收到一个来料信号时，传送带继续工作，计数也延续。

工作状态结束返回待机状态：当工作站 2 的物料到达检测光电开关接收到 5 个来料信号时传送带停止运行，计数器复位，系统返回待机状态。

在任何时候，只要按下停止按钮，系统立即停止工作，计数器复位，系统进入待机状态。

请读者按照上面要求的顺序用我们学过的知识编程。

13.3 物料传送系统 PLC 控制程序调试软件操作流程

操作流程如下。

① 输入程序。

② 程序编译（程序转换）：Ctrl + F1。

③ 传入 PLC：Ctrl+F12。

④ 运行程序。

⑤ 监控程序。

⑥ 调试程序。

a. 系统一通电，物料指示灯以 2Hz 的速度闪烁，此为待机状态。

b. 按下启动按钮 SB1，物料指示灯停止闪烁，进入工作状态，但此时传送带不动，此为工作状态下的待料状态。

c. 给定工作站 1 的来料检测的光电开关一个来料信号（B1=0），传送带启动运行并自锁，进行物料传送，此时为工作状态下的物料传送。

d. 当传送带上物料到达工作站 2 时，物料到达检测的光电开关接收到一个物料到达信号（B2=1），累计计数一次，同时指示灯在物料通过期间点亮，完成工作状态下的送料计数功能。

e. 10s 内不再给出工作站 1 的来料信号，传送带暂停运行。

f. 再次给定工作站 1 的来料检测的光电开关一个来料信号（B1=0），传送带继续工作，计数也延续，实现工作状态下的无料处理功能。

g. 连续给定工作站 1 的来料检测的光电开关一个来料信号（B1=0），当工作站 2 的物料到达检测的光电开关接收到 5 个来料信号时传送带停止运行，计数器复位，系统返回待机状态，物料指示灯以 2Hz 的速度闪烁。

h. 再次按下启动按钮 SB1，重新进入工作状态并给定来料检测信号，使传送带处于运行状态。

i. 按下停止按钮 SB2，系统立即停止工作，计数器复位，系统进入待机状态，物料指示灯以 2Hz 的速度闪烁。

j. 再次按下启动按钮，重新进入工作状态并给定来料检测信号，使传送带处于运行状态。

k. 给出过载信号，系统立即停止工作，计数器复位，系统进入待机状态，物料指示灯以 2Hz 的速度闪烁。

l. 实现物料传送控制功能。

【实用资料】

13.4　循环跳转指令 LOOP、LBL

1. 指令功能

LOOP：循环指令。

LBL：循环标记指令。

循环指令的功能为：当执行条件成立时，循环次数减 1，如果结果不为 0，跳转到与 LOOP 相同编号的 LBL 处，执行 LBL 指令后的程序。重复上述过程，直至结果为 0，停止循环；当执行条件不成立时，不循环执行。

2. 梯形图结构

如图 13-5 所示。

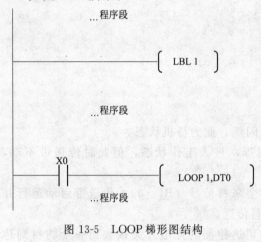

图 13-5　LOOP 梯形图结构

说明：当 X0 接通时，数据寄存器 DT0 的预置值减 1，若结果不为 0，LOOP 指令跳转到 LBL1 处，执行 LBL1 之后的程序。重复执行相同的操作直至 DT0 中的内容变为 0，结束循环。

当 X0 断开时，不执行循环。

3. 语句表

```
...
LBL        1
...
ST         X0
LOOP       1
DT0
...
```

4. 注意事项

① 可以使用多个编号相同的 LOOP 指令，编号可以是 0～63 的任意整数，但不能出现相同编号的 LBL 指令，否则程序将无法确定循环区间。此外，该指令可以与 JP 指令共用相同编号的 LBL 指令，但为了程序清晰，尽量避免。

② LBL 指令与同编号的 LOOP 指令的前后顺序不限，但工作过程不同。一般将 LBL 指令放于 LOOP 指令的上面，此时，执行循环指令的整个过程都是在一个扫描周期内完成的，所以整个循环过程不可太长，否则扫描周期变长，影响了 PLC 的响应速度，有时甚至会出错。

③ LOOP 指令不能直接从母线开始，即必须有触发信号。当某编号的 LOOP 对应的触发信号接通时，与同编号的 LBL 即构成一个循环。

④ 循环跳转指令可以嵌套使用。

⑤ 不能从结束指令 ED 以前的程序跳转到 ED 以后的程序中去；也不能在子程序或中断程序与主程序之间跳转；不能在步进区和非步进区进行跳转。

⑥ 如果从一开始，数据区的预置值就为 0，LOOP 指令不执行（无效）。

⑦ 标志的状态

a. 错误标志（R9007）：当数据区的指令值小于"0"时（既当指定数据区的 MSB 变为

"1"时），R9007 接通并保持接通状态。错误地址传送到 DT9017 并保持。

b. 错误标志（R9008）：当数据区的指定值小于"0"时（即当指定数据区的 MSB 变为"1"时），R9008 接通的一瞬间。错误地址传送到 DT9018。

c. 特殊数据寄存器 DT9017 和 DT9018：用于 CPU 版本为 2.7 或更高的 FP1 系列（型号后带有"B"的所有该功能）。

d. 使用特殊内部电器 R9008 作为该指令的标志时，务必将特殊继电器紧跟在指令的后面编程。

⑧ 执行 LOOP 指令期间 TM/CT 和 SB 指令的运行说明

a. LBL 指令位于 LOOP 指令之后：TM 指令：不执行定时器指令，如果该指令每次扫描都没有被执行，则不能保证准确的时间。CT 指令：即使计数输入接通，也不执行计数操作。经过值保持不变。SR 指令：即使移位输入接通，也不执行移位操作。特殊寄存器的内部保持不变。

b. LBL 指令位于 LOOP 指令之前：TM 指令：由于定时器指令每次扫描执行多次，故不能保持准确的时间。CT 指令：在扫描期间，如果计数输入的状态不改变，则计数操作照常运行。SR 指令：在扫描期间，如果位移输入的状态没有变化，则位移操作照常运行。

⑨ 在 LOOP 和 LBL 指令间使用 DF 或 DF/命令

a. 当 LOOP 指令的触发信号"ON"时，触发 LOOP 和 LBL 间的 DF 或 DF/指令无效。

b. 如果 LOOP 和 DF/指令使用同一触发信号，将不会有输出。应将 DF 或 DF/指令在 LOOP 和 LBL 指令对之外。

分别使用减计数器和 F118UDC 指令完成物料传送的计数控制功能。

1. 资讯（物料传送控制系统）

项目任务：完成物料传送控制系统 PLC 控制

（1）物料传送控制系统的功能有哪些？

（2）输入输出符号表

序号	符号	地址	注释	备注
1				
2				
3				
4				
5				
6				
7				
8				

2. 决策（物料传送控制系统）

采用的控制方案：

输入输出设备点数：

3. 计划（物料传送控制系统）

填写项目实施计划表

实施步骤	内容	进度	负责人	完成情况
1				
2				
3				
4				

4. 实施（物料传送控制系统）

（1）绘制主电路

（2）绘制 PLC 输入输出接线图

X1	X2	X3	X4				
Y1	Y2	Y3	Y4				

（3）写出梯形图

5. 检查（物料传送控制系统）

遇到的问题或故障	解决方案	效果	结论及收获	解决人员

6. 评分（物料传送控制系统）

评分内容	分值	评分标准	扣分	得分
新知识	10	没有掌握可逆计数器的应用扣 1～10 分		
软件使用	10	可逆计数器指令的输入方法有误扣 1～10 分		
硬件接线	20	输入输出接线图绘制不正确扣 1～5 分		
		接线图设计缺少必要的保护扣 1～10 分		
		线路连接工艺差扣 1～5 分		
功能实现	60	待机状态不正确扣 5 分		
		工作状态下的待机状态不正确扣 10 分		
		工作状态下的物料传送不正确扣 10 分		
		工作状态下的送料计数不正确扣 10 分		
		工作状态下的无料处理不正确扣 10 分		
		工作状态结束返回待机状态不正确扣 10 分		
		按下停止按钮后状态不正确扣 5 分		

项目 14 移位指令在流水灯控制中的应用

【项目任务】

◇ 应用移位指令完成流水灯的控制。

【项目知识目标】

◇ 掌握左移指令的应用。

◇ 掌握左/右移位指令的应用。

【项目能力目标】

◇ 具有应用多种方法完成流水灯控制的能力。

【项目知识点】

◇ 左移指令的格式、使用方法、应用场合。

◇ 左移指令的输入。

◇ 左/右指令的格式、使用方法、应用场合。

◇ 左/右指令的输入。

【项目资讯】

流水灯随处可见，一般来说目前在公园、楼宇、室内等场合见到的流水灯控制都是已经产品化了，也就是说其核心技术已经非常成熟，使用现成的集成电路即可，价廉物优。

本项目用 PLC 实现对流水灯的控制，只是综合项目中嵌入的一小部分功能，如果单纯的流水灯控制使用 PLC 为控制核心，未免有些过于大材小用了，这点请读者加以注意。

本项目的任务是：应用移位指令完成流水灯控制功能。

任务一：通电运行则六盏灯每隔 1s 依次全通，循环显示。

任务二：按下启动按钮则六盏灯每隔 1s 依次全通，循环显示。按下停止按钮，六盏灯熄灭。

任务三：通电运行则 5 盏灯每隔 1s 依次单通，循环显示。

任务四：按下启动按钮则六盏灯每隔 1s 依次单通，循环显示。按下停止按钮，六盏灯熄灭。

【项目决策】

流水灯的控制，其实就是对 PLC 的多个输出设备按照一定的顺序和规律通电和断电，如果输出设备外接的是指示灯，就会形成一定的图案和效果。流水灯的控制可以使用定时器指令实现；可以使用计数器指令实现；可以使用比较指令实现；也可以使用移位指令实现，只要我们掌握了这四种指令的用法，实现控制功能还是非常简单的。定时器指令和计数器指令我们已经学习过，比较指令将在后面的项目中学习，该项目中使用移位指令实现对流水灯的控制。

完成该项目步骤如下：

① 确定输入输出设备；

② 设计 PLC 输入输出接线图；

③ 进行 PLC 程序设计；

④ 进行系统的调试。

在该项目中，首先学习"移位指令"的使用方法，然后就可以轻松地完成第十四个工程项目了。下面首先来学习新知识。

【项目相关知识】

14.1　左移指令 SRWR

1. 指令功能

　　SR 为左移移位指令。其功能为：当 R 端为 OFF 状态时，该指令有效。这时，每检测到一个 CP 端的上升沿（OFF→ON），WRn 中的数据就从低位向高位依次左移一位，其中，WRn 的最低位用数据输入端 IN 的状态补入，最高位数据丢失。当 R 为 ON 状态时，该指令复位，WRn 中的数据被清零。此外，需要指出的是，该指令的操作数只能用内部字继电器 WR，n 为 WR 继电器的编号。左移位指令如图 14-1 所示。

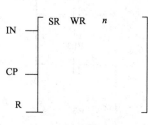

图 14-1　左移位指令

2. 梯形图及指令表

　　如图 14-2 所示。

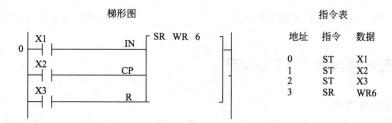

图 14-2　左移位梯形图及指令表

　　说明：当复位信号 X3 为 OFF 状态时，每当检测到移位信号 X2 的上升沿，WR6 寄存器的数据左移 1 位，最高位丢失，最低位由当时数据输入信号 X1 的状态决定：如果当时 X1 处于接通状态，则补 1，否则，补 0。

　　如果 X3 接通，WR6 的内容清 0，这时 X2 信号无效，移位指令停止工作。

3. 应用举例

　　次品检测：如图 14-3 所示为次品检测示意图，其中系统共设有 3 个传感器，BL1 用于检测是否有次品，检测到有次品时，BL1＝1；没有次品时，BL1＝0。BL2 用于计件功能，每检测到一个工件通过，BL2 发出一个脉冲信号；BL3 则用于检测是否有次品落到次品箱中，每检测到一个次品落下，BL3 发出一个脉冲。

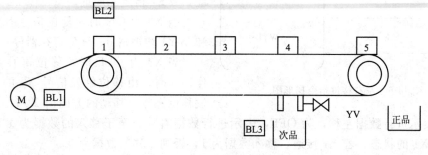

图 14-3　次品检测示意图

控制要求：如果有次品时，当该次品走到第 4 号位时，打开 YV；当次品落下后，YV 断电。具体的梯形图如图 14-4 所示。

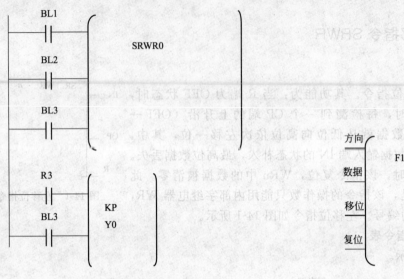

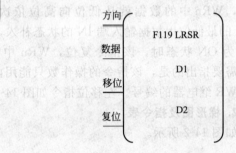

图 14-4　废料检测程序梯形图

图 14-5　左右移位指令

14.2　左右移指令 F119 LRSR

1. 指令格式及功能

F119（LRSR）指令为左右移位指令，使参与移位的寄存器中的数据向左或向右移动 1bit，如图 14-5 所示。

D1：移位区内首地址寄存器。

D2：移位区内末地址寄存器。

注意：移位区内的首地址和末地址要求是同一种类型的寄存器，并满足 D1≤D2。

2. 梯形图及指令表

如图 14-6 所示。

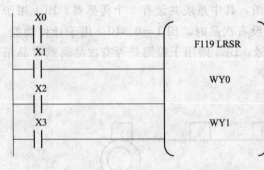

图 14-6　左右移位指令梯形图

说明：F119（LRSR）指令需要有 4 个输入信号，即左/右移位信号、数据输入、移位信号和复位触发信号，分别对应例中 X0～X3 共 4 个触点。WY0 指定移位区首地址，WY1 指定末地址。

当 X3 为 ON 时，复位信号有效，WY0 和 WY1 均被清 0，移位寄存器停止工作。

当 X3 为 OFF 时，移位寄存器正常工作。这时，由移位触发信号 X2 的上升沿触发移位操作，移动的方向由 X0 决定，若 X0 为 ON，表示进行数据左移，为 OFF，表示进行数据右移。至于移入的数据为 1 还是为 0，则取决于 X1 的状态，若 X1 接通，移入数据为 1，否则，移入数据为 0。

这里，WY0～WY1 构成了连续的寄存器区，移位操作使所有位同时进行，整个区域按照高位在左侧、低位在右侧的顺序排列。

当检测到移位触发信号 X2 的上升沿（OFF→ON），左/右移触发信号 X0 处于接通状态时，数据区从 WY0 向 WY1 左移 1 位。若 X1 处于接通状态，"1" 被移到数据区的最低有效位（LSB），若 X1 处于断开状态，"0" 被移到数据区的最低有效位（LSB）。

当检测到移位触发信号 X2 的上升沿（OFF→ON），左/右移触发信号 X0 处于断开状态时，数据区从 WY1 向 WY0 右移 1 位。若 X1 处于接通状态，"1" 被移到数据区的最高有效位（MSB），若 X1 处于断开状态，"0" 被移到数据区的最高有效位（MSB）。

移出位传送到特殊内部继电器 R9009（进位标志）。

当检测到复位触发信号 X3 的上升沿（OFF→ON）时，从 WY0～WY1 数据区的所有位均变为 "0"。

3. 指令使用说明

① 用 F119（LRSR）编程时，一定要有左/右移触发信号、数据输入、移位和复位触发 4 个信号。

② 左/右移触发信号规定移动方向。如果该触发信号接通则向左移，如果该触发信号断开则向右移。

③ 数据输入：规定新移入的数据。当数据输入信号接通时新移入的数据 "1"。当数据输入信号断开时新移入的数据 "0"。

④ 移位触发信号：当该触发信号的上升沿被检出（OFF→ON）时，向左或向右移 1 位。

⑤ 复位触发信号：当该触发信号接通时，数据区规定 D1 和 D2 的所有位均变为 "0"。

14.3　移位指令输入方法

1. 左移指令的输入

SRWR 左移指令的输入步骤如下。

① 首先输入左移指令数据端的条件，如 X0 的常开触点。

② 当要输入在功能键栏中没有相应操作键显示的指令时，请按 SHIFT ＋ F11（ 指令1 ）键、或 SHIFT ＋ F12（ 指令2 ）键，调出［功能键栏指令输入］对话框，从中选择相应的指令进行输入，如图 14-7 所示。

③ 当按 SHIFT ＋ F11（ 指令1 ）键输入指令时，画面中将显示如图所示的指令列表。拖动滚动条从中选择需要输入的指令或从键盘输入 SRWR 后，单击 OK 按键。

④ 输入区段栏中将显示 SRWR，然后输入 WR 的寄存器号，如从键盘上输入 "0"，回车确认。

⑤ 被刚刚使用过的功能指令将会分配到功能键中。被分配的功能键，如果是由 指令1 选择的指令，将被分配到功能键 F11，而如果是由 指令2 选择的指令，则将被分配到功能键 F12。这样下次输入该指令时，则可以直接使用键盘的功能键 F11 或 F12 输入该指令。

⑥ 再输入移位触发端的信号，如 X1 常开触点。

⑦ 最后输入复位端信号，如 X2 常开触点。

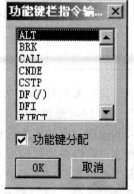

图 14-7　功能栏对话框

2. 左右移指令的输入

F119 LRWR 左右移指令的输入方法与 F118UDC 加减计数器
指令基本相同，具体步骤如下。

① 首先输入方向端的触发信号，如 X0 常开触点。

② 然后按下功能键 F6，在 NO. 栏中输入 119，单击 OK。

③ 在参加移位的首地址区输入相应的寄存器及地址，如 WY0。

④ 在参加移位的末地址区输入相应的寄存器及地址，如 WY1。

⑤ 接着输入数据端的触发信号，如 X1 常开触点。

⑥ 再输入移位端的触发信号，如 X2 常开触点。

⑦ 最后输入复位端的触发信号，如 X3 常开触点。

⑧ 别忘记将所有的触发信号与 F119 指令之间进行线连接。

【项目实施】

14.4 流水灯 PLC 控制实施方案

应用移位指令完成流水灯控制的具体实施方案如下。

1. 流水灯 PLC 控制电路

我们已经知道，用 PLC 的控制功能完成相应的工程首先要分析工程控制要求，熟悉工作过程，然后确定输入/输出地址及功能，接下来绘制 PLC 的 I/O 硬件接线图，编写 PLC 控制程序，最后进行系统的调试。

（1）流水灯 PLC 控制输入/输出地址及功能

流水灯 PLC 控制输入/输出地址分配如表 14-1 所示。

表 14-1 流水灯 PLC 控制输入/输出地址分配

设备	符号	功能	地址
输入设备	SB1	工作台向右运行启动按钮（常开接点）	X0
	SB3	停止按钮（常开接点）	X1
输出设备	HL1	指示灯 1	Y0
	HL2	指示灯 2	Y1
	HL3	指示灯 3	Y2
	HL4	指示灯 4	Y3
	HL5	指示灯 5	Y4
	HL6	指示灯 6	Y5

（2）流水灯 PLC 控制的 I/O 硬件接线图

图 14-8 是流水灯 PLC 控制的 I/O 硬件接线图，其中输入设备的电源采用 24V 直流，如果其他项目中的输入设备包含其他电压等级或电压类型的传感器，则不能简单地采用 24V 直流，需根据实际情况具体实现。图中的熔断器 FU2 主要是保护 PLC 和输出设备，一般情况下不可省略。输出设备中的电源类型及等级是由负载决定的，本例中的指示灯采用 LED 发光二极管，LED 灯点亮时颜色不同两端的压降也稍有不同，一般为 1.2～1.8V，其点亮电流为 3～10mA，限流电阻可以选 1k，也可以根据实际要求的亮度适当的调整。

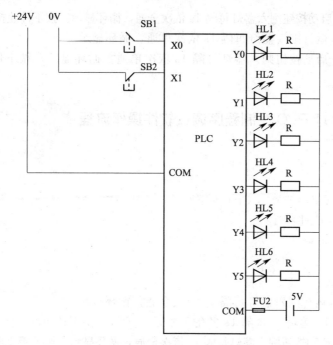

图 14-8　流水灯 PLC 控制的 I/O 硬件接线图

（3）流水灯 PLC 控制的程序设计

下面再来看一下任务一的控制要求：通电运行则六盏灯每隔 1s 依次全通，循环显示。具体的程序如图 14-9 所示。

说明如下。

① 使用 SRWR 左移指令实现流水灯的控制，就是要确定 SRWR 指令的三个输入端信号，第一个输入端是数据端，使用 R9010 常闭继电器，其功能是每次移位，送给 R0 的数据都为 1，实现依次全通的功能。

② SRWR 左移指令第二个输入端是移位触发信号端，使用 R901C 的功能是每秒发出一个脉冲，实现间隔时间 1s 的功能；同时 R901C 是系统提供的特殊功能继电器 1s 脉冲继电器，只要程序运行就自动地发出脉冲，实现一通电就运行的功能。

③ SRWR 左移指令第三个输入端是复位端，使用 R6 的功能是控制流水灯的盏数，每当移位到 R6＝1 时，SRWR0 复位，是 WR0＝0，因此 R0～RF 都断电，实现六盏灯参加移位的功能，同时实现循环显示功能。

④ SRWR 左移指令下面的程序段是实现输出驱动功能的，请读者自行分析。

⑤ 如此实现流水灯六盏灯每隔 1s 依次全通循环显示的功能。

2. 实践操作

在任务一的基础上完成其他的任务。

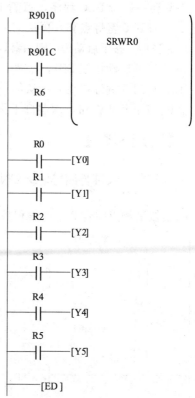

图 14-9　流水灯控制梯形图

任务二：按下启动按钮则六盏灯每隔1s依次全通，循环显示。按下停止按钮，六盏灯熄灭。

任务三：通电运行则5盏灯每隔1s依次单通，循环显示。

任务四：按下启动按钮则六盏灯每隔1s依次单通，循环显示。按下停止按钮，六盏灯熄灭。

14.5 流水灯 PLC 控制程序调试软件操作流程

操作流程如下。

① 输入程序。

② 程序编译（程序转换）：Ctrl + F1。

③ 传入 PLC：Ctrl+F12。

④ 运行程序。

⑤ 监控程序。

⑥ 调试程序。

任务一：通电运行则六盏灯每隔1s依次全通，循环显示。

只要一运行 PLC 程序，每隔1s多亮1盏灯，直到六盏灯都点亮，全灭，循环显示。

任务二：按下启动按钮则六盏灯每隔1s依次全通，循环显示。按下停止按钮，六盏灯熄灭。

a. 按下启动按钮 SB1，每隔1s多亮1盏灯，直到六盏灯都点亮，全灭，循环显示。

b. 按下停止按钮，六盏灯全都熄灭。

任务三：通电运行则5盏灯每隔1s依次单通，循环显示。

只要一运行 PLC 程序，每隔1s只亮1盏灯，依次从第一盏灯开始亮1s，然后第二盏灯亮1s，直到5盏灯点亮，再从第一盏灯开始亮1s，然后第二盏灯亮1s……循环显示。

任务四：按下启动按钮则六盏灯每隔1s依次单通，循环显示。按下停止按钮，六盏灯熄灭。

a. 按下启动按钮 SB1，每隔1s只亮1盏灯，依次从第一盏灯开始亮1s，然后第二盏灯亮1s，直到5盏灯点亮，再从第一盏灯开始亮1s，然后第二盏灯亮1s……循环显示。

b. 按下停止按钮，六盏灯不再点亮。

【实用资料】

14.6 条件结束指令 CNDE

当控制触点闭合时，可编程控制器不再继续执行程序，结束当前扫描周期，返回起始地址；否则，继续执行该指令后面的程序段。

1. 梯形图结构

如图 14-10 所示。

说明：当 X0 断开时，CPU 执行完程序段 1 后并不结束，仍继续执行程序段 2，直到程序 2 执行完后才结束全部程序，并返回起始位置。此时 CNDE 不起作用，只有 ED 起作用。

当 X0 接通时，CPU 执行完程序段 1 后，遇到 CNDE 后不再继续向下执行，而是返回起始位置，重新执行程序段 1。

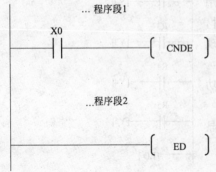

图 14-10 CNDE 指令结构

2. 语句表

...

ST   X0

CNDE

...

ED

3. 注意事项

① CNDE 指令仅适于在主程序中使用。

② 在主程序中，可编写多个 CNDE 指令。

③ CNDE 指令可以使你在扫描时间之内实现某些控制，停止部分程序运行。

自测与练习

① 信号灯循环点亮控制

要求：按下启动信号 X1，四盏灯（Y0→Y3）依次点亮，间隔时间为 2s；按下停车信号 X2，灯反方向（Y3→Y0）依次全灭，间隔时间为 1s；按下复位信号 X0，四盏灯立即全灭。要求：画出时序图及梯形图。

② 选挡开关可以选择间隔时间。

项目实训与考核

1. 资讯（流水灯 PLC 控制）

项目任务：完成流水灯 PLC 控制

（1）在实现流水灯控制功能的 PLC 程序中，可以使用的主要功能指令有哪些？

（2）输入输出符号表

序号	符号	地址	注释	备注
1				
2				
3				
4				
5				
6				
7				
8				

2. 决策（流水灯 PLC 控制）

采用的控制方案：

输入输出设备点数：

3. 计划（流水灯 PLC 控制）

填写项目实施计划表

实施步骤	内容	进度	负责人	完成情况
1				
2				
3				
4				

4. 实施（流水灯 PLC 控制）

（1）绘制主电路

（2）绘制 PLC 输入输出接线图

X1	X2	X3	X4			
Y1	Y2	Y3	Y4			

（3）写出梯形图

5. 检查（流水灯 PLC 控制）

遇到的问题或故障	解决方案	效果	结论及收获	解决人员

6. 评分（流水灯 PLC 控制）

评分内容	分值	评分标准	扣分	得分
新知识	30	没有掌握算数左移、算数右移指令扣 1~10 分		
		没有掌握循环左移、循环右移指令扣 1~10 分		
		没有掌握可逆移位寄存器指令扣 1~10 分		
软件使用	10	算数左移/右移指令、循环左移/右移指令、可逆移位寄存器指令的输入方法有误扣 1~10 分		
硬件接线	20	输入输出接线图绘制不正确扣 1~5 分		
		接线图设计缺少必要的保护扣 1~10 分		
		线路连接工艺差扣 1~5 分		
功能实现	40	任务一没有完成扣 10 分		
		任务二没有完成扣 10 分		
		任务三没有完成扣 10 分		
		任务四没有完成扣 10 分		

项目 15 比较、传送指令在电梯控制系统中的应用

【项目任务】
◇ 完成电梯运行控制。

【项目知识目标】
◇ 掌握基本比较指令的应用。
◇ 掌握高级比较指令的应用。
◇ 掌握数据传送指令的应用。

【项目能力目标】
◇ 掌握高级指令的查询及使用方法。
◇ 掌握高级指令的输入方法。
◇ 具有完成电梯运行控制的能力。

【项目知识点】
◇ 基本比较指令的格式、用法及应用场合。
◇ 高级指令的格式、用法及应用场合。
◇ 高级比较指令的格式、用法及应用场合。
◇ 数据传送指令的格式、用法及应用场合。

【项目资讯】
电梯的控制属于随机控制系统，对于电梯的控制，其实就是对电梯升降电梯、电梯门电机的控制，只是接受到的控制信号的时间和顺序都是随机的，因此需要采用一定的高级指令才能完成复杂功能。

任务一：完成三层电梯简单控制功能

有人呼梯后，则启动电梯运行，到达目标楼层后停止，并自动开门，开门到位后延时10s，启动自动关门，碰到关门限位，关门过程结束。

电梯停止时，可以通过手动按钮控制电梯的开门和关门。

轿厢内的呼叫信号具有指示功能；轿厢外的呼叫信号具有指示功能；开关门具有指示功能；电梯上下行指示。

任务二：完成四层电梯控制功能

请读者自行设计一个功能更强的电梯系统，除了基本的功能之外，可以根据需要增设必要的功能。

【项目决策】
真实的电梯控制系统是非常复杂的，要考虑安全、舒适、优先、方便等多重因素，程序也是非常的复杂，我们的项目是将真实的电梯控制系统加以简化，完成最基本的控制功能而已，旨在让读者了解电梯控制的最基本的原理。

如前所述，对于电梯的控制其实就是对电梯升降电机、门电机、楼层指示灯、呼梯指示灯等输出设备的控制，下面逐一分析。

对电梯升降电机的控制，实际上是对电机正反转的控制，电机的运行方向依靠电梯目前所在的楼层信号和有效呼梯信号比较后的结果决定；如果电梯目前所在的楼层高于有效呼梯信号所在的楼层，则电梯应该下行，即升降电机反转。如果电梯目前所在的楼层低于有效呼梯信号所在的楼层，则电梯应该上行，即升降电机正转。要实现这样的功能，可以采用"比较"的方法，也就是在程序中设置两个数据寄存器，一个当前楼层信号寄存器用于存放电梯目前所在的楼层信号，另一个目标楼层信号寄存器用于存放有效呼梯信号；然后使用比较指令将两个寄存器的值进行比较，如果当前楼层信号寄存器的值大于目标楼层信号寄存器的值，说明电梯目前所在的楼层高于有效呼梯信号，则电梯应该下行，即升降电机反转；如果当前楼层信号寄存器的值小于目标楼层信号寄存器的值，说明电梯目前所在的楼层低于有效呼梯信号所在的楼层信号，则电梯应该上行，即升降电机正转。

对于门电机的控制，有自动和手动两种方式，如果电梯到达目的楼层，则自动开门；另外还有手动开门按钮可以手动控制开门过程；对于关门的控制，采用最简单的控制方式，开门 10s 后，自动关门；另外也设有手动关门按钮，可以手动控制关门过程。

指示功能：楼层指示、轿厢内的呼叫信号指示、轿厢外的呼叫信号指示。

当然我们首先实现的最基本、最简单的控制功能，读者在掌握了基本的控制功能实现方法以后，可以根据实际的情况逐渐地增加必要的功能并实现其控制功能。

该项目的主电路与电机的双向连续运行控制的主电路是一样的，完成该项目步骤与以往相同：

① 设计主电路；

② 确定输入输出设备；

③ 设计 PLC 输入输出接线图；

④ 进行 PLC 程序设计；

⑤ 进行系统的调试。

在该项目中，首先学习"比较"指令的使用方法，然后就可以轻松地完成本项目了。下面首先来学习新知识。

【项目相关知识】

15.1　比较指令的应用

基本比较指令功能可以实现特殊的条件接点，即通过两个数据比较的结果使接点接通或断开。如果比较的结果为真，则对应的接点接通；如果比较的结果为假，则对应的接点断开。如果参与比较的两个数据为 16 位数据，则为单字比较系列，如果参与比较的两个数据为 32 位数据，则为双字比较系列。根据条件比较接点位置不同，可分为初始加载比较系列、与比较系列、或比较系列。

15.1.1　单字比较系列 ST＝、AN＝、OR＝

1. 初始加载比较系列 ST＝、ST＜＞、ST＞、ST＞＝、ST＜、ST＜＝：从左母线开始的第一个接点是一个比较接点

① 指令功能：在比较条件下通过比较两个字数据来执行初始加载操作。

ST＝：相等时加载，即如果参与比较的两个数相等，则条件接点接通。

ST＜＞：不等时加载，即如果参与比较的两个数不相等，则条件接点接通。

ST＞：大于时加载，即如果参与比较的两个数，第一个数大于第二个数，则条件接点接通。

ST＞＝：大于等于（不小于）时加载，即如果参与比较的两个数，第一个数大于或等于第二个数，则条件接点接通。

ST＜：小于时加载，即如果参与比较的两个数，第一个数小于第二个数，则条件接点接通。

ST＜＝：小于等于（不大于）时加载，即如果参与比较的两个数，第一个数小于或等于第二个数，则条件接点接通。

② 梯形图结构如图 15-1 所示。

图 15-1　初始加载比较系列

说明：根据 DT0 中的数据，来决定 Y0 的输出状态。当 DT0≥5 时，Y0 导通，输出为 ON；否则，Y0 断开，输出为 OFF。

2. 与比较系列 AN＝、AN＜＞、AN＞、AN＞＝、AN＜、AN＜＝：串联一个比较接点

① 指令功能：在比较条件下，通过比较两个单字数据来执行 AND（与）运算。接点的 ON/OFF 取决于比较结果。

AN＝：相等时与运算，即如果参与比较的两个数相等，则该条件接点接通。

AN＜＞：不等时与运算，即如果参与比较的两个数不相等，则该条件接点接通。

AN＞：大于时与运算，即如果参与比较的两个数，第一个数大于第二个数，则该条件接点接通。

AN＞＝：不小于（大于等于）时进行与运算，即如果参与比较的两个数，第一个数大于或等于第二个数，则该条件接点接通。

AN＜：小于时进行与运算，即如果参与比较的两个数，第一个数小于第二个数，则该条件接点接通。

AN＜＝不大于（小于等于）时进行与运算，即如果参与比较的两个数，第一个数小于或等于第二个数，则该条件接点接通。

② 梯形图结构如图 15-2 所示。

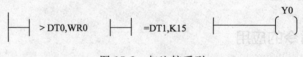

图 15-2　与比较系列

说明：将数据寄存器 DT0 的内容与字内部继电器 WR0 的内容比较，数据寄存器 DT1 的内容与常数 K15 比较。如果 DT0＞WR0 且 DT1＝K15，则外部输出继电器 Y0 接通。

3. 或比较系列 OR＝、OR＜＞、OR＞、OR＞＝、OR＜、OR＜＝：并联一个比较接点

① 指令功能：在比较条件下，通过比较两个单字数据来执行 OR（或）运算。继电器接点 ON/OFF 取决于比较结果。该指令功能使继电器接点并联。

OR＝：相等时进行或运算，即如果参与比较的两个数相等，则该条件接点接通。

OR＜＞：不等时进行或运算，即如果参与比较的两个数不相等，则该条件接点接通。

OR＞：大于时进行或运算，即如果参与比较的两个数，第一个数大于第二个数，则该条件接点接通。

OR＞＝：不小于时进行或运算，即如果参与比较的两个数，第一个数大于或等于第二个数，则该条件接点接通。

OR＜：小于时进行或运算，即如果参与比较的两个数，第一个数小于第二个数，则该条件接点接通。

OR＜＝：不大于时进行或运算，即如果参与比较的两个数，第一个数小于或等于第二个数，则该条件接点接通。

② 梯形图结构如图 15-3 所示。

说明：将在内部继电器 WR1 的内容与内部继电器 WR0 的内容比较，数据寄存器 DT0 的内容与常数 K10 比较。如果 WR1＜＞WR0 或 DT0＝K10，则外部输出继电器 Y0 接通。

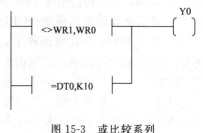

图 15-3　或比较系列

15.1.2　双字比较系列 STD＝、AND＝、ORD＝

参与比较的两个操作数是 32 位数据，该指令在处理 32 位数据时，指定低 16 位区，高 16 位区自动为加一生成。

1. 初始加载双字比较系列指令：STD＝、STD＜＞、STD＞、STD＞＝、STD＜、STD＜＝

① 指令功能：在比较条件下，通过比较两个双字数据来执行初始加载运算。继电器接点的 ON/OFF 取决于比较结果。

STD＝：双字比较，相等时加载。

STD＜＞：双字比较，不相等时加载。

STD＞：双字比较，大于时加载。

STD＞＝：双字比较，不小于时加载。

STD＜：双字比较，小于时加载。

```
├───┤  D>=DT0,K5  ├────────( Y0 )
```

图 15-4　双字比较系列

STD＜＝：双字比较，不大于时加载。

② 梯形图结构如图 15-4 所示。

说明：将数据寄存器（DT1，DT0）的内容与常数 K5 比较，如果（DT1，DT0）＝5，则外部输出继电器 Y0 接通。

2. 与双字比较系列指令：AND＝、AND＜＞、AND＞、AND＞＝、AND＜、AND＜＝

① 指令功能：在比较条件下，通过比较两个双字数据来执行 AND（与）运算。接点的 ON/OFF 取决于比较结果。该指令接点为串联。

AND＝：双字比较，相等时进行与运算。

AND＜＞：双字比较，不相等时进行与运算。

AND＞：双字比较，大于时进行与运算。

AND＞＝：双字比较，不小于时进行与运算。

AND＜：双字比较，小于时进行与运算。

AND＜＝：双字比较，不大于时进行与运算。

② 梯形图结构如图 15-5 所示。

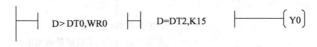

图 15-5　双字与比较系列

说明：将数据寄存器（DT1，DT0）的内容与字内部继电器（WR1，WR0）的内容比较，（DT3，DT2）的内容与常数 K15 进行比较，如果（DT1，DT0）＞（WR1，WR0）且（DT3，DT2）＝K15，则外部输出继电器 Y0 接通。

3. 或双字比较系列指令：ORD＝、ORD＜＞、ORD＞、ORD＞＝、ORD＜、ORD＜＝

① 指令功能：在比较条件下，通过比较两个汉字数据来执行 OR（或）运算。接点的 ON/OFF 取决于比较结果。该指令接点为并联。

ORD＝：双字比较，相等时进行或运算。

ORD＜＞：双字比较，不相等时进行或运算。

ORD＞：双字比较，大于时进行或运算。

ORD＞＝：双字比较，不小于时进行或运算。

ORD＜：双字比较，小于时进行或运算。

ORD＜＝：双字比较，不大于时进行或运算。

② 梯形图结构如图 15-6 所示。

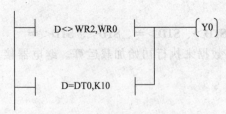

图 15-6　双字或比较系列

说明：将字内部继电器（WR3，WR2）的内容与字内部继电器（WR1，WR0）的内容比较，（DT1，DT0）的内容与常数 K10 进行比较，如果（WR3，WR2）＜＞（WR1，WR0）或者（DT1，DT0）＝K10，则外部输出继电器 Y0 接通。

【应用举例】

① 三个按钮都接通，Y0 亮。

② 三个按钮都断开，Y0 亮。

③ DT0 中存放压力值，若压力值大于 100 或低于下限 10，均报警。

15.2　高级指令概述

1. 高级指令的类型

数据传送指令：16 位、32 位数据，以及位数据的传送、拷贝、交换等功能。

算术运算指令：二进制数和 BCD 码的加、减、乘、除等算术运算。

数据比较指令：16 位或 32 位数据的比较。

逻辑运算指令：16 位数据的与、或、异或和异或非运算。

数据转换指令：16 位或 32 位数据按指定的格式进行转换。

数据移位指令：16 位数据进行左移、右移、循环移位和数据块移位等。

位操作指令：16 位数据以位为单位，进行置位、复位、求反、测试以及位状态统计等操作。

特殊功能指令：包括时间单位的变换、I/O 刷新、进位标志的置位和复位、串口通信及高速计数器指令等。

2. 高级指令的构成

高级指令由大写字母"F"、指令功能号、助记符和操作数组成，指令的格式如图 15-7 所示。

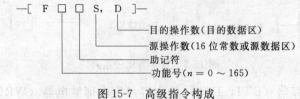

图 15-7　高级指令构成

Fn 是指令功能号，Fn＝F0～F165。不同的功能号规定 CPU 进行不同的操作。指令的助记符用英文缩写表示，一般可据此大致推测出该指令的功能。

S 是源操作数或源数据区，D 是目的操作数或目的数据区，分别指定操作数或其地址、性质和内容。

操作数可以是一个、二个或者三个，取决于所用的指令，可以是单字（16bit）和双字（32bit）的数据，若为位操作指令，还可以是位（1bit）数据。

3. 寄存器和常数

字继电器（WX、WY、WR）、定时器/计数器区（T、C、SV、EV）、数据寄存器（DT）、索引寄存器（IX、IY）和常数（K、H）均由 1 个字（16bit）构成，且以字为单位进行处理。字继电器的内容按位对应其继电器元件的状态。

4. 使用高级指令应注意的问题

① 在高级指令的前面必须加控制触点（触发信号），而在后面只能是右母线。

② 根据执行的过程，FP1 的指令有两种类型，即 F 型和 P 型。如果控制触点接通后，其后续的指令每个扫描周期都要执行一次，称为"F 型"指令；否则，如果后续的指令只在触发信号的上升沿执行一次，称为"P 型"指令。本书中只介绍"F 型"指令，如果在控制过程中需要只执行一次高级指令，可在 F 型高级指令的前面使用微分指令（DF）实现。

③ 如果多个高级指令连续使用同一控制触点，不必每次都画出或写出该控制触点。见下图中虚线部分，第二、第三个指令的 X0 触点可以省略，则图 15-8 中图（a）可简化为图（b）。

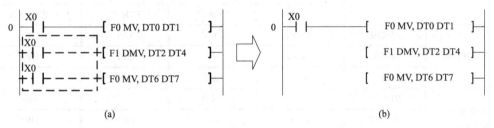

图 15-8　高级指令简化用法

15.3　数据传送指令：F0（MV）、F1（DMV）、F2（MV/）、F3（DMV/）

数据传送指令的功能是将源操作数中的数据，按照规定的要求，复制到目的操作数中去，可分为数据传送、位传送、数字传送、块传送及复制、寄存器交换等。

1. 指令格式及功能

[F0 MV S，D]：将一个 16 位的常数或寄存器中的数据（源操作数 S）传送到另一个寄存器（目的操作数 D）中去。

[F1 DMV S，D]：将一个 32 位的常数或寄存器区中的数据（源操作数 S）传送到另一个寄存器区（目的操作数 D）中去。

[F2 MV/ S，D]：将一个 16 位的常数或寄存器中的数据（源操作数 S）取反后传送到另一个寄存器（目的操作数 D）中去。

[F3 DMV/ S，D]：将一个 32 位的常数或寄存器区中的数据（源操作数 S）取反后传送到另一个寄存器区（目的操作数 D）中去。

2. 梯形图举例

F0 应用梯形图如图 15-9 所示。

```
  X0
 ─┤├──[F0 MV,K100,DT2]
```

图 15-9　数据传送指令用法

说明：当控制触点 X0 闭合时，每个扫描周期都要重复将十进制数 100 传送到内部字寄存器 DT2 中。

F0（MV）指令对源操作数没有要求，而目的操作数不能是输入继电器 WX 和常数 K、H，原因很明显：目的操作数是用来保存结果的，自然不能用输入继电器和常数。后面介绍的其他指令也有类似情况。

15.4　16 位和 32 位数据比较指令：F60（CMP）、F61（DCMP）

1. 指令格式及功能

[F60 CMP，S1，S2]：16 位数据比较指令。

[F61 DCMP，S1，S2]：32 位数据比较指令。

该类指令的功能为：当控制触点闭合时，将 S1 指定数据与 S2 指定数据进行比较，比较的结果反映到标志位中。16 位数据比较指令 F60（CMP）对标志位影响如表 15-1 所示。

表 15-1　高级比较指令对标识为的影响

项　　目		标志位结果			
		R900A	R900B	R900C	R9009
		＞标志	＝标志	＜标志	进位标志
有符号数比较	S1＜S2	OFF	OFF	ON	—
	S1＝S2	OFF	ON	OFF	OFF
	S1＞S2	ON	OFF	OFF	—
BCD 数据或无符号数比较	S1＜S2	—	OFF	—	ON
	S1＝S2	OFF	ON	OFF	OFF
	S1＞S2	—	OFF	—	OFF

如果程序中多次使用 F60（CMP）指令，则标志继电器的状态总是取决于前面最临近的比较指令。为了保证使用中不出现混乱，一个办法是在比较指令和标志继电器前使用相同的控制触点来进行控制；另一个办法是在比较指令后立即使用相关的标志继电器。

2. 梯形图举例

如图 15-10 所示。

说明：当触发信号 X0 接通时，将数据寄存器 DT0 的内容与十六进制常数（H5）进行比较，当 DT0＞H5 时，R900A 为 ON，输出继电器 Y0 接通。当 DT0＝H5 时，R900B 为 ON，Y1 接通。当 DT0＜H5 时，R900C 为 ON，Y2 接通。

3. 语句表

ST　　　　　　　　X0

F60（CMP）

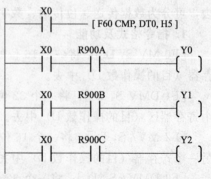

图 15-10　高级比较指令举例

```
DT0
H5
ST          X0
AN          R900A
OT          Y0
ST          X0
AN          R900B
OT          Y1
ST          X0
AN          R900C
OT          Y2
```

15.5 基本比较指令及高级指令的输入

1. 基本比较指令输入

以 ST＝数据比较指令为例，输入步骤如下。

采用数据比较指令编写梯形图程序如图 15-11 所示，其按键操作步骤示意图如图 15-12 所示。

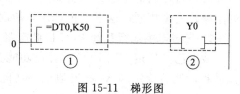

图 15-11 梯形图

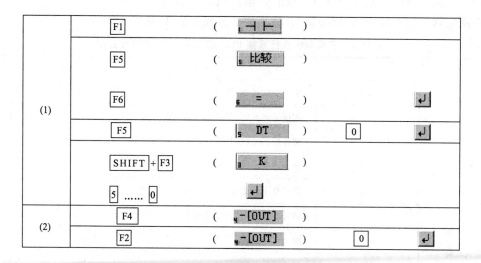

图 15-12 比较指令输入步骤

对应于两个操作数内容的比较结果，开始进行逻辑运算。

2. 高级比较指令输入

① 首先输入比较指令的触发信号，如 X0 常开触点。

② 然后按下功能键 F6，在 NO. 栏中输入 60，单击 OK。

③ 再输入两个参加比较的操作数 S1 和 S2，如 DT0 和 H5。

④ R900A、R900B、R900C 的输入与普通常开触点的输入方法一致，先输入常开触点，再键入 R900A 或 R900B 即可。

3. 数据传送指令输入

① 首先输入数据传送指令的触发信号，如 X0 常开触点。

② 然后按下功能键 F6，在 NO. 栏中输入 0，单击 OK。

③ 再输入源区操作数 S，也就是想要传送的数值或存放想要传送数值的寄存器地址，如 K1。

④ 最后输入目的区操作数 D，也就是用来存放传送的数值的寄存器地址，如 DT0。

【项目实施】

15.6 电梯运行控制系统

先完成任务一：三层电梯运行控制系统，具体实施方案如下。

1. 三层电梯运行系统主电路

电梯的升降是依靠电机的正反转带动相应的传动机构实现，因此其主电路是与电机正反转连续运行控制的主电路完全相同；电梯的门电机也是其主电路与电机正反转连续运行控制的主电路完全相同；这里不再赘述，请读者自己绘制。

2. 三层电梯运行系统 PLC 控制电路

我们已经知道，用 PLC 的控制功能完成相应的工程首先要分析工程控制要求，熟悉工作过程，然后确定输入/输出地址及功能，接下来绘制 PLC 的 I/O 硬件接线图，编写 PLC 控制程序，最后进行系统的调试。

（1）三层电梯运行系统 PLC 控制输入/输出地址及功能

三层电梯运行系统 PLC 控制输入/输出地址分配如表 15-2 所示。

表 15-2　三层电梯运行系统 PLC 控制输入/输出地址分配

设备	符号	功能	地址
输入设备	B1	1 楼楼层信号（常开接点）	X0
	B2	2 楼楼层信号（常开接点）	X1
	B3	3 楼楼层信号（常开接点）	X2
	SB1	1 楼外呼上行信号（常开接点）	X3
	SB2	2 楼外呼下行信号（常开接点）	X4
	SB3	2 楼外呼上行信号（常开接点）	X5
	SB4	3 楼外呼下行信号（常开接点）	X6
	SB5	1 楼内呼信号（常开接点）	X7
	SB6	2 楼内呼信号（常开接点）	X8
	SB7	3 楼内呼信号（常开接点）	X9
	SB8	手动开门点动按钮（常开接点）	XA
	SB29	手动关门点动按钮（常开接点）	XB
	SQ1	开门到位限位（常闭接点）	XC
	SQ2	关门到位限位（常开接点）	XD

续表

设备	符号	功能	地址
	J1	电梯上行继电器	Y0
	J2	电梯下行继电器	Y1
	J3	开门继电器	Y2
	J4	关门继电器	Y3
	HL1	电梯上行指示灯	Y4
	HL2	电梯下行指示灯	Y5
	HL3	电梯开门指示灯	Y6
	HL4	电梯关门指示灯	Y7
输出设备	HL5	电梯在 1 楼指示灯	Y8
	HL6	电梯在 2 楼指示灯	Y9
	HL7	电梯在 3 楼指示灯	YA
	HL8	1 楼外呼上行指示灯	YB
	HL9	2 楼外呼下行指示灯	YC
	HL10	2 楼外呼上行指示灯	YD
	HL11	3 楼外呼下行指示灯	YE
	HL12	1 楼内呼指示灯	YF
	HL13	2 楼内呼指示灯	Y10
	HL14	3 楼内呼指示灯	Y11

（2）电梯控制系统 PLC 的 I/O 硬件接线图

该项目中的楼层信号传感器采用电磁式接近开关，呼梯信号采用的是点动按钮，开门和关门限位使用的是限位开关，指示灯采用的是 LED 发光二极管，请读者根据所学知识自行绘制 PLC 的 I/O 硬件接线图。

（3）三层电梯系统运行控制 PLC 的程序设计

我们再来看看任务一：完成三层电梯简单控制功能。

① 有人呼梯后，则启动电梯运行，到达目标楼层后停止，并自动开门，开门到位后延时 10s，启动自动关门，碰到关门限位，关门过程结束。

② 电梯停止时，可以通过手动按钮控制电梯的开门和关门。

③ 轿厢内的呼叫信号具有指示功能；轿厢外的呼叫信号具有指示功能；开关门具有指示功能；电梯上下行指示。

④ 假定只有一个人坐电梯。

根据控制功能，程序可以按照下面的流程进行设计：当前楼层信号处理；轿厢外呼信号处理；轿厢内呼信号处理；电梯升降驱动及开关门驱动；指示功能。

① 当前楼层信号处理，如图 15-13 所示。

功能说明：如果电梯正处在 1 楼，则 1 楼的位置检测传感器发出信号，使 X0 的常开触点接通，执行数据传送指令 F0 MV，把十进制数

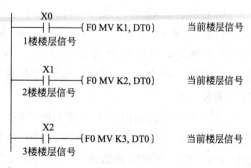

图 15-13　当前楼层信号处理

"1"送到当前楼层信号寄存器 DT0 中，使 DT0=1，表示电梯正在 1 楼。

如果电梯运行到 2 楼，则 2 楼的位置检测传感器发出信号，使 X1 的常开触点接通，执行数据传送指令 F0 MV，把十进制数"2"送到当前楼层信号寄存器 DT0 中，使 DT0=2，表示电梯正在 2 楼。

如果电梯到达 3 楼，则 3 楼的位置检测传感器发出信号，使 X2 的常开触点接通，执行数据传送指令 F0 MV，把十进制数"3"送到当前楼层信号寄存器 DT0 中，使 DT0=3，表示电梯正在 3 楼。

② 轿厢外呼信号处理如图 15-14 所示。

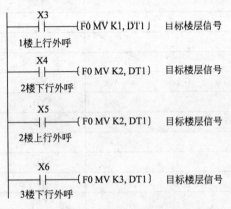

图 15-14　轿厢外呼信号处理

功能说明如下。

如果在 1 楼轿厢外按下上行外呼按钮，则 X3 的常开触点接通，执行数据传送指令 F0 MV，把十进制数"1"送到目标楼层信号寄存器 DT1 中，使 DT0=1，表示电梯应该到达 1 楼开门接此乘客。

如果在 2 楼轿厢外按下下行外呼按钮，则 X4 的常开触点接通，执行数据传送指令 F0 MV，把十进制数"2"送到目标楼层信号寄存器 DT1 中，使 DT0=2，表示电梯应该到达 2 楼开门接此乘客。

如果在 2 楼轿厢外按下上行外呼按钮，则 X5 的常开触点接通，执行数据传送指令 F0 MV，把十进制数"2"送到目标楼层信号寄存器 DT1 中，使 DT0=2，表示电梯应该到达 2 楼开门接此乘客。

如果在 3 楼轿厢外按下下行外呼按钮，则 X 的常开触点接通，执行数据传送指令 F0 MV，把十进制数"3"送到目标楼层信号寄存器 DT1 中，使 DT0=3，表示电梯应该到达 3 楼开门接此乘客。

③ 轿厢内呼信号处理如图 15-15 所示。

功能说明如下。

如果乘客在轿厢内按下 1 楼的内呼信号，表示该乘客要到达 1 楼，此时则 X7 的常开触点接通，执行数据传送指令 F0 MV，把十进制数"1"送到目标楼层信号寄存器 DT1 中，使 DT0=1，表示电梯应该到达 1 楼开门让乘客离开。

如果乘客在轿厢内按下 2 楼的内呼信号，表示该乘客要到达 2 楼，此时则 X8 的常开触点接通，执行数据传送指令 F0 MV，

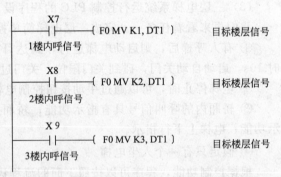

图 15-15　轿厢内呼信号处理

把十进制数"2"送到目标楼层信号寄存器 DT1 中，使 DT0=2，表示电梯应该到达 2 楼开门让乘客离开。

如果乘客在轿厢内按下 3 楼的内呼信号，表示该乘客要到达 3 楼，此时 X9 的常开触点接通，执行数据传送指令 F0 MV，把十进制数"3"送到目标楼层信号寄存器 DT1 中，使 DT0=3，表示电梯应该到达 3 楼开门让乘客离开。

④ 电梯升降驱动及开关门驱动如图 15-16 所示。

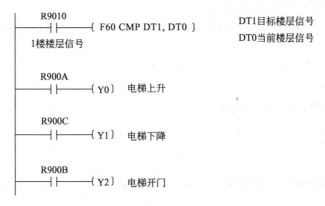

图 15-16 电梯升降驱动及开关门驱动

在这里我们只给大家一个电梯升降电机驱动和门电机驱动的程序设计总的原则提示，具体的细节请读者自行分析设计。

功能说明如下。

每个扫描周期都把存放在 DT1 中的目标楼层信号的值与存放在 DT0 当前楼层信号的值相比较，比较结果及相应的处理如下：

如果 DT1 中的数值大于 DT0 中的数值，说明目标楼层高于当前楼层，电梯上行；

如果 DT1 中的数值小于 DT0 中的数值，说明目标楼层低于当前楼层，电梯下行；

如果 DT1 中的数值等于 DT0 中的数值，说明电梯已经到达目标楼层，电梯停止并开门。

当然对于电梯的上升和下降还必须有互锁、保护等功能；电梯开门的结束处理，电梯的关门的功能等请读者自己设计完成。

⑤ 指示功能：对指示灯的控制，其实就是自锁功能的实现，请读者自己分析设计完成。

【实践操作】

任务二：完成四层电梯控制功能

请读者自行设计一个功能更强的电梯系统，除了基本的功能之外，可以根据需要增设必要的功能。

15.7 电梯系统 PLC 控制程序调试软件操作流程

操作流程如下。

① 输入程序。

② 程序编译（程序转换）：Ctrl ＋ F1。

③ 传入 PLC：Ctrl＋F12。

④ 运行程序。

⑤ 监控程序。

⑥ 调试程序。对于四层电梯基本功能控制，首先要假定只有一个乘客，然后开始调试程序。

a. 初始状态电梯停在 1 楼（B1＝1），1 楼楼层指示灯点亮。

b. 按下 3 楼下行外呼信号（SB4＝1），电梯上行。

c. 电梯到达 3 楼（B3＝1）自动开门。

d. 开门到位后（SQ1＝1），延时 10s，自动关门，关门到位（SQ2＝1），关门过程结束。

e. 按下内呼 1 楼信号按钮 SB5＝1，电梯下行。

f. 电梯到达 1 楼（B1＝1）自动开门。

其他过程请读者自行分析并调试。

【实用资料】

15.8 FP 系列程序结构及 FP 系列指令类型

F0 MV	：16bit 数据传输
F1 DMV	：32bit 数据传输
F2 MV/	：16bit 数据求反传输
F3 DMV/	：32bit 数据求反传输
F4 GETS	：读取指定插槽对应起始字 No.
F5 BTM	：bit 数据传输
F6 DGT	：digit 数据传输
F7 MV2	：2 个 16bit 数据一并传输
F8 DMV2	：2 个 32bit 数据一并传输
F10 BKMV	：块传输
F11 COPY	：块复制
F12 ICRD	：读取 IC 存储卡、扩展存储器
F13 ICWT	：写入 IC 存储卡、扩展存储器
F14 PGRD	：读取 IC 存储卡程序
F15 XCH	：16bit 数据交换
F16 DXCH	：32bit 数据交换
F17 SWAP	：16bit 数据高·低字节互换
F18 BXCH	：块交换
F19 SJP	：间接跳转
F20 ＋	：16bit 加法
F21 D＋	：32bit 加法
F22 ＋	：16bit 加法
F23 D＋	：32bit 加法
F25 －	：16bit 减法
F26 D－	：32bit 减法
F27 －	：16bit 减法
F28 D－	：32bit 减法
F30*	：16bit 乘法
F31 D*	：32bit 乘法

F32 ％　　　　: 16bit 除法
F33 D％　　　: 32bit 除法
F34 * W　　　: 16bit 乘法（结果 16bit）
F35 ＋1　　　: 16bit 数据增 1
F36 D＋1　　 : 32bit 数据增 1
F37 －1　　　: 16bit 数据减 1
F38 D－1　　 : 32bit 数据减 1
F39 D* D　　 : 32bit 乘法（结果 32bit）
F40 B＋　　　: 4 位 BCD 加法

F41 DB＋　　 : 8 位 BCD 加法
F42 B＋　　　: 4 位 BCD 加法
F43 DB＋　　 : 8 位 BCD 加法
F45 B－　　　: 4 位 BCD 减法
F46 DB－　　 : 8 位 BCD 减法
F47 B－　　　: 4 位 BCD 减法
F48 DB－　　 : 8 位 BCD 减法
F50 B*　　　 : 4 位 BCD 乘法

F51 DB*　　　: 8 位 BCD 乘法
F52 B％　　　: 4 位 BCD 除法
F53 DB％　　 : 8 位 BCD 除法
F55 B＋1　　 : 4 位 BCD 数据增 1
F56 DB＋1　　: 8 位 BCD 数据增 1
F57 B－　　　: 4 位 BCD 数据减 1
F58 DB－1　　: 8 位 BCD 数据减 1
F60 CMP　　　: 16bit 数据比较

F61 DCMP　　 : 32bit 数据比较
F62 WIN　　　: 16bit 数据区段比较
F63 DWIN　　 : 32bit 数据区段比较
F64 BCMP　　 : 数据块比较
F65 WAN　　　: 16bit 数据逻辑与
F66 WOR　　　: 16bit 数据逻辑或
F67 XOR　　　: 16bit 数据逻辑异或
F68 XNR　　　: 16bit 数据逻辑异或非
F69 WUNI　　 : 字结合
F70 BCC　　　: 区块检查码（BCC）计算

F71 HEXA　　 : HEX→16 进制 ASCII 转换
F72 AHEX　　 : 16 进制 ASCII→HEX 转换
F73 BCDA　　 : 4 位 BCD→10 进制 ASCII 转换

F74 ABCD	：10 进制 ASCII→4 位 BCD 转换
F75 BINA	：16 位 BIN→10 进制 ASCII 转换
F76 ABIN	：10 进制 ASCII→16 位 BIN 转换
F77 DBIA	：32 位 BIN→10 进制 ASCII 转换
F78 DABI	：10 进制 ASCII→32 位 BIN 转换
F80 BCD	：16bitBIN→4 位 BCD 转换
F81 BIN	：4 位 BCD→16bitBIN 转换
F82 DBCD	：32bitBIN→8 位 BCD 转换
F83 DBIN	：8 位 BCD→32bitBIN 转换
F84 INV	：16bit 数据求反
F85 NEG	：16bit 数据求补
F86 DNEG	：32bit 数据求补
F87 ABS	：16bit 数据取绝对值
F88 DABS	：32bit 数据取绝对值
F89 EXT	：带符号位扩展
F90 DECO	：数据解码
F91 SEGT	：7 段码解码
F92 ENCO	：数据编码
F93 UNIT	：16bit 数据组合
F94 DIST	：16bit 数据分离
F95 ASC	：ASCII 码转换
F96 SRC	：16bit 数据查找
F97 DSRC	：32bit 数据查找
F98 CMPR	：压缩移位读取
F99 CMPW	：压缩移位写入
F100 SHR	：16bit 数据右移 n bit
F101 SHL	：16bit 数据左移 n bit
F102 DSHR	：32bit 数据右移 n bit
F103 DSHL	：32bit 数据左移 n bit
F105 BSR	：1digit（4bit）右移
F106 BSL	：1digit（4bit）左移
F108 BITR	：n bit 部分一并右移
F109 BITL	：n bit 部分一并左移
F110 WSHR	：字单位一并右移
F111 WSHL	：字单位一并左移
F112 WBSR	：digit（4bit）单位一并右移
F113 WBSL	：digit（4bit）单位一并左移

F115 FIFT 　：缓冲区定义
F116 FIFR 　：从缓冲区读取最早的数据
F117 FIFW 　：写入缓冲区
F118 UDC 　：加/减计数器
F119 LRSR 　：左右移位寄存器
F120 ROR 　：16bit 数据循环右移

F121 ROL 　：16bit 数据循环左移
F122 RCR 　：16bit 数据循环右移（带进位位）
F123 RCL 　：16bit 数据循环左移（带进位位）
F125 DROR 　：32bit 数据循环右移
F126 DROL 　：32bit 数据循环左移
F127 DRCR 　：32bit 数据循环右移（带进位位）
F128 DRCL 　：32bit 数据循环左移（带进位位）
F130 BTS 　：16bit 数据位置位

F131 BTR 　：16bit 数据位复位
F132 BTI 　：16bit 数据位求反
F133 BTT 　：16bit 数据位测试
F135 BCU 　：16bit 数据中 1 的总个数
F136 DBCU 　：32bit 数据中 1 的总个数
F137 STMR 　：辅助定时器（16bit）
F138 HMSS 　：时/分/秒数据转换为秒数据
F139 SHMS 　：秒数据转换为时/分/秒数据
F140 STC 　：进位标志置位

F141 CLC 　：进位标志复位
F142 WDT 　：看门狗定时器刷新
F143 IORF 　：部分 I/O 刷新
F144 TRNS 　：串行数据通讯
F145 SEND 　：数据发送
F146 RECV 　：数据接收
F147 PR 　：并行打印输出
F148 ERR 　：自诊断错误设置
F149 MSG 　：显示信息
F150 READ 　：读取数据

F151 WRT 　：写入数据
F152 RMRD 　：读取数据
F153 RMWT 　：写入数据
F154 MCAL 　：机器语言程序调用
F155 SMPL 　：采样

F156 STRG ：采样触发器

F157 CADD ：时间加法

F158 CSUB ：时间减法

F159 MTRN ：串行数据通信控制

F160 DSQR ：2 字（32bit）数据平方根

F161 MRCV ：串行数据接收

F162 HC0S ：目标值一致 ON

F163 HC0R ：目标值一致 OFF

F164 SPD0 ：速度控制（脉冲输出/模式输出）

F165 CAM0 ：凸轮输出控制

F166 HC1S ：目标值一致 ON（带通道指定）

F167 HC1R ：目标值一致 OFF（带通道指定）

F168 SPD1 ：位置控制（带通道指定）

F169 PLS ：脉冲输出指令（带通道指定）

F170 PWM ：PWM 输出指令（带通道指定）

F171 SPDH ：位置控制指令（带通道指定）

F172 PLSH ：脉冲输出指令（JOG 运行：带通道指定）

F173 PWMH ：PWM 输出指令（带通道指定）

F174 SP0H ：脉冲输出指令（JOG 运行：带通道指定）

F175 SPSH ：脉冲输出指令（直线插补）

F176 SPCH ：脉冲输出指令（圆弧插补）

F180 SCR ：画面显示登录指令

F181 DSP ：画面显示切换

F183 DSTM ：辅助定时器（32bit）

F191 DMV3 ：3 个 32bit 数据一并传输

F215 DAND ：32bit 数据逻辑与

F216 DOR ：32bit 数据逻辑或

F217 DXOR ：32bit 数据逻辑异或

F218 DXNR ：32bit 数据逻辑异或非

F219 DUNI ：双字数据组合

F230 TMSEC ：时间数据→秒数据

F231 SECTM ：秒数据→时间数据

F235 GRY ：16bit 二进制→格雷码转换

F236 DGRY ：32bit 二进制→格雷码转换

F237 GBIN ：16bit 格雷码→二进制转换

F238 DGBIN ：32bit 格雷码→二进制转换

F240 COLM ：bit 行→bit 列转换

F241 LINE ：bit 列→bit 行转换

F257 SCMP 　：字符串比较
F258 SADD 　：字符串加法
F259 LEN 　　：计算字符串长度

F260 SSRC 　：查找字符串
F261 RIGHT ：获取字符串右侧部分
F262 LEFT 　：获取字符串左侧部分
F263 MIDR 　：获取字符串的任意部分
F264 MIDW 　：改写字符串的任意部分
F265 SREP 　：置换字符串
F270 MAX 　：最大值（16bit）
F271 DMAX 　：最大值（32bit）

F272 MIN 　　：最小值（16bit）
F273 DMIN 　：最小值（32bit）
F275 MEAN 　：合计·平均值（16bit）
F276 DMEAN：合计·平均值（32bit）
F277 SORT 　：排序（16bit）
F278 DSORT ：排序（32bit）
F282 SCAL 　：16bit 数据线性化
F283 DSCAL ：32bit 数据线性化

F285 LIMT 　：上下限限位控制（16bit）
F286 DLIMT ：上下限限位控制（32bit）
F287 BAND 　：数据死区控制（16bit）
F288 DBAND：数据死区控制（32bit）
F289 ZONE 　：数据零区控制（16bit）
F290 DZONE：数据零区控制（32bit）
F300 BSIN 　：BCD 型实数正弦运算

F301 BCOS 　：BCD 型实数余弦运算
F302 BTAN 　：BCD 型实数正切运算
F303 BASIN ：BCD 型实数反正弦运算
F304 BACOS：BCD 型实数反余弦运算
F305 BATAN：BCD 型实数反正切
F309 FMV 　：浮点数型实数数据传输
F310 F+ 　　：浮点数型实数数据加法

F311 F— 　　：浮点数型实数数据减法
F312 F* 　　：浮点数型实数数据乘法
F313 F％ 　：浮点数型实数数据除法
F314 SIN 　：浮点数型实数数据正弦

F315 COS ：浮点数型实数数据余弦

F316 TAN ：浮点数型实数数据正切

F317 ASIN ：浮点数型实数数据反正弦

F318 ACOS ：浮点数型实数数据反余弦

F319 ATAN ：浮点数型实数数据反正切

F320 LN ：浮点数型实数数据自然对数

F321 EXP ：浮点数型实数数据指数

F322 LOG ：浮点数型实数数据对数

F323 PWR ．浮点数型实数数据乘幂

F324 FSQR ：浮点数型实数数据平方根

F325 FLT ：16bit 整数→浮点型实数数据

F326 DFLT ：32bit 整数→浮点型实数数据

F327 INT ：浮点型实数数据→16bit 整数取整

F328 DINT ：浮点型实数数据→32bit 整数取整

F329 FIX ：浮点型实数数据→16bit 整数小数点以下舍去

F330 DFIX ：浮点型实数数据→32bit 整数小数点以下舍去

F331 ROFF ：浮点型实数数据→16bit 整数小数点以下四舍五入

F332 DROFF ：浮点型实数数据→32bit 整数小数点以下四舍五入

F333 FINT ：浮点型实数数据小数点以下舍去

F334 FRINT ：浮点型实数数据小数点以下四舍五入

F335 F+/－ ：浮点型实数数据符号交换

F336 FABS ：浮点型实数数据绝对值

F337 RAD ：浮点型实数数据 角度→弧度

F338 DEG ：浮点型实数数据 弧度→角度

F345 FCMP ：浮点型实数数据实数比较

F346 FWIN ：浮点型实数数据实数带域比较

F347 FLIMT ：浮点型实数数据上下限限位控制

F348 FBAND：浮点型实数数据死区控制

F349 FZONE ：浮点型实数数据零区控制

F350 FMAX ：浮点型实数数据最大值

F351 FMIN ：浮点型实数数据最小值

F352 FMEAN：浮点型实数数据合计·平均值

F353 FSORT ：浮点型实数数据排序

F354 FSCAL ：实数数据线性化

F355 PID ：PID 运算

F373 DTR ：数据变化检出 （16bit）

F374 DDTR ：数据变化检出 （32bit）

F410 SETB 　：索引寄存器 Bank 设置
F411 CHGB 　：索引寄存器 Bank 切换
F412 POPB 　：索引寄存器 Bank 恢复
F414 SBFL 　：文件寄存器 Bank 设置
F415 CBFL 　：文件寄存器 Bank 切换
F416 PBFL 　：文件寄存器 Bank 恢复

完成四层电梯控制功能，具体要求如下：

① 完成基本控制功能；

② 行车方向由内呼信号决定，顺向优先执行；

③ 行车途中如遇呼梯信号时，顺向响应，电梯到达该层停车，反向只记忆该信号，电梯到达该层不停车；

④ 内呼信号、外呼信号具有记忆功能，执行后解除；

⑤ 电梯停止时可延时自动开门、手动开门；在关门过程中本层顺向呼梯开门；

⑥ 有内呼信号是延时自动缓慢，关门后延时电梯自动运行；

⑦ 无内呼信号时，不能自动关门；

⑧ 电梯运行时不能手动开门或本层呼梯开门，开门时电梯不能运行。

1. 资讯（电梯运行系统）

项目任务：完成电梯运行系统控制

（1）电梯运行系统控制的基本原则是什么？

_____

（2）输入输出符号表

序号	符号	地址	注释	备注
1				
2				
3				
4				
5				
6				
7				
8				

2. 决策（电梯运行系统）

（1）采用的控制方案及实现的功能：

_____

（2）输入输出设备点数：

_____

3. 计划（电梯运行系统）

填写项目实施计划表

实施步骤	内容	进度	负责人	完成情况
1				
2				
3				
4				

4. 实施（电梯运行系统）

（1）绘制主电路

（2）绘制 PLC 输入输出接线图

X1	X2	X3	X4				
Y1	Y2	Y3	Y4				

（3）写出梯形图

5. 检查（电梯运行系统）

遇到的问题或故障	解决方案	效果	结论及收获	解决人员

6. 评分（电梯运行系统）

评分内容	分值	评分标准	扣分	得分
新知识	30	没有掌握单字比较指令扣 1~10 分		
		没有掌握双字比较指令扣 1~10 分		
		没有掌握传送指令扣 1~10 分		
软件使用	10	单/双字比较指令和传送指令输入方法有误扣 1~10 分		
硬件接线	20	输入输出接线图绘制不正确扣 1~5 分		
		接线图设计缺少必要的保护扣 1~10 分		
		线路连接工艺差扣 1~5 分		
功能实现	40	上下行错误扣 10 分		
		不能自动开关门扣 10 分		
		不能手动开关门扣 10 分		
		没有指示扣 10 分		

项目 16 顺序控制程序设计在喷泉控制系统中的应用

【项目任务】

◇ 完成喷泉控制。

【项目知识目标】

◇ 掌握功能图的绘制方法。

◇ 掌握功能图转换成梯形图的一般方法。

【项目能力目标】

◇ 具有识别顺序控制系统的能力。

◇ 具有应用顺序控制的程序设计方法实现喷泉控制的能力。

【项目知识点】

◇ 顺序控制中步的划分方法。

◇ 顺序控制中转换条件确定的方法。

◇ 顺序控制中功能图（流程图）的绘制方法。

◇ 顺序控制中梯形图的设计方法。

【项目资讯】

在工业控制领域中，顺序控制的应用很广，尤其在机械行业，几乎无例外地利用顺序控制来实现加工的自动循环。可编程序控制器的设计者们继承了传统的顺序控制的思想，为顺序控制程序的编制提供了大量通用和专用编程元件，开发了专门供编制顺序控制程序用的功能图，使这种先进的设计方法成为当前 PLC 程序设计的主要方法。

本项目的任务是：应用顺序控制程序设计方法完成喷泉控制 PLC 程序的设计。

具体的要求：喷泉系统共有 A、B、C 三组喷头，按下启动按钮后，A 组先喷 3s，停止，然后 BC 同时喷 2s，停 1s，接着 AC 同时喷 4s，再停 1s，最后 ABC 同时喷 5s；再从 A 组先喷 3s 开始如此循环。按下停止按钮，系统停止工作。

【项目决策】

PLC 在逻辑控制系统中的程序设计方法主要有经验设计法、逻辑设计法和继电器控制电路移植法三种。经验设计法实际上是沿用了传统继电器系统电气原理图的设计方法，即在一些典型单元电路（梯形图）的基础上，根据被控对象对控制系统的具体要求，不断地修改和完善梯形图。有时需要多次反复调试和修改梯形图，增加很多辅助触点和中间编程元件，最后才能得到一个较为满意的结果。这种设计方法没有规律可遵循，具有很大的试探性和随意性，最后的结果因人而异。设计所用时间、设计质量与设计者的经验有很大关系，所以称之为经验设计法，一般可用于较简单的梯形图程序设计。继电器控制电路移植法，主要用于继电器控制电路改造时的编程，按原电路图的逻辑关系对照翻译即可。在逻辑设计法中最为常用的是功能图设计法（又称流程图设计法）。

本项目中采用顺序控制程序设计方法完成喷泉控制功能，这种设计方法很容易被初学者接受，程序的调试、修改和阅读也很容易，并且大大缩短了设计周期，提高了设计效率。

该项目步骤如下：

① 设计主电路；

② 确定输入输出设备；

③ 设计 PLC 输入输出接线图；

④ 进行 PLC 程序设计；

⑤ 进行系统的调试。

在该项目中，首先学习"顺序控制"的相关概念及设计方法，然后就可以轻松地完成第16 个工程项目了。下面首先来学习新知识。

【项目相关知识】

16.1　功能图设计法的基本步骤及内容

1. 步的划分

分析被控对象的工作过程及控制要求，将系统的工作过程划分成若干阶段，这些阶段称为"步"。步是根据 PLC 输出量的状态划分的，只要系统的输出量状态发生变化，系统就从原来的步进入新的步。如图 16-1（a）所示，某液压动力滑台的整个工作过程可划分为四步，即：0 步 A、B、C 均不输出；1 步 A、B 输出；2 步 B、C 输出；3 步 C 输出。在每一步内 PLC 各输出量状态均保持不变。

步也可根据被控对象工作状态的变化来划分，但被控对象的状态变化应该是由 PLC 输出状态变化引起的。如图 16-1（b）所示，初始状态是停在原位不动，当得到启动信号后开始快进，快进到加工位置转为工进，到达终点加工结束又转为快退，快退到原位停止，又回到初始状态。因此，液压滑台的整个工作过程可以划分为停止（原位）、快进、工进、快退四步。但这些状态的改变必须是由 PLC 输出量的变化引起的，否则就不能这样划分。例如：若从快进转为工进与 PLC 输出无关，那么快进、工进只能算一步。

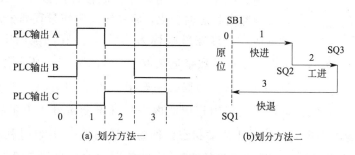

(a) 划分方法一　　　　(b)划分方法二

图 16-1　步的划分

总之，步的划分应以 PLC 输出量状态的变化来划分，因为我们是为了设计 PLC 控制的程序，所以 PLC 输出状态没有变化时，就不存在程序的变化。

2. 转换条件的确定

确定各相邻步之间的转换条件是顺序控制系统设计法的重要步骤之一。转换条件是使系统从当前步进入下一步的条件。常见的转换条件有按钮、行程开关、传感器触点、定时器和计数器触点的动作（通/断）等。

如图 16-1（b）所示，滑台由停止（原位）转为快进，其转换条件是按下启动按钮 SB1（即 SB1 的动合触点接通）；由快进转为工进的转换条件是行程开关 SQ2 动作；由工进转为快退的转换条件是终点行程开关 SQ3 动作；由快退转为停止（原位）的转换条件是原位行程开关 SQ1 动作。转换条件也可以是若干信号的逻辑（与、或、非）组合。如 A1&A2、B1+B2。

3. 功能图的绘制

根据以上分析画出描述系统工作过程的功能图，是顺序控制系统设计法中最为关键的一个步骤。绘制功能图的具体方法将在下面介绍。

4. 梯形图的编制

根据功能图，采用某种编程方式设计出梯形图程序。有关编程方式将在本项目第三节中介绍。

16.2　功能图的绘制

1. 功能图概述

功能图又称流程图。它是描述控制系统的控制过程、功能和特性的一种图形。功能图并不涉及所描述的控制功能的具体技术，是一种通用的技术语言，因此，功能图也可用于不同专业的人员进行技术交流。

功能图是设计顺序控制程序的有力工具。在顺序控制设计法中，功能图的绘制是最为关键的一个环节。它直接决定用户设计的 PLC 程序的质量。

各个 PLC 厂家都开发了相应的功能图，各国也都制定了功能图的国家标准。我国于 1986 年也颁布了功能图的国家标准（GB 6986.6—1986）。

2. 功能图的组成要素

图 16-2 所示为功能图的一般形式。它主要由步、转换、转换条件、有向连线和动作等要素组成。

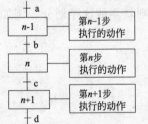

图 16-2　功能图的一般形式

（1）步与动作

前面已介绍过，用顺序控制设计法设计 PLC 程序时，应根据系统输出状态的变化，将系统的工作过程划分成若干个状态不变的阶段，这些阶段称为"步"。步在功能图中用矩形框表示。如 $\boxed{8}$，框内的数字是该步的编号。图 16-2 所示各步的编号为 $n-1$、n、$n+1$。编程时一般用 PLC 内部软继电器来代表各步，因此经常直接用相应的内部软继电器编号作为步的编号，如 $\boxed{\text{R0}}$。当系统正工作于某一步时，该步处于活动状态，称为"活动步"。控制过程刚开始阶段的活动步与系统初始状态相对应，称为"初始步"。在功能图中初始步用双线框表示，例如 $\boxed{\boxed{2}}$，每个功能图至少应该有一个初始步。

所谓"动作"是指某步活动时，PLC 向被控对象发出的命令，或被控对象应该执行的动作。动作用矩形框中的文字或符号表示，该矩形框应与相应步的矩形框相连接。如果某一步有几个动作，可以用图 16-3 中的两种画法来表示，但并不隐含这些动作之间的任何顺序。

当步处于活动状态时，相应的动作被执行。但应注意表明动作是保持型还是非

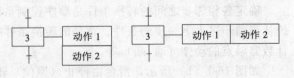

图 16-3　多个动作的画法

保持型的。保持型的动作是指该步活动时执行该动作，该步变为不活动后继续执行该动作；非保持型动作是指步活动时执行，该步变为不活动时也停止执行。一般保持型的动作在功能图中应该用文字或助记府标注，而非保持型动作不用标注。

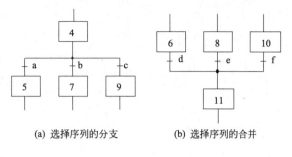

(a) 选择序列的分支　　(b) 选择序列的合并

图 16-4　选择序列

（2）有向连线、转换和转换条件

如图 16-4 所示，步与步之间用有向线连接，并且用转换将步分隔开。步的活动状态进展是按有向连线规定的路线进行。有向连线上无箭头标注时，其进展方向从上到下、从左到右。如果不是上述方向，应在有向连线上用箭头注明方向。步的活动状态进展是由转换来完成的。转换是用与有向连线垂直的短划线来表示。步与步之间不允许直接相连，必须由转换隔开，而转换与转换之间也同样不能直接相连，必须由步隔开。转换条件是与转换相关的逻辑命题。转换条件可以用文字语言、布尔代数表达式或图形符号标注在表示转换的短划线旁边。

转换条件 X 或 X 非，分别表示当二进制逻辑信号 X 为 "1" 和 "0" 状态时条件成立；转换条件 X↑ 和 X↓ 分别表示的是，当 X 从 "0"（断开）到 "1"（接通）和从 "1" 到 "0" 状态时条件成立。

（3）功能图中转换的实现

步与步之间实现转换应同时具备两个条件：①前级步必须是 "活动步"；②对应的转换条件成立。

当同时具备以上两个条件时，才能实现步的转换，即所有由有向连线与相应转换符号相连的后续步都变为活动，而所有由有向连线与相应转换符号相连的前级步都变为不活动。例如图 16-4 中 n 步为活动步的情况下转换条件 c 成立，则转换实现，即 $n+1$ 步变为活动，而 n 步变为不活动。如果转换的前级步或后续步不止一个，则同步实现转换。

（4）功能图的基本结构

根据步与步之间转换的不同情况，功能图有以下几种不同的基本结构形式。

① 单序列结构　功能图的单序列结构形式最为简单，它由一系列按顺序排列、相继激活的步组成。每一步的后面只有一个转换，每一个转换后面只有一步。

② 选择序列结构　选择序列有开始和结束之分。选择序列的开始称为分支，选择序列的结束称为合并；选择序列的分支是指一个前级步后面紧跟着若干个后续步可供选择，各分支都有各自的转换条件。分支中表示转换的短划线只能在水平线之下。

如图 16-4 （a）所示为选择序列的分支。假设步 4 为活动步，如果转换条件 a 成立，则步 4 向步 5 实现转换；如果转换条件 b 成立，则步 4 向步 7 实现转换；如果转换条件 c 成立，则步 4 向步 9 实现转换。分支中一般同时只允许选择其中一个序列。

选择序列的合并是指几个选择分支合并到一个公共序列上。各分支也都有各自的转换条件，转换条件只能在水平线之上。

如图 16-4 （b）所示为选择序列的合并。如果步 6 为活动步，转换条件 d 成立，则由步 6 向步 11 转换；如果步 8 为活动步，转换条件 e 成立，则由步 8 向步 11 转换；如果步 10 为活动步，转换条件 f 成立，则由步 10 向步 11 转换。

③ 并列序列结构　并列序列结构也有开始和结束之分。并列序列的开始也称为分支，

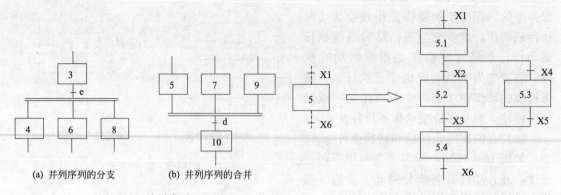

(a) 并列序列的分支　　　(b) 并列序列的合并

图 16-5　并列序列　　　　　　　　图 16-6　子步结构

并列序列的结束也称为合并。图 16-5（a）所示为并列序列的分支，它是指当转换实现后将同时使多个后续步激活。为了强调转换的同步实现，水平线用双线表示。如果 3 步为活动步，且转换条件 e 也成立，则 4、6、8 三步同时变成活动步，而步 3 变为不活动。应当注意，当步 4、6、8 被同时激活后，每一序列接下来的转换将是独立的。图 16-5（b）所示为并列序列的合并，当直接在双线上的所有前级步 5、7、9 都为活动步时，且转换条件 d 成立，才能使转换实现，即步 10 变为活动步，而 5、7、9 均变为不活动步。

④　子步结构　在绘制复杂控制系统功能图时，为了使总体设计容易抓住系统的主要矛盾，能更简洁地表示系统的整体功能和全貌，通常采用"子步"的结构形式，可避免一开始就陷入某些细节中。

所谓子步的结构是指在功能图中，某一步包含着一系列子步和转换。如图 16-6 所示的功能图采用了子步的结构形式。功能图中步 5 包含了 5.1、5.2、5.3、5.4 四个子步。

这些子步序列通常表示整个系统中的一个完整子功能，类似于计算机编程中的子程序。因此，设计时只要先画出简单的描述整个系统的总功能图，然后再进一步画出更详细的子功能图。子步中可以包含更详细的子步。这种采用子步的结构形式，逻辑性强，思路清晰，可以减少设计错误，缩短设计时间。

功能图除以上四种基本结构外，在实际使用中还经常碰到一些特殊序列，如跳步、重复和循环序列等。图 16-7（a）所示为跳步序列，当步 3 为活动步时，如果转换条件 e 成立，则跳过步 4 和步 5 直接进入步 6。

图 16-7（b）所示为重复序列，当步 6 为活动步时，如果转换条件 d 不成立而条件 e 成立，则重新返回步 5，重复执行步 5 和步 6。直到转换条件 d 成立，重复结束，转入步 7。

图 16-7（c）所示为循环序列，在序列结束后，即步 3 为活动步时，如果转换条件 e 成立，则直接返回初始步 0，形成系统的循环。

在实际控制系统中，功能图中往往不是单一地含有上述某一种序列，而经常是上述各种序列结构的组合。

（5）画顺序控制过程功能图的一般步骤

设计一个 PLC 的顺序控制系统程序，能够正确地画出其顺序控制过程功能图是关键。下面给出画顺序控制过程功能图的一般步骤。

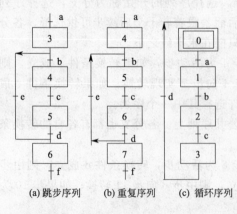

(a)跳步序列　(b)重复序列　(c)循环序列

图 16-7　跳步、重复和循环序列

① 分析系统工作要求和实际工艺流程，确定系统所采用的功能图结构。

② 将系统的工艺流程分解为若干步，每一步表示系统的一个稳定状态。

③ 确定步与步之间的转移条件及其关系。该转移条件一般由现场各步的主令元件或传感器发出。

④ 确定初始步的状态。一般初始步表示顺序控制系统的初始状态。

⑤ 系统结束时一般是返回到初始状态。也就是要解决循环和正常停车信号的问题。

下面举几个实例来说明功能图的画法，即怎样把一个实际控制过程用功能图表示出来。

例1　两种液体的混合装置如图 16-8 所示。H、I、L 为液位传感器。液面淹没时 H＝I＝L＝1，YV1、YV2、YV3 为电磁阀，R 为加热器。

系统的控制要求如下。

（1）初始状态

容器是空的，各个阀门均关闭（YV1＝YV2＝YV3＝0，H＝I＝L＝0）。

（2）工作过程

按下启动按钮，装置开始按以下给定顺序操作。

① 电磁阀 YV1 打开，液体 A 流入容器，当液面到达 I 时，I 接通，使 YV1 关闭，YV2 打开，开始注入液体 B。

② 液面到达 H 时，使 YV2 关闭，打开加热器 R，开始加热液体。

③ 当混合液温度达到 60℃时，停止加热，打开电磁阀 YV3，释放混合液。

④ 液体流出后，L 发出信号，关闭 YV3。

⑤ 回到初始状态后可重新开始下一周期过程。

⑥ 按动停止按钮，无论系统工作在哪一个状态，都将继续工作下去，直到整个流程结束，系统停止工作。

⑦ 按下急停按钮，系统立即停止工作。

分析上述系统工作过程，整个装置按给定规律操作，为单系列结构形式。画出该系统的功能图，如图 16-9 所示。

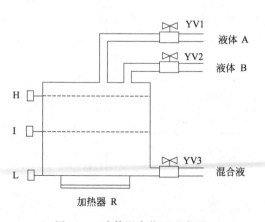

图 16-8　液体混合装置示意图

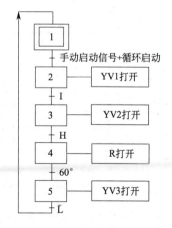

图 16-9　液体混合、加热过程功能

例2　组合机床液压动力滑台的控制

本节已分析过组合机床液压动力滑台的自动工作过程，可划分为如图 16-10 所示的原位、快进、工进、快退四步，且各步之间转换条件也已确定。每一步要执行的动作见表 16-1 所示的液压元件动作表，YV1、YV2、YV3 为液压电磁阀。

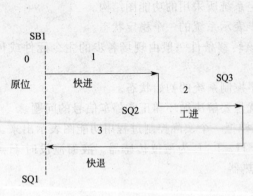

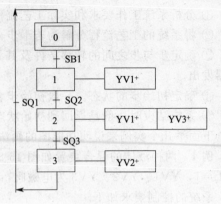

图 16-10 液压动力滑台 　　　　　　　图 16-11 液压动力滑台自动循环功能图

表 16-1 液压动力滑台执行动作

元件＼工步	YV1	YV2	YV3	元件＼工步	YV1	YV2	YV3
原位	−	−	−	工进	+	−	+
快进	+	−	−	快退	−	+	−

　　图 16-11 所示为液压动力滑台自动工作过程的功能图。原位为步 0（初始步）、快进为步 1、工进为步 2、快退为步 3。

　　图 16-11 只是描述了液压动力滑台自动循环的工作过程，而实际的液压动力滑台除实现自动工作循环外，还要实现滑台的快进、快退等调整工作。假设用转换开关 SA 来选择自动和点动两种工作方式，SB2 为点动前进按钮，SB3 为点动后退按钮，液压动力滑台系统的功能图如图 16-12 所示。

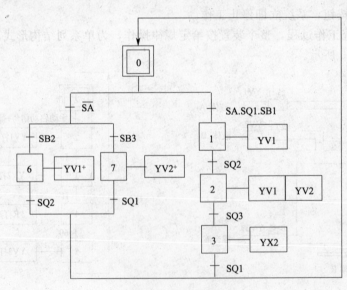

图 16-12 系统功能图

16.3 顺序控制系统梯形图的设计

　　任何一个顺序过程可以由功能图表示出来。一般中小型 PLC 由于不具备输入功能图的能力，因而可以把功能图作为控制规律说明语言来描述顺序控制过程，然后将功能图转换成梯形图，完成 PLC 顺序控制系统的程序设计。

1. 功能图转换成梯形图的一般方法

前面已介绍了功能图的绘制方法，下面将重点介绍根据绘制的功能图来设计 PLC 梯形图程序的方法，即编程方式。

（1）步状态器的设计

① 除了初始步之外，每一步用一个内部继电器表示其步状态，当该步前的转移条件成立时，该步状态为"1"，当该步后的转移条件成立时，该步状态为"0"。每一转移条件既是下一步的启动信号，也是上一状态的退出信号。所以功能图与梯形图的对应关系如图 16-13 所示。

② 为了保证过程严格按照顺序执行，在启动信号条件中加上约束条件，即上一步的内部继电器常开触点，以防因误触动主令信号或主令信号重复使用而发生误动作，启动条件变成 $QA \& R_{i-1}$。这里的约束条件可理解为当某转移实现时，必须是转移条件成立，且上一步为活动步。

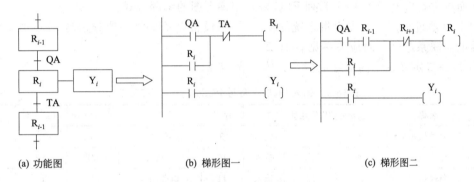

(a) 功能图　　　　　　　　　(b) 梯形图一　　　　　　　　　(c) 梯形图二

图 16-13　功能图与梯形图对应关系

③ 在梯形图 16-13（b）中，用 QA 作为 R_i 的停止信号，但同时它也是 R_{i+1} 启动信号，这样二者之间存在着启动与停止的先后顺序。为此，除了最后一步外，每一步采用下一步内部继电器 R_{i+1} 为本步的关断条件，因此设计出的梯形图如图 16-13（c）所示。

（2）输出继电器的设计

各步的输出，由各步的状态控制，当该步的状态为"1"时，表示该步有输出。因为各步的状态由内部继电器表示，不能直接控制输出，所以在梯形图中要把内部继电器表示的各步状态送给输出继电器。如图 16-13（b）所示。

当某一动作分别在几个步中出现，其输出状态为几个步状态继电器相"或"，如图 16-14 所示。

（3）功能图转换为梯形图的一般步骤

功能图有很强的表达能力，而且很容易将其转换为梯形图形式，因此，是一种很好的程序设计方法。我们总结出将功能图转换为梯形图的步骤如下。

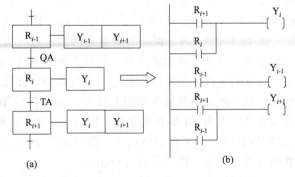

图 16-14　一个动作在多个步中出现的梯形图表示方法

① 进行输入/输出地址分配　原则上输入/输出的 PLC 地址可以随意给定，但必须注意的是程序中与实际外部接线一定要统一。

② 将功能图中的每一步用一个内部继电器来表示。

③ 内部继电器的设计　每一步都要寻找其启动信号、停止信号以及要实现自锁。

④ 输出继电器的设计　每一个输出继电器用内部继电器或几个内部继电器的逻辑"或"来表示。

⑤ 系统的循环与正常停车的处理　系统的循环信号包含两个方面，一个是把最后一步当作是它的前一步，另一个是当按下停止按钮时使循环启动信号无效即可。

2. 实例分析

下面通过几个例子说明怎样用功能图来设计梯形图程序。

例 3　两种液体的混合装置。关于系统的控制要求已在上一节中作了介绍，这里不再赘述。系统的功能图如图 16-9 所示。这种功能图对任何型号的 PLC 都是通用的，它并未涉及具体技术问题，只是对系统自动循环过程作了全面的描述。因此，要将它变成具体的梯形图程序，需要与某种具体型号的 PLC 有机地联系起来。

下面将主要针对松下 FP1 系列 PLC 来介绍梯形图的编程方式。

① I/O 地址分配。首先应将系统的输入/输出设备以及步状态器分别与 PLC 的 I/O 点、内部继电器联系起来，对应关系见表 16-2。

② 每一步定义一个内部继电器，具体见表 16-2。

表 16-2　输入/输出设备与 PLC 的 I/O 对应关系

序号	名称	电气符号	PLC 地址	类型	序号	名称	电气符号	PLC 地址	类型
1	启动按钮	SB0	X0	输入	9	电磁阀2	YV2	Y1	输出
2	停止按钮	SB1	X1	输入	10	加热器	RT	Y2	输出
3	急停按钮	SB2	X2	输入	11	电磁阀3	YV3	Y3	输出
4	高液位传感器	B1	X3	输入	12	第2步	—	R0	内部
5	中液位传感器	B2	X4	输入	13	第3步	—	R1	内部
6	低液位传感器	B3	X5	输入	14	第4步	—	R2	内部
7	温度传感器	PT1	X6	输入	15	第5步	—	R3	内部
8	电磁阀1	YV1	Y0	输出	16				

③ 梯形图的设计。根据图 16-9 所示的功能图，采用通用逻辑指令并用典型的启动、保持、停止电路，分别画出控制 R0～R3 激活（得电）的电路，然后再用 R0～R3 来控制输出的动作，很容易得出如图 16-15 所示的梯形图程序。

图 16-15 中，为了保证前级步为活动步且转换条件成立时，才能进行转换，总是将代表前级步的内部继电器的动合触点与转换条件对应的触点串联，作为代表后续步的内部继电器线圈得电的条件。当后续步被激活后应将前级步变为不活动步，所以用代表后续步的内部继电器的动断触点串在前级步的电路中。如：梯形图中将 R0 的动合触点和转换条件 X4 的动合触点串联作为 R1 的得电条件，同时 R1 的动断触点串入 R0 线圈的得电回路，保证 R1 得电时 R0 断电。为了保证活动状态能持续到下一步活动为止，还要加上自锁触点。其他内部继电器的电路也一样，请自行分析。

梯形图的后半部分是输出电路，此例题中，不存在一个动作多次出现的情况，所以直接用每一个内部继电器的动合触点控制相应输出继电器的线圈即可。

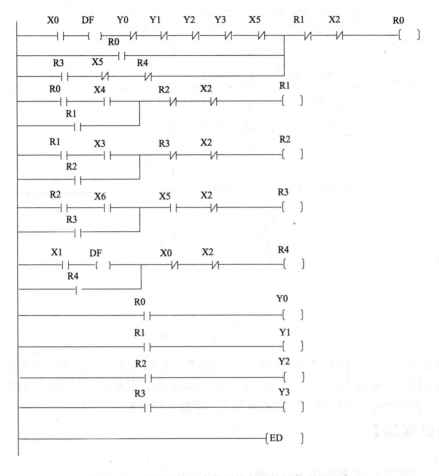

图 16-15　两种液体混合装置控制系统的梯形图程序

例 4　组合机床液压动力滑台的控制

组合机床液压动力滑台的工作过程在前面已作了介绍，自动工作循环时的功能图如图 16-11 所示。下面分析如何将它转换为梯形图。

① I/O 地址分配。首先应将液压动力滑台的启动按钮 SB1，行程开关 SQ1、SQ2、SQ3，电磁阀 YV1、YV2、YV3 分别与 PLC 的 I/O 点联系起来。对应关系见表 16-3。

表 16-3　液压动力滑台输入/输出设备与 PLC 的 I/O 口对应关系

序号	名称	电气符号	PLC 地址	类型	序号	名称	电气符号	PLC 地址	类型
1	启动按钮	SB1	X0	输入	7	电磁阀 2	YV2	Y1	输出
2	急停按钮	SB2	X1	输入	8	电磁阀 3	YV3	Y2	输出
3	行程开关 1	SQ1	X2	输入	9	第 1 步		R1	内部
4	行程开关 2	SQ2	X3	输入	10	第 2 步		R2	内部
5	行程开关 3	SQ3	X4	输入	11	第 3 步		R3	内部
6	电磁阀 1	YV1	Y0	输出					

② 每一步定义一个内部继电器，具体如表 16-3 所示。

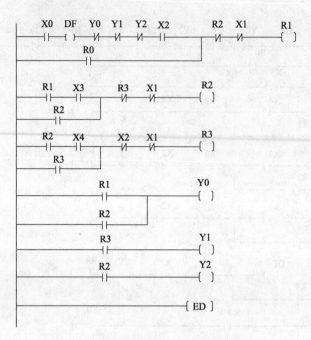

图 16-16　液压动力滑台梯形图

③ 梯形图的设计。根据图 16-11 所示的功能图，采用与上一例题相同的方法，完成系统梯形图的设计，如图 16-16 所示，所不同的是本系统不要求实现连续循环，只要求一次完成一个工作循环即可。具体过程请读者参照上一例题自行分析。

【项目实施】

16.4　喷泉系统控制实施方案

喷泉系统应用顺序控制程序设计方法的具体实施方案。

1. 喷泉系统控制电路

我们已经知道，用 PLC 的控制功能完成相应的工程首先要分析工程控制要求，熟悉工作过程，然后确定输入/输出地址及功能，接下来绘制 PLC 的 I/O 硬件接线图，编写 PLC 控制程序，最后进行系统的调试。

（1）喷泉系统 PLC 控制输入/输出地址及功能

喷泉系统 PLC 控制输入/输出地址分配如表 16-4 所示。

表 16-4　喷泉系统 PLC 控制输入/输出地址分配

	符号	功能	地址
输入设备	SB1	工作台向右运行启动按钮（常开接点）	X0
	SB2	停止按钮（常闭接点）	X1
输出设备	YL1	A 组喷头	Y0
	YL2	B 组喷头	Y1
	YL3	C 组喷头	Y2

（2）喷泉系统 PLC 控制的 I/O 硬件接线图

请读者自行绘制。

（3）喷泉系统流程图的设计

我们再看看项目具体的要求：喷泉系统共有 A、B、C 三组喷头，按下启动按钮后，A 组先喷 3s，停止，然后 BC 同时喷 2s，停 1s，接着 AC 同时喷 4s，再停 1s，最后 ABC 同时喷 5s；再从 A 组先喷 3s 开始如此循环。按下停止按钮，系统停止工作。

根据喷泉变换的时间作为"步"的划分，这里共有六个时间段，因此总共分为六"步"，然后设计流程图如图 16-17 所示。

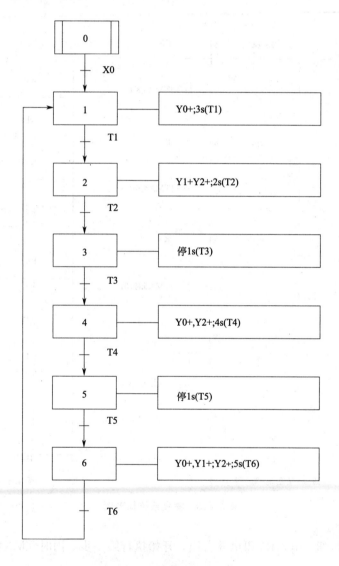

图 16-17　喷泉系统流程图

（4）喷泉系统 PLC 的程序设计。

注意：图 16-18（a）和图 16-18（b）所示的梯形图为同一个程序的两个不同部分，其具体的功能描述如下：首先完成顺序控制部分的功能，即"步"的程序设计，如图 16-18（a）所示；然后进行输出驱动部分的处理如图 16-18（b）所示。

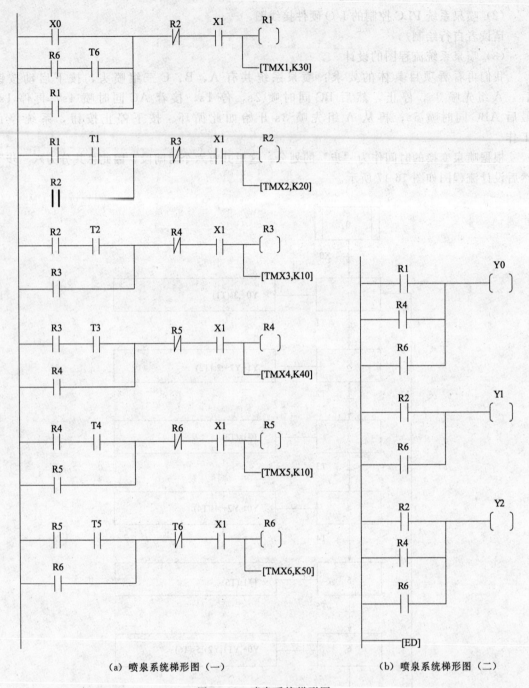

（a）喷泉系统梯形图（一）　　　　　（b）喷泉系统梯形图（二）

图 16-18　喷泉系统梯形图

例题说明如下。

① 按下启动按钮 SB1，R1 得电并自锁，开始执行第一步，同时 TMX1 线圈通电开始计时。

② T1 计时 3s 时间到，T1 的常开触点闭合，与其串联的 R1 常开触点在执行第一步时就处于接通状态，因此 R2 线圈得电并自锁，R2 的常闭触点将 R1 线圈断开，第一步结束，同时开始执行第二步；同时 TMX2 线圈通电开始计时。

③ T2 计时 2s 时间到，T2 的常开触点闭合，与其串联的 R2 常开触点在执行第二步时

就处于接通状态，因此 R3 线圈得电并自锁，R3 的常闭触点将 R2 线圈断开，第二步结束，同时开始执行第三步；同时 TMX3 线圈通电开始计时。

④ T3 计时 1s 时间到，T3 的常开触点闭合，与其串联的 R3 常开触点在执行第三步时就处于接通状态，因此 R4 线圈得电并自锁，R4 的常闭触点将 R3 线圈断开，第三步结束，同时开始执行第四步；同时 TMX4 线圈通电开始计时。

⑤ 以此类推……

⑥ 直到 T6 计时 5s 时间到，T6 的常开触点闭合，与其串联的 R6 常开触点在执行第六步时就处于接通状态，因此 R1 线圈重新得电并自锁，实现循环功能。

⑦ 而第六步的结束也就是 R6 的断电是依靠 T6 时间到，其常闭触点断开来实现的。

以上实现的是"步"的功能，接下来的程序实现的是输出驱动功能。

① Y0 即 A 组的喷头是在第一步、第四步、第六步的时候得电工作。

② Y1 即 B 组的喷头是在第二步、第六步的时候得电工作。

③ Y2 即 C 组的喷头是在第二步、第四步、第六步的时候得电工作。

④ 组合起来就形成系统要求的顺序和花样，实现喷泉系统的控制。

⑤ 按下停止按钮 SB2，所有内部继电器断电，系统停止工作。

【注意事项】

这里与 T1 串联的 R1 常开触点不要去掉，虽然在本例中如果去掉 R1 常开触点并不影响系统的结果，但是在顺序控制中，很多系统的步的转换条件都可能是长信号或者出现是随机的，为了保证只有在执行第一步时，该转换条件接通时才进行步的转换，所以一定要保留 R1 常开触点，它对保证顺序控制的顺序执行是非常重要的。另外，如果转换条件是长信号的话，一定要在其后面加上微分 DF 指令，以保证步的顺序执行。

2. 实践操作

请读者自己设计一个喷泉控制系统的花样，并实现其功能。

16.5　喷泉系统 PLC 程序调试软件操作流程

操作流程如下。

① 输入程序。

② 程序编译（程序转换）：Ctrl + F1。

③ 传入 PLC：Ctrl+F12。

④ 运行程序。

⑤ 监控程序。

⑥ 调试程序。

a. 按下启动按钮，开始执行步进功能，第一步 R1 得电 3s，第二步 R2 得电 2s，第三步 R3 得电 1s，第四步 R4 得电 4s，第五步 R5 得电 1s，第六步 R6 得电 5s，然后循环。

b. 喷泉部分的显示：A 组先喷 3s，停止，然后 BC 同时喷 2s，停 1s，接着 AC 同时喷 4s，再停 1s，最后 ABC 同时喷 5s；

c. 按下停止按钮 SB2，所有内部继电器断电，系统停止工作。

d. 实现喷泉系统的控制。

【实用资料】

16.6　位数据七段解码指令 F91 SEGT

1. 指令格式及功能：[F91 SEGT S, D]

该指令是把一个 4 位二进制数译成七段显示码。即将 S 指定的 16 位数据转换为七段显示码，转换结果存储于以 D 为首地址的寄存器区域中。其中，S 为被译码的数据或寄存器。D 为存放译码结果的寄存器首地址，如图 16-19 所示。

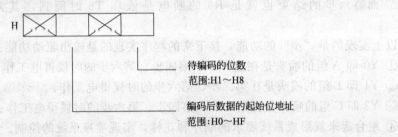

待编码的位数
范围:H1~H8

编码后数据的起始位地址
范围:H0~HF

图 16-19　译码指令结构图

在执行该指令时，将每 4bit 二进制码译成 7 位的七段显示码，数码的前面补 0 变成 8 位，因此，译码结果使数据位扩大了一倍。

2. 梯形图结构

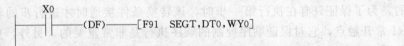

图 16-20　译码指令梯形图

说明：如图 16-20 所示，当触发信号 X0 上升沿到来时，将数据寄存器 DT0 的内容转换为七段显示码，结果存储在 WY1、WY0 中。

自测与练习

在原有喷泉控制系统基础上增加下列功能：

① 用数码管显示正在执行的"步数"；

② 设置正常停止和急停功能；

③ 按下正常停止按钮，系统执行完最后一步再结束工作；

④ 按下急停按钮，系统立即停止工作，再次按下启动按钮，接着上次的工作步开始执行。

项目实训与考核

1. 资讯（喷泉系统的控制）

项目任务：完成喷泉系统的控制

（1）顺序控制的步如何划分？

（2）输入输出符号表

序号	符号	地址	注释	备注
1				
2				
3				
4				
5				
6				
7				
8				

2. 决策（喷泉系统的控制）

（1）采用的控制方案：

（2）输入输出设备点数：

3. 计划（喷泉系统的控制）

填写项目实施计划表

实施步骤	内容	进度	负责人	完成情况
1				
2				
3				
4				

4. 实施（喷泉系统的控制）

（1）绘制主电路

（2）绘制 PLC 输入、输出接线图

X1	X2	X3	X4				
Y1	Y2	Y3	Y4				

（3）设计流程图

（4）写出梯形图

5. 检查（喷泉系统的控制）

遇到的问题或故障	解决方案	效果	结论及收获	解决人员

6. 评分（喷泉系统的控制）

评分内容	分值	评分标准	扣分	得分
新知识	30	没有掌握功能图的绘制方法扣 1~10 分		
		没有掌握功能图转换为梯形图的一般方法扣 1~10 分		
		没有识别顺序控制系统的能力扣 1~10 分		
软件使用	10	软件操作有误扣 1~10 分		
硬件接线	20	输入输出接线图绘制不正确扣 1~5 分		
		接线图设计缺少必要的保护扣 1~10 分		
		线路连接工艺差扣 1~5 分		
功能实现	40	没有按步的方法设计梯形图扣 10 分		
		不能启动扣 10 分		
		不能停止扣 10 分		
		功能不对扣 10 分		

项目 17 顺序控制程序设计在交通灯控制系统中的应用

【项目任务】

◇ 应用顺序控制程序设计方法实现十字路口交通灯的控制功能。

【项目知识目标】

◇ 掌握移位寄存器指令在 PLC 程序设计中的应用方法。

【项目能力目标】

◇ 具有应用顺序控制程序设计方法实现项目功能的能力。

【项目知识点】

◇ 移位寄存器指令的应用。

【项目资讯】

设计一个十字路口交通信号灯控制系统，示意图及时序图如图 17-1 所示。

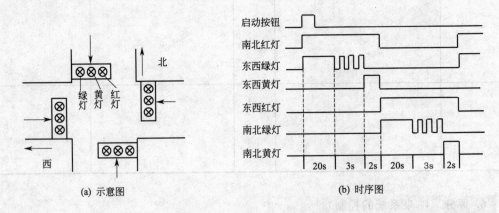

(a) 示意图　　　　　　　　　　(b) 时序图

图 17-1　十字路口交通灯控制系统

其工作示意图如图 17-1（a）所示。具体控制要求是：本系统设置一个启动按钮，一个停止按钮。当按下启动按钮时，信号灯系统开始工作，先南北方向红灯亮、东西方向绿灯亮，20s 后，东西方向绿灯闪烁 3s 时间，3s 后东西方向黄灯开始亮；2s 后，东西方向红灯亮、南北方向绿灯亮，20s 后，南北方向绿灯闪烁 3s 时间，3s 后南北方向黄灯开始亮，2s 后重复上述过程。按下停止按钮，系统立即停止工作。详细工作时序图如图 17-1（b）所示。试设计出系统梯形图程序完成上述控制过程。

【项目决策】

该项目符合顺序控制程序设计规律，可以使用顺序控制程序设计方法实现其功能，顺序控制程序设计的方法有多种，除了项目 16 中介绍的"继电器法"，使用移位寄存器指令同样可以方便灵活地实现顺序控制程序设计，该方法简称"移位法"。为完成项目任务，先使用"继电器法"完成控制功能，然后学习移位寄存器指令在 PLC 程序设计中的应用，掌握应用移位寄存器指令实现顺序控制的方法和关键技术点，并完成交通灯控制系统项目整体调试。

【项目实施】

方法一："继电器法"

① 画系统的功能图。根据系统的动作时序图，本系统在每一个工作循环分为六个时间段，即南北红灯亮、东西绿灯亮；南北红灯亮、东西绿灯闪烁；南北红灯亮、东西黄灯亮；东西红灯亮、南北绿灯亮；东西红灯亮、南北绿灯闪烁；东西红灯亮、南北黄灯亮。因此，本系统的功能图如图 17-2 所示。

② I/O 地址分配。根据分析可知，本系统输入信号有两个，即启动按钮、停止按钮。输出信号六个，即南北方向红、绿、黄指示灯；东西方向红、绿、黄指示灯。由此列出本系统 I/O 地址如表 17-1 所示。

③ 每一步定义一个内部继电器，具体如表 17-1 所示。

④ 梯形图的设计：请读者自己写出程序并调试。

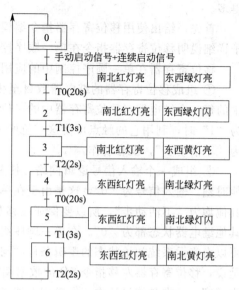

图 17-2　十字路口交通灯控制系统功能图

表 17-1　十字路口交通灯控制系统输入/输出设备与 PLC 的 I/O 口对应关系

序号	名称	电气符号	PLC 地址	类型	序号	名称	电气符号	PLC 地址	类型
1	启动按钮	SB1	X0	输入	8	东西黄灯	HL6	Y5	输出
2	停止按钮	SB2	X1	输入	9	第 1 步		R1	内部
3	南北红灯	HL1	Y0	输出	10	第 2 步		R2	内部
4	南北绿灯	HL2	Y1	输出	11	第 3 步		R3	内部
5	南北黄灯	HL3	Y2	输出	12	第 4 步		R4	内部
6	东西红灯	HL4	Y3	输出	13	第 5 步		R5	内部
7	东西绿灯	HL5	Y4	输出	14	第 6 步		R6	内部

方法二："移位法"

项目 16 中讨论了用基本逻辑指令进行顺序控制的程序设计方法，即"继电器法"。接下来介绍第二种使用移位寄存器指令实现顺序控制的程序设计方法，简称"移位法"。

【项目相关知识】

17.1　移位寄存器指令在 PLC 程序设计中的应用方法

前面介绍了 PLC 的移位寄存器指令。简单地说，移位寄存器指令所实现的操作是在移位控制信息的作用下，将数据输入端的信号依次送入参加移位的继电器中。这些信号在参加移位的继电器中依次移动。在移位寄存器中，保持了由输入端送来的信号顺序，用移位寄存器中的继电器触点控制输出，就可以实现依照控制信号的顺序进行动作的顺序控制。利用移位寄存器指令编程比用基本的"与"、"或"、"非"逻辑指令编程所得到的控制程序要简单得多。

　　首先，给出使用移位寄存器指令编程实现一般单一顺序过程控制的原则，然后举一些例子详细说明移位寄存器指令在单一顺序控制中的应用。

　　移位寄存器在单一顺序控制中的应用原则如下。

　　① 组成移位寄存器的继电器数目至少要与单一顺序过程的步数一样多。用移位寄存器中的每一个继电器（移位寄存器中的一位）代表顺控过程的每一步状态。当这一步的状态为"1"时，利用它的触点可使这一位所表示的步开始操作；当为"0"时，表示对应步此时为"不活动步"，没有动作。

　　② 组成一个输入信号逻辑网络，使其在系统的初始状态时，输入信号为"1"，而在其他时刻，输入信号为"0"，这是由于在单一顺序控制中每一时刻系统中只有一个"活动步"，其他均为"不活动步"，所以要保证在移位寄存器中每一时刻只有一个继电器状态为"1"，其他继电器状态都为"0"。在单一顺序组成的控制系统中，输入信号逻辑网络的逻辑关系，可以由表示系统初始状态的逻辑条件"与"上系统所有输出继电器的动断触点来表示。也就是说，移位寄存器左移指令 SR 的数据端状态只有在初始条件下为"1"，而在其他状态下均为"0"。而在具体设计中，通常用上述条件作为数据传输指令 F0（MV）的控制条件，给参加移位的通道送数据"1"实现，数据端用特殊功能继电器 R9011 代替，使程序具有很强的灵活性。

　　③ 由初始状态得到的逻辑"1"信号，在移位控制信号的作用下，一位一位地在移位寄存器中移动，表示启动下一步，关闭当前步。

　　④ 移位输入控制信号，一般由每个状态的转移主令信号提供。但是，为了形成固定顺序，防止由于主令信号带来的误动作，每一状态的输入信号都要由约束条件，一般采用上一步状态的继电器信号的动合触点"与"当前要进入的步状态的主令信号来作为移位输入信号，这和前面所提到的一步被触发的条件是一致的，即转移条件成立且上一步为活动步时，则该步被触发。

　　⑤ 复位信号输入端的设计，如果系统是要求连续循环的，当完成一个工作循环后，直接再使数据传送指令 F0（MV）有效一次，系统又重新开始，不需要进行专门复位；当不需要循环时，在最后一项工作结束后，必须使复位信号有效一次，使系统自动停止工作；另外，还要配有手动复位信号，在遇有紧急事情出现时使用，也就是急停按钮。

　　⑥ 关于输出继电器与内部继电器逻辑关系的处理方法与使用基本逻辑指令相同，在此不再赘述。

17.2　用移位寄存器指令实现顺序控制的应用实例

　　下面通过具体实例介绍移位寄存器指令在单一顺序控制系统程序设计中的应用。

1. 十字路口交通灯控制系统

① 画系统的功能图（同方法一）；

② I/O 地址分配（同方法一）；

③ 每一步定义一个内部继电器（同方法一）；

④ 梯形图的设计。

本系统采用前面介绍的利用移位寄存器指令进行梯形图的设计，在设计中主要就是关于左移寄存器指令三个输入端的逻辑设计问题，即数据输入端、移位脉冲输入端、复位信号输入端的设计，具体方法参见本节中介绍的内容。

图 17-3 为本系统的梯形图。

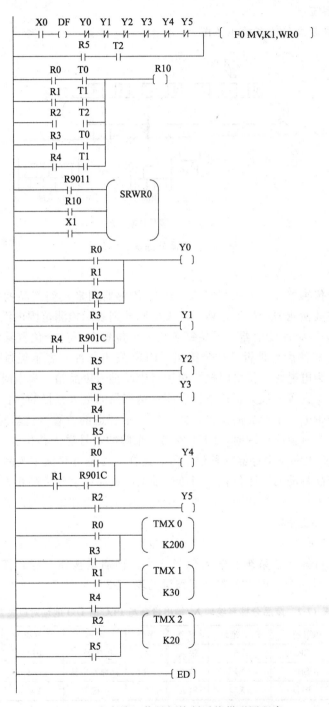

图 17-3 十字路口信号灯控制系统梯形图程序

读者在分析梯形图的过程中会发现，系统的手动启动信号和连续启动信号就是 F0（MV）指令的执行条件，而各步的转移条件就是左移指令的移位脉冲，当系统的步数越多，使用移位寄存器指令的优越性就越大。

上面介绍了移位寄存器指令在单一顺序控制系统中的应用。同样，利用移位寄存器指令的特点，可以很方便地处理一些移动顺序为先进先出的分拣系统。

2. 废品分拣系统

图 17-4 所示为废品分拣系统示意图。

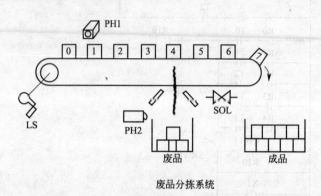

废品分拣系统

图 17-4　废品分拣系统示意图

（1）系统说明

该系统有三个传感器和一个执行机构。PH1 传感器用来检测产品的质量，当其发出一个脉冲，表明正在被检测的产品不合格，不发出脉冲则表示检测范围内没有产品或产品为合格品。LS 传感器为一脉冲发生器，产品每次从一个位置向下一个位置移动时，它将发出一个脉冲。PH2 用于检测废品是否已被分拣出，PH2 发出脉冲，表示经过该位置的废品已被分拣出。执行元件为电磁阀，得电时执行机构将废品推入废品箱，失电时，执行机构复位。

我们使用一个位数等于或大于传送带上能容纳产品的最大数目的移位寄存器。该寄存器的每一位代表传送带上一个产品的位置，并选择一个合适的位置（这里选择了 R4）安装执行机构和废品箱。当有废品出现时，PH1 发出一个脉冲信号送入移位寄存器的数据输入端，由 LS 脉冲发生器产生移位寄存器的移位信号。这样，移位寄存器中废品信号的移动位置便模拟了传送带上废品移动的实际位置。当传送带上的废品移动到废品箱所在位置时，相应的废品信号也正好移入与废品位置所对应的移位寄存器的继电器中，使此继电器通电并启动执行机构，将废品推入废品箱。

（2）I/O 地址分配

根据以上分析可知，本系统有输入信号 5 个，即启动按钮、停止按钮、传感器 PH1、PH2、LS；输出信号一个，即电磁阀。详细请见表 17-2。

表 17-2　废品分拣系统输入/输出设备与 PLC 的 I/O 地址对应关系

序号	名称	电气符号	PLC 地址	类型	序号	名称	电气符号	PLC 地址	类型
1	启动按钮	SB1	X0	输入	4	传感器 2	PH2	X3	输入
2	停止按钮	SB2	X1	输入	5	脉冲发生器	LS	X4	输入
3	传感器 1	PH1	X2	输入	6	电磁阀	YV1	Y0	输出

（3）逻辑设计

① 输入数据信号由 PH1 在 0 位置上发生，此信号要保证以下两个条件。

a. 在移位脉冲到来前输入数据信号，并使其保持到移位脉冲到来。

b. 在移位脉冲到来后马上将数据信号关断，以便准备接收下一个输入数据信号。

把移位寄存器的最低位继电器触点作为输入数据信号的自保触点，而将移位信号取反作为输入数据信号的关断条件，得到数据输入端的逻辑关系。

② 移位脉冲信号，移位寄存器中数据的移位由移位脉冲控制。系统中，由 LS 作为移位脉冲发生器，LS 发出一个移位脉冲，移位寄存器中的数据相应移动一位。

③ 复位信号，用手动停止按钮实现复位。

④ 输出信号，在参加移位的继电器中，我们只对与废品箱位置对应的继电器 R4 感兴趣，当废品信号移动到该继电器中时，由该继电器控制的电磁阀通电，驱动执行机构将废品推入废品箱，在 PH2 确定废品已落入废品箱后，电磁阀应马上复位。电磁阀接通与复位的时间应当小于移位脉冲的时间间隔，以保证不影响对下一个产品的处理。因此，电磁阀应加一个约束条件。

（4）梯形图设计

按照上面的分析画出的梯形图，如图 17-5 所示。在图 17-5 中还应当说明以下两点。

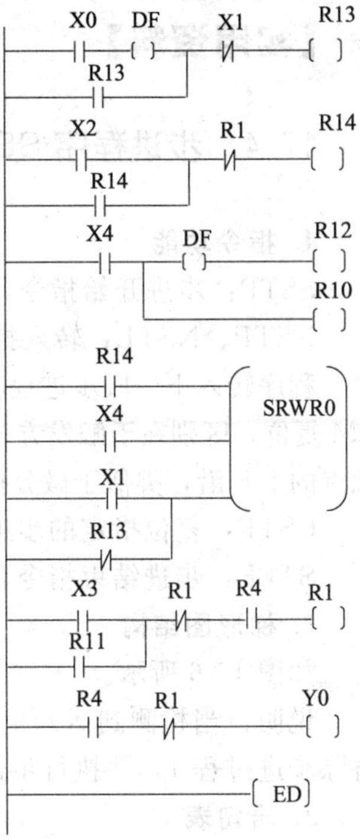

① 使用微分指令把 X4 信号变成一个扫描周期的脉冲信号 R12，去限制 Y0 的接通时间。

图 17-5　废品分拣系统梯形图

② 用受 X4 控制的内部继电器 R10 作 R14 的关断信号，实现当 X2 收到废品信号后，保持到下一个移位脉冲到来时，即 R4 一定接收到这一信号后关断 X2。

17.3　实践操作

（1）系统控制要求

分别使用"继电器法"和"移位法"实现十字路口交通灯控制，系统控制要求如下。

① 初始状态：两个路口的黄灯以 1HZ 频率闪烁。

② 当按下启动按钮时，信号灯系统开始工作，先南北方向红灯亮、东西方向绿灯亮，6s 后，东西方向黄灯以 2Hz 频率闪烁 4s 时间，然后东西方向红灯亮、南北方向绿灯亮，6s 后，南北方向黄灯以 2Hz 频率闪烁 4s 时间，然后南北方向红灯亮、东西方向绿灯亮并重复上述过程。

③ 按下复位按钮，系统回到初始状态。

④ 按下停止按钮，系统立即停止工作。

（2）工程实施步骤

① 完成该项目输入输出地址列表；

② 绘制该项目输入输出接线图；

③ 绘制该项目功能图；

④ 用两种以上方法设计出该项目梯形图；

⑤ 完成系统调试；

⑥ 对比使用不同方法设计的程序特点。

【实用资料】

17.4 步进程序 SSTP、NSTP、NSTL、CSTP、STPE

1. 指令功能

SSTP：步进开始指令，表明开始执行该段步进程序。

NSTP、NSTL：转入指定步进过程指令。这两个指令的功能一样，都是当触发信号来时，程序转入下一段步进程序段，并将前面程序所用过的数据区清除，输出 OT 关断、定时器 TM 复位。区别在于触发方式不同，前者为脉冲式，仅当控制触点闭合瞬间动作，即检测控制触点的上升沿，类似于微分指令；后者为扫描式，每次扫描检测到控制触点闭合都要动作。

CSTP：复位指定的步进过程。

STPE：步进结束指令，结束整个步进过程。

2. 梯形图结构

如图 17-6 所示。

说明：当检测到 X0 的上升沿时，执行步进过程 1（SSTP1～SSTP2）；当 X1 接通时，清除步进过程 1，并执行步进过程 2；当 X3 接通时，清除步进过程 50，步进程序执行完毕。

3. 语句表

ST	X0
NSTP	1
SSTP	1
OT	Y10
ST	X1
NSTL	2
SSTP	2
...	
ST	X3
CSTP	50
STPE	

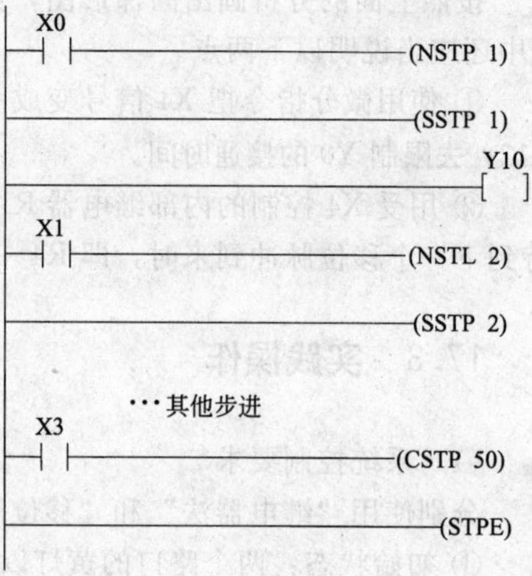

图 17-6 步进指令梯形图

4. 注意事项

① 步进程序中允许输出 OT 直接同左母线相连。

② 步进程序中不能使用 MC 和 MCE、JP 和 LBL、LOOP 和 LBL、ED 和 CNDE 指令。

③ 在步进程序区中，识别一个过程是从一个 SSTP 指令开始到下一个 SSTP 指令，或一个 SSTP 指令到 STPE 指令，即步进程序区全部结束。

④ 当 NSTP 或 NSTL 前面的控制触点接通时，程序进入下一段步进程序。这里的控制触点和步进控制程序区结束指令 STPE 都是必需的。

⑤ 在步进程序中，识别一个过程是从一个 SSTP 指令开始到下一个 SSTP 指令，或一个 SSTP 指令到 STPE 指令。NSTP/NSTL：在一般梯形图程序区，执行 NSTP 或 NSTL 时，步进过程从与 NSTP 或 NSTL 指令编号相同的过程开始。在步进过程中，当执行 NSTP 或 NSTL 时，先将由 NSTP（NSTL）编程的那个过程清除，再将与 NSTP（NSTL）指令相同的过程打开。NSTP 指令只有再检测出该触发信号上升沿时，方可执行。

⑥ NSTL 指令在该触发信号接通的条件下，每次扫描均执行。

⑦ 标志的状态 R9015：在刚刚打开一个步进过程的第一扫描期间，R9015 只能接通一瞬间。在使用特殊内部继电器 R9015 作为该指令的标志时，一定将标志编写在步进过程的开头。

① 移位寄存器指令三个输入端的作用分别是什么？

② 顺序控制的实现中，完成步的转换功能的是哪个输入端？

③ 在"移位法"中，移位寄存器指令的数据输入端起什么作用？在程序设计时如何使用？

④ 分别使用"继电器法"和"移位法"实现废品分拣控制系统。

1. 资讯（交通灯）

项目任务：完成十字路口交通灯控制系统。

（1）如何实现十字交通灯控制？

（2）输入输出符号表

序号	符号	地址	注释	备注
1				
2				
3				
4				
5				
6				
7				
8				

2. 决策（交通灯）

（1）采用的控制方案：

（2）输入输出设备点数：

3. 计划（交通灯）

填写项目实施计划表

实施步骤	内容	进度	负责人	完成情况
1				
2				
3				
4				

4. 实施（交通灯）

（1）绘制 PLC 输入输出接线图

Y0	Y1	Y2	Y3	Y4	Y5	Y6	Y7

X1	X2	X3	X4				

（2）写出梯形图

5. 检查（交通灯）

遇到的问题或故障	解决方案	效果	结论及收获	解决人员

6. 评分（交通灯）

评分内容	分值	评分标准	扣分	得分
新知识	30	没有掌握移位寄存器指令的应用扣 1～10 分		
		没有掌握继电器法扣 1～10 分		
		没有掌握移位法扣 1～10 分		
软件使用	10	软件操作有误扣 1～10 分		
硬件接线	20	输入输出接线图绘制不正确扣 1～5 分		
		接线图设计缺少必要的保护扣 1～10 分		
		线路连接工艺差扣 1～5 分		
功能实现	40	不能启动扣 10 分		
		不能停止扣 10 分		
		继电器法功能不对扣 10 分		
		移位法功能不对扣 10 分		

参 考 文 献

[1] 松下电工株式会社. 松下 FP 系列编程手册.

[2] 闫坤. 电气与可编程序控制器应用技术. 北京：清华大学出版社，2007.

[3] 廖常初. 可编程序控制器应用技术. 第 5 版. 重庆：重庆大学出版社，2010.

[4] 吴中俊等. 可编程序控制器原理及应用. 北京：机械工业出版社，2005.